일본의

문학상이 된 작가들

나쓰메 소세키, 다자이 오사무 외

강성욱 옮김

玄 人

일본의
문학상이 된 작가들

나쓰메 소세키, 다자이 오사무 외
강성욱 옮김

옮긴이 **강성욱**

일본 니혼대학 신문학과를 졸업하고 잡지사 기자를 거쳐 출판사에서 근무하였으며 현재는 전문 번역가로 활동하고 있다. 옮긴 책으로《삼국지》,《미야모토 무사시》,《전국지》,《도련님》을 비롯하여《화》,《현명한 선택》,《게으름의 기술》 등이 있다.

일본의 문학상이 된 작가들

1판 1쇄 인쇄 2018년 6월 5일
1판 1쇄 발행 2018년 6월 15일

지은이 나쓰메 소세키, 다자이 오사무 외
옮긴이 강성욱
펴낸이 박현석
펴낸곳 玄 人

등 록 제 2010-12호
주 소 서울시 도봉구 덕릉로 62길 13, 103-608호
전 화 010-2012-3751
팩 스 0505-977-3750
이메일 gensang@naver.com

ISBN 979-11-88152-70-4

◎ 옮긴이의 말

'일본의 문학상이 된 작가들'은 순수문학과 대중문학을 불문하고 일본에서 작가 이름으로 제정된 문학상 가운데 그 작가 열 명의 단편을 모아 엮은 작품집이다.

작가 이름으로 주어지는 문학상 중 '아쿠타가와상'과 '나오키상'은 일본을 대표하는 문학상으로 알려져 있으며, 나쓰메 소세키나 다자이 오사무와 같이 국내에 두터운 독자층을 지닌 작가의 문학상도 있는 반면 오다 사쿠노스케나 이즈미 교카와 같이 다소 생소한 작가의 문학상도 있을 것이다.

이번 작품집은 '일본의 문학상이 된 작가들'이라는 기획 아래 그들의 대표작보다 좋은 작품 발굴이라는 의의에 더하여 작가정신과 개인적 면모까지도 엿볼 수 있는 작품을 소개하는 데 중점을 두었다. 아쿠타가와 류노스케와 다자이 오사무가 전자에 해당한다면 나쓰메 소세키, 오다 사쿠노스케, 하야시 후미코, 다니자키 준이치로, 이즈미 교카는 후자에 해당하며 나오키 산주고와 에도가와 란포와 야마모토 슈고로는 각각 대중소설과 추리소설과 시대소설을 대표하는 작가로 작품집에 문학적 다양성을 부여하고 있다 하겠다.

한 작가가 일생을 두고 천착한 문학적 성취와 작가정신을 기리는 데서 문학상의 의의를 찾는다면, 문학상을 둘러싼 논란은 차치하고 그것만으로 '문학상이 된 작가'의 작품을 감상하기에 충분한 의의가 있을 것이다. 하물며 독자들이 다른 나라의 작품을 감상하는 데 문학상이 하나의 선택 기준을 제공하는 길라잡이가 되는 점을 고려한다면 이 작품집이 지닌 의미 또한 가볍지 않을 것이다.

이번 작품집을 번역하고 일본 내 문학상에 대해 알아보면서 다소 의외였던 점은 일본의 국민작가로 추앙받는 나쓰메 소세키의 이름으로 제정된 문학상이 현재 없다는 사실이다. 여기에는 사연이 있는데 1946년 소세키 사후 30주년을 맞아 '나쓰메 소세키상'이 제정되어 1회(1947년), 2회(1950년) 수상자를 배출하였으나 상을 주관하던 출판사가 도산하여 폐지되고 말았다. 그래서 작품집에 소세키를 포함시킬지를 두고 숙고하였으나 그가 일본 문학사에서 차지하는 위상과 현행 문학상만 대상으로 하여 선택의 폭을 제한할 필요는 없다는 연유에서 수록을 결정하였다. 다만 소세키의 대표작 중 하나인 『봇짱(도련님)』의 제목을 딴 '봇짱문학상'을 소설의 무대인 마쓰시마 시에서 1989년부터 제정하여 시행하고 있다는 점은 밝혀둔다.

마지막으로 이번에 포함되지 않은 '문학상이 된 작가'들이 있는데 그들 작품은 다음을 기약하며 아쉬움을 달래고자 한다.

2018년 4월 강성욱

목   차

밀　　회

하야시 후미코

하야시 후미코(林芙美子, 1903~1951)

　야마구치 현 출생. 어머니 기쿠의 사생아로 태어났으며 성장기에는 각지를 떠돌아다녔다. 1922년에 오노미치 시립고등여학교를 졸업하고 상경하여 하녀, 노점상, 여공, 여급 등 각종 직업을 편력하며 시와 동화를 썼다. 아나키스트 시인인 하기와라 교지로, 오카모토 준 등과 교류했고 히라바야시 다이코의 소설이 신문사 현상에 당선된 데 자극을 받아 「방랑기」를 『여인예술』에 발표했다. 이것을 개조사에서 단행본으로 간행, 베스트셀러가 되었다.

　가난한 소학생 시절을 보냈던 탓인지 저변의 서민을 아끼듯 묘사한 작품에 특히 명작이 있다.

하야시 후미코상

　기타규슈 시 출신인 하야시 후미코를 기리기 위해 2014년 기타규슈 시가 제정한 문학상. 중단편을 대상으로 시상하며 연령, 성별, 국적을 불문하고 누구나 응모할 수 있다.

불기가 없었기에 나는 게이스케(鷄介)와 함께 이불 속에 들어가 누워 있었다. 아침부터 말을 많이 해 이불 속에 들어가서는 말도 하지 않고 나는 똑바로 누워 눈 위로 두 손을 가지런히 편 채 바라보고 있었다. 게이스케도 두 손을 내밀었다. 나는 게이스케의 커다란 손에 내 손을 맞춰보았다. "차가워?" 게이스케는 아무 말도 하지 않고 내 손을 커다란 손으로 감싸듯 잡았다. 아침부터 비가 내려 나는 침울해졌다. 아무것도 할 마음이 들지 않았다. 풀 위에 맺힌 이슬처럼 반짝반짝 빛나는 남자의 마음이 공연히 내 마음을 달뜨게 했다. 우리는 서로 손가락을 낀 채 한가로이 몸을 쭉 펴고 천장을 보고 있었다. 유리창에 비가 세차게 들이친다. 물받이를 따라 흐르는 비가 홈통에서 흘러넘치는 소리가 들리고 하늘은 어둑어둑 누런 잿빛을 띤 채 물기를 머금고 있었다. 맑은 날은 창 너머로 후지산이 보인다고 여종업원이 말했지만 어젯밤 이곳에 도착하자마자 비가 내려 후지산은 보이지 않았다. 이곳은 전쟁 중에 기숙사로 사용했던 듯 방은 낡을 대로 낡았으며 다다미는 더럽고 이불도 해어졌다. 두 사람은 무작정 고후(甲府)[1]까지 와버렸다. 그리고 무작정 온천을 찾다 들어온 여관이지만 두 사람에게는 그런 불결한

---

1) 혼슈(本州)의 야마나시(山梨) 현에 있는 곳으로 포도 재배와 온천, 보석 세공으로 유명하다.

방도 아무런 상관이 없었다. 나는 게이스케의 아이를 배고 있었다. 나는 호박색 잠옷을 입고 있었다. 품이 넓은 잠옷을 입고 있어 비교적 아이를 밴 여자의 흉함은 드러나지 않는다. 게이스케는 이따금 생각난 듯 내 배에 귀를 대고 뱃속 아이의 숨소리를 들었다. 게이스케는 아내가 있다. 나도 남편이 있다. 그리고 전쟁은 끝났어도 우리들의 암울한 환경은 전쟁과는 아무런 상관없이 끝나지 않았다. 단지 몇 개월 후에 나는 아이 낳을 준비를 해야 한다.

아침부터 낮까지 식사다운 식사를 하지 않았으나 우리들은 그다지 배가 고프지도 않았다. 우리는 잠시라도 곁에 붙어서 무심히 흘러가는 운명을 견디고 싶었다. 둘이서 서로를 꼭 붙잡고 싶은 심정이었다. 이 순간만큼은 신께서 우리의 진실한 마음을 가엾이 여겨주시리라, 나는 그렇게 생각했다. 밀회에 뒤따르기 마련인 암울한 불안을 떨쳐내고 나는 편안하고 밝은 기분에 젖을 수 있었다. 우리는 이따금 농담을 하며 웃었다. 생각 따위를 할 틈은 없었다. 이 사랑을 끝까지 지키고자 하는 바람도 없었다. 감옥에 있더라도 마음만은 즐거운 때가 있는 것처럼 그런 묘한 평온함마저 든다. 절벽 아래로 떨어져도 우리는 서로 웃을 수 있는 따뜻한 만족감이 들었다. 이런 두 사람에게 불행한 결말이 오지 않을 리 없다고 믿으면서도 서로 불행이 다가오는 걸 걱정할 나이는 아니라는 사실이 내 마음을 차분하게 해주었던 듯하다. 서로의 몸이 닿는다. 행복하다고 생각한다. 그것으로 좋다고 생각했다. 이 이상 무엇을 더 바랄 수 있을까. 둘이 이렇게 된 데에 이제 와서 어떤 이유를 붙일 수 있을까…….

무질서한 듯해도 둘 사이에는 규칙적인 질서가 있었다. 둘의 마음이 약한 데서 오는 정연한 질서로 조금도 자랑할 것은 못 되지만 우리는 달콤한 기적 따위는 추호도 믿지 않았다. 흐르는 강물에 몸을 맡겨야 비로소 떠오를 수 있다는 사실을 가슴 깊이 새기고 있었기 때문에…….

부덕, 부정, 사기꾼, 세상은 이렇게 비난하며 돌을 던질 것이다. 하지만 우리는 다정히 손을 잡고 항상 온화한 미소를 지을 수 있었다. 잘못이 아니기 때문이다. 잘못이라고 하면 오히려 칠 년 동안의 결혼생활이 내게는 잘못처럼 여겨졌다. 이런 생각을 심판할 수 있는 건 바람이나 공기 외에는 없다.

나는 게이스케와 결혼할 생각은 없다. 헤어질 때가 온다면 그것도 어쩔 수 없는 일이지만…….. 우리는 부끄럽게 헤어지는 않을 거라는 자신이 있었다. 그저 아이를 건강하게 잘 키워 철이 들면 가고 싶어 하는 곳으로 보내주겠다고 생각했다. 나는 젊은 여자처럼 이런저런 고민을 하며 괴로워하지 않았다. 그저 게이스케를 사랑한다, 그것만으로 충분했다. 우리는 언제라도 만나고 싶을 때 만날 수 있었지만 때론 두 달이나 모른 체 지내기도 했다. 오랫동안 만나지 않아도 서로 부르면 바로 만날 수 있다는 신뢰가 있었다. 우리에게는 과거의 일에 집착하는 그늘이 없었다. 장난감을 가지고 놀 때처럼 언어만의 장난 따위, 우리 둘에게는 불가능했다. 서로의 생활을 물어보거나 하지도 않았다. 게이스케는 담배를 많이 피웠다. 나는 담배를 피우지 않지만 늘 성냥을 가지고 다녔다. 그것만이 게이스케를 떠올리는 유일한 실마리였다. 요리를 하면서 나는 성냥불을 붙이고 불꽃을 한동안 바라본다. 궤도를 빙글빙글 돌아오는 금성의 빛과 같은 따스한 애정이 활활 타오른다. 그 기억의 불꽃 속에 게이스케는 언제나 따뜻하게 머물고 있었다. 사람들은 자신의 궁극적인 마음을 잘 알고 있다고 착각하지만 흡사 천체의 외관처럼 뭐라 표현하기 어렵고 알려지지 않은 신비한 공동(空洞)이 얼마든지 있는 것 같아 나는 출세의 도덕을 믿지 않는다. 시작은 그럴 듯하나 끝은 유성의 꼬리처럼 사르르 암흑의 세계로 사라져버리는 인간의 지식을 믿지 않는다.

"몇 시쯤일까?"

게이스케가 잡고 있던 내 손을 가지런히 내 가슴에 올려놓더니 엎드려서 머리맡 손목시계를 끌어당겼다.

"그러고 보니 먹은 게 별로 없네."

"몇 시?"

"세 시."

"어떻게 할까?"

"잠깐 마을을 둘러보고 올게. 뭔가 있으면 사올게."

게이스케는 일어서서 옷을 갈아입었다. 천장에 닿을 듯 키가 커서 자세가 엉거주춤하다. 복도로 나갔다가 지갑을 놓고 갔다며 바로 돌아왔다.

"바보."

"응. 자기 때문이야……."

"지갑 잃어버리지 마."

"응. 걱정 마."

게이스케가 나갔다.

게이스케는 외과의사이고 나는 환자였다는 연결고리 말고 공통된 친구가 한 명도 없다는 게 아쉬웠지만 지금은 오히려 그런 친구가 없다는 점이 행복하기까지 했다. 박사학위도 없는 평범한 개업의였지만 게이스케는 악착같이 명예를 얻고자 하는 야심을 가지고 있지 않은 남자였다. 겉모습은 신경 쓰지 않는 담담한 성격이었고 지금까지 몇 명의 여자에게 구애를 받았다. 규슈(九州)의 의대를 나와 잠시 동안 싱가포르에 있었다는 얘기를 내게 했다.

하지만 나는 게이스케의 과거는 아무래도 좋았다. 자연스레 게이스케가 좋아졌다. 처음에는 말이 거친 남자라고 생각했다. 그 거친 말에 나는 화를 냈다. 그로 인해 나는 오히려 게이스케를 조용히 관찰하게 되었다. 일할 때 세심하고 배려심이 있으면서도 말은 함부로 했다. 묘하게도 나는 이틀 연속 게이스케의 꿈을 꾸었다.

한번도 간 적 없는 이국의 산 위 호텔, 안개 낀 깊은 산속 호텔의 한 방에서 램프불빛 아래 식사를 하고 있다. 내 옆에는 게이스케가 있고 앞에는 군인 두 명이 식사를 하고 있었다. 다음 날 밤은 게이스케의 방으로 찾아가 몰래 문을 열고 들어가자 게이스케가 "누구야!" 큰소리로 고함을 쳤다. 그런 의미없는 꿈이었지만 꿈의 여운은 오랫동안 나를 괴롭혔다. 현실에서 만나면 게이스케는 독설가였다. 게이스케는 나보다 세 살 아래인 서른넷으로 한창 일할 나이였다. 전쟁 중에 아오야마(靑山)에서 개업을 했는데 공습으로 집이 불타자 가족을 고향인 히메지(姬路)로 보내고 혼자 도쿄에 남아 M구의 S병원 외과실에서 일하고 있었다. 당신의 클로로포름은 약효가 있군요. 나는 종종 이렇게 농담을 건네곤 했는데 독설가인 게이스케도 그때만큼은 얼굴을 붉히며 미소를 지었다.

우리가 하나가 되고 나서 과거의 경험이란 의외로 무력한 것이라는 사실을 깨달았으며 홀연 공기 속에서 우리 둘만 새로 태어난 듯한 기쁨을 느꼈다. 나는 아담과 이브의 비밀은 이런 사랑의 마음을 표현한 게 아닐까 생각했다. 예전에 아버지의 서재에서 비너스를 잉태한 레다의 매혹적인 모습을 보고 한동안 가슴이 뛰었던 기억이 있는데, 마치 게이스케의 손이 레다의 날개인 것처럼 여겨져 넋을 잃을 때가 있다. 정열이란, 바다처럼 물을 흠뻑 머금고 있는 모습이다.

남편은 내 마음을 꿰뚫어보았다. 아무 말도 하지 않았으나 행동으로 알고 있다는 기색을 분명하게 표시했다. 다만 상대가 누구인지는 묻지 않았다. 나는 게이스케에 대해 말하기 싫었다. 남편은 나이가 들었고 이십 년 동안 은행원으로 충실히 일해왔다. 전쟁 후 재산을 십억 가지고 있는 사람이 도쿄에 한 명, 오사카에 세 명 있다는 이야기나 육백억을 가진 한 외국인이 은행을 세우고 싶다며 문의해온 이야기들을 하곤 했다. 신권 봉쇄2)는 두 번이고 세 번이고 하지 않으면 지금의 인플레이션은 회복되지 않을 것이라는 이야기나, 예금에 경품을 주려는 계획은 정부가 신용을 잃어버린 걸 증명하는 것과 같다는 얘기를 하며 분개한다.

큰 기대를 갖게 하는 야심찬 생활은 남편의 성격과는 무관한 일이어서 나는 남편의 일상이 동상(銅像) 같이 여겨졌다.

삼십 분이나 지나 게이스케는 달걀과 소시지, 코페 빵3)을 사왔다. 양복 밑자락이 흠뻑 젖어 있다. 나는 달걀을 보자 헛구역질이 났다. 이마에 손을 대니 은근히 열이 있다. 게이스케는 분홍색 오베스틴 한 알을 손바닥에 까서 내 입에 가져다주었다.

"얼굴이 창백해."

"응, 부은 거 같아."

미지근한 차를 얻어다가 게이스케는 맛이 없다는 듯 코페 빵을 먹고 있다. 먹는 모습을 가만히 보고 있자니 영락해가는 두 사람의 신세가 저녁놀처럼 느껴져 오히려 순진해 보이기까지 했다.

나는 일어나서 경대 앞에 앉았다. 땅딸막한 허리둘레가 추해 보인다. 아랫배가 갑자기 무겁게 가라앉는 듯하고 다리에 경련이 일어 한동안 움직일 수가 없었다.

---

2) 1946년 2월 16일 시데하라(幣原) 내각이 패전 후 인플레이션 대책으로 발표한 신권 대체를 뜻하는 '신엔키리카에(新円切替)'를 말한다. 금융긴급조치령을 비롯한 신권 발행과 그에 따른 기존 지폐의 유통 금지 등의 통화 대체 정책이 실시되었다.

3) 프랑스의 쿠페 빵이나 미국의 핫도그 번과 비슷하며, 속을 편평하게 자르고 소시지나 달걀 등을 넣어 먹는다.

"왜 그래?"

"다리의 힘줄이 아파."

"갑자기 일어서니까 그래……."

"벌을 받은 걸까?"

나는 농담을 했다. 너무 아파서 갑자기 웃고 싶어졌다. 게이스케는 고개를 숙이고 아무 말도 하지 않았다.

"아무래도 조만간 수술을 하는 편이 좋겠어."

수술이란 둘이서 완전히 합치는 걸 말하는 것이었다. 나는 눈물이 흘러나왔다. 본 적 없는 게이스케의 아내가 불쌍히 여겨져 갑자기 머리가 아파온다.

"그때가 되지 않으면 알 수 없어. 그때가 되면 어쨌든 길이 보이겠지. 그저 몰래 함께 살 계획을 하는 건 서로의 가정에게 불순한 일인 거 같아. 흘러가는 대로 맡겨두는 것 말고 다른 길은 없어. 잘 해결되기를 고민하기보다 나는 빨리 아이를 낳아버리고 싶어. 아이가 태어날 때까지 고생하는 게 나는 어떤 해결보다 괴로워. 수술은 아무래도 괜찮아……."

"집에서 낳지 않으면 어떻게 하려고?"

"모르는 곳에 가서 낳을 거야. 나, 미리 찾아둔 산후조리원이 있어."

한 달쯤 전 오늘처럼 비가 진눈깨비와 섞여 내리던 날, 나는 신문광고에 의지하여 조시가야(雜司ヶ谷)에 있는 작은 산후조리원을 찾아갔다. 말이 많은 산파는 모든 걸 안다는 듯 나를 대하며 안심하고 오라고 말했다. 다른 곳에 보낼 생각이라면

받아줄 사람도 있으니 안심하고 오라고 말해주었다. 나는 아이를 다른 사람에게 보낼 생각은 추호도 없었다. 단지 좋은 사람이 있으면 당분간은 수양아들로 보내도 좋았다. 한동안 어둑한 방에 앉아 있자니 아이를 입양하려는 부부가 들어왔다. 이곳은 여자들만 일하는 곳인 듯 청소도 제대로 하지 않아 더럽고 지저분한 방에서 뚱뚱한 산파가 뻐끔뻐끔 담배를 피우고 있었다. 약속이 되어 있었는지 이층에서 젊지만 아직 소녀 같은 여자가 붉은 삼잎 무늬 배내옷으로 감싼 아기를 안고 내려왔다.

"이것도 인연이에요. 이 아이의 복이겠지요."

중년부부는 이내 아기를 번갈아 안고서 얼굴을 가만히 바라보았다. 아기를 감정하고 있는 것 같아 나는 자리에 앉아 있을 수 없을 만큼 괴로웠다. 무슨 일이 있어도 내 아이가 그런 일을 겪게 하고 싶지는 않았다. 이윽고 얼마간 돈이 담긴 보자기를 건네받은 부부는 아기와 커다란 짐을 안고 나갔다. 젊은 여자는 낙심한 듯 곧 이층으로 돌아갔다.

"어떻게든 다 잘 해결되기 마련이에요."

일이 잘 풀려 한숨 돌렸다는 표정을 지으며 산파는 전기풍로로 담배에 불을 붙인다. 안내를 받아 이층을 둘러보니 조금 전의 젊은 여자를 둘러싸고 세 명이 소곤소곤 이야기를 하고 있었다. 이부자리는 모두 걸레처럼 너저분하고 문과 미닫이를 줄곧 닫아놓은 탓인지 시큼한 냄새가 코를 훅 찔렀다.

펼쳐진 잡지가 흩어져 있고 자그마한 아기의 이부자리 두 개가 깔려 있다. 하나는 방금 데려간 아기의 이부자리 같았는데 옆에 낡아빠진 트렁크가 열린 채 놓여 있었다.

다른 이부자리에는 두 달은 된 듯한 여자인지 남자인지 모를 뽀얀 아기가 눈을 말똥말똥 뜨고 있었다.

네댓 달 후에는 나도 여기에 있을 거라 생각하자 불현듯 한심한 생각이 들었다. 어쩌면 이곳이 내 최후의 묘지가 될지 모른다는 생각이 들자 불결한 산실이 친근하게 여겨지기도 했다. 다만 게이스케가 아이를 보러 오는 건 견딜 수 없었다. 아무도 모르는 곳에서 아이를 낳은 여자의 숙명을 불쌍히 여기는 게이스케의 풀죽은 모습을 보는 게 서글프게 여겨질 듯했다. 기적 같은 일은 이 세상에서 바랄 수 없다. 오직 뿌린 대로 거두는 냉정한 결과가 찾아오는 현실이 있을 뿐이다. 지금 와서 스스로를 가엾게 여기거나 투정을 부리는 건 바보 같은 짓이다. 세상의 도덕으로는 부정한 일이며 이런 애정은 음탕한 일이라고 비난받을 게 분명하다……

나는 그런 비난의 한가운데 놓이는 걸 견딜 수가 없다. 세상 사람들은 누군가 영락해가는 모습, 소위 비상식적인 잘못을 보면 의외로 내심 심술궂은 기쁨을 느끼기 마련이다. 함정에 빠져 괴로워하는 사람을 내려다보며 밧줄 하나 던져줄 생각도 하지 않고 꾸며낸 말들로 비판하는 사람들을 나는 잘 알고 있다…….

"비는 좀체 갤 생각을 않네."

"평생 내리면 좋겠어……."

"말도 안 돼."

"안 돼?"

"안 돼……."

"가끔 이렇게 안달이 날 때가 있어."

"팔월인가 구월쯤이지?"

"응."

"당신, 그때가 되면 조리원에 와줄 거야?"

"갈게."

"응. 하지만 오지 않는 편이 좋을지도. 당신한테 미안하니……."

"내가 곁에 있는 게 좋지 않아?"

"그러면 고맙지만……."

막상 조리원에 가려면 자질구레한 준비를 해야 한다. 그런 부자연스러움 속에서 언제나 혼자 모든 준비를 해야 한다는 것이 여자에게 주어진 불행이라는 생각이 들자 서글퍼진다.

하루하루 무서운 결과가 다가오고 있었지만 서로 그런 이야기는 하지 않았다. 몇 달 후의 미래를 이야기한들 어떻게 할 수 있는 일이 아니라는 사실을 잘 알고 있기 때문에…….

단지 볼썽사나운 결과를 초래하고 싶지 않다는 필사적인 바람만은 내가 게이스케보다 훨씬 더 강했다.

"소시지, 먹어 보지 않을래?"

"아니, 그만 됐어. 매실장아찌에 따뜻한 차를 먹고 싶지만."

게이스케는 아무 말도 하지 않고 다시 고개를 숙였다. 이마의 헝클어진 머리카락에서 젊고 싱싱한 향기가 나는 듯하다. 나는 작은 보스턴백에서 바이니쿠간(梅肉丸)4)을 꺼내 세 알 정도

씹었다. 혀 위에 새콤하고 상쾌한 미각이 남았다.

"고생이 많네……."

"어머, 뭐라고?"

"응, 자기가 고생하는 거 같아서……, 어떻게 할 수 없는 걸 어떻게든 해보려 고민한들 방법이 없잖아. 게다가 시간은 점점 흘러가고 자기는 여전히 버티고 서서 이겨내려 하니 내가 달리 어쩔 방도가 없어."

"그럼 어떻게 하는 게 좋은데?"

"서로 사랑하면 같이 사는 것 말고 다른 방법은 없어. 어쨌든 어느 한쪽이 이 일로 불행해진다면 빠른 편이 좋겠지……."

"하지만 난 아무래도 이런저런 일들을 고민하게 되고 그러다 약해져버려. 이런 말 한다고 화내지 마. 난 이따금 당신을 죽여버리고 싶을 때가 있어. 어떻게 할 수 없을 만큼 좋아하니까. 당신 가족이나 우리 가족을 잠시라도 슬프게 하고 싶지 않아. 둘만의 문제인데 관계없는 사람들을 슬프게 만드는 건 생각만 해도 오싹해져. 너무 뻔뻔하지? 내 머릿속에는 낡아빠진 사고가 자리잡고 있는 것 같아. 비겁한 일일지 모르지만 결국은 둘만의 문제야. 문제는……, 그것을 상대에게도 고민하라고 하는 건 괴로운 일이야."

"제멋대로군."

"그런가……. 이런 생각을 이해할 수 있게 잘 설명하지는 못하겠지만 결국은 그런 타인의 비극이 귀찮은 거야. 뭐, 어떻게든

---

4) 매실과 매실 진액 등을 농축해서 만든 알약 모양의 영양제.

되겠지만……, 그런 건 생각하지 않아도 괜찮아. 어떻게든 되겠지, 하고 내버려두는 것 말고 방법이 없으니까……."

사월이라고는 하지만 비 때문인지 고후 교외는 아직 추워서 손끝이 차갑게 느껴졌다.

"온천에 들어가자."

"응, 조금 추워졌네."

게이스케와 나는 긴 복도를 따라 온천에 들어가기 위해 걸어갔다. 오후 무렵의 넓은 온천탕에는 아무도 없었다.

옷을 벗자 푸른 심줄이 보이도록 부풀어 오른 배가 보기 흉하다. 추한 것을 보았을 때처럼 기분 나쁜 생각이 엄습해온다. 우리는 서로의 몸을 보지 않도록 멀리 떨어져 탕에 들어갔다. 기분 좋은 안개가 온천탕 한가득 피어 있다.

"너구리처럼 보이지 않아?"

"응?"

깜짝 놀란 듯 발을 씻던 게이스케가 수증기 너머에서 돌아보았다.

"내가 꼭 너구리 같다는 생각이 들어. 우스운 거 같아서……."

"자기 점점 이상해지는 거 같아. 혼자서 좋지 않은 일을 생각하며 안절부절못하잖아."

게이스케는 다시 고개를 숙이고 발바닥을 문지른다. 빗속을 뚫고 멀리서 천둥소리 같은 비행기 소리가 들려왔다. 소리는 갑자기 깜짝 놀랄 만큼 가까워지더니 마치 온천 지붕 위로 추락하는 것 같은 무시무시한 굉음으로 변했다. 온천탕의 창 한가득,

괴물처럼 검은 비행기의 모습이 스치듯 굉음을 울리며 지나갔다. 비 내리는 정원으로 뛰쳐나가는 사람도 있다.

"어머, 저 비행기 추락하는 거 아니야? 괜찮을까. 어떻게 도울 수 없을까. 분명 추락하는 거야. 어머, 비행기 어떡해! 큰일 났어. 불쌍해, 이렇게 비가 내리는데⋯⋯. 자기, 무슨 도울 방법이 없을까⋯⋯."

깜짝 놀란 나는 유리창을 열고 달라붙어서 굉음을 울리며 날아간 비행기를 바라보고 큰 소리로 게이스케를 불렀다.

"괜찮아. 저건 미국 비행기야. 성능이 뛰어난 비행기니 추락할 일은 없어."

"그렇지 않아. 미국 비행기라도 추락하지 않는다는 보장은 없어. 타고 있는 사람이 불쌍해. 도와줄 방법이 없을까⋯⋯."

게이스케가 창문에 달라붙어 있는 내 어깨를 감싸며 말했다.

"감기 들겠어. 수다쟁이 씨⋯⋯. 자, 온천물에 들어가세요. 몸이 차갑잖아. 추락할 일은 없어!"

"저건 분명 추락하는 소리야. 옛날에 비행기가 추락하는 걸 시골에서 본 적이 있는걸⋯⋯."

"괜찮아. 바보 같이⋯⋯."

게이스케는 수건을 허리에 두르더니 차가워진 내 몸을 사뿐히 들어서 탕 속에 넣었다.

"이거 두 모자가 꽤 무거운데."

아까 깜짝 놀라 열었던 유리창에서 수증기를 날려버리듯 남풍이 쏴 불어온다. 누군가 전기스위치를 켰는지 둥근 천장에

달린 흐린 유리 속 등이 희미하게 켜졌다.

"꼭 어린애 같아. 물에 들어가니 자기 몸이 크게 부풀어 올라⋯⋯."

"비행기가 추락할 거 같은데 아무도 도와주지 않다니 이상한 일이야⋯⋯."

나는 넓은 탕 속에서 게이스케의 두 손을 잡고 천천히 빙글 돌았다. 마음이 너무 흐트러져 있기에 괴로움을 참고 있으면 생각이 이상해져버리게 된다. 천장의 둥근 지붕이 그대로 떨어질 것 같은 이상한 무서움이 경련처럼 몸으로 전해진다. 물의 온기를 태아가 다리에 힘을 꾹 주고 버틴다. 짓눌리는 듯한 복부의 통증을 느낀다. 숙명적인 작은 생명덩어리가 머리를 숙이고 신음한다. 누구에게도 폐를 끼치지 않고 내 안에 고요히 깃들어 있는 고독한 태아의 모습이 사랑스러웠다. 안심하고 그 조리원에서 낳자고 생각했다. 누구에게도 폐를 끼치지 않고 몰래 낳기를 바랐다.

아이를 건강하게 낳을 수만 있다면 게이스케도 필요 없다. 우리는 가끔 기회가 있을 때마다 시부야(渋谷) 역에서 만났다. 아무 말도 하지 않고 불에 탄 거리를 그저 천천히 걸었다. 늘 걷는 길에서 언덕 같이 전망이 좋은 곳에 이르면 불에 탄 돌위에 걸터앉아 왁자지껄 장이 선 거리를 바라보곤 했다.

먼저 탕에서 나온 게이스케는 몸단장을 하느라 늦어지는 나를 기다려주었다.

"봐, 아무도 비행기가 추락했다고 소란피우지 않지?"

"무사히 착륙했나봐……."

"그리 쉽게 추락하는 게 아니야."

방에 돌아오자 이른 저녁상이 차려져 있었다. 저녁상은 그다지 변변치 않았다. 비는 여전히 부슬부슬 내렸다. 우리는 하룻밤 더 머물기로 했다. 하루 더 살아남은 사람들처럼 둘은 마주보며 미소 지었다. 그 미소 속에는 아무런 감상도 없었다. 일그러진 탁자를 마주하고 식사를 하면서 나는 처음으로 이틀이나 집을 비운다는 데 가슴이 떨려 내일 집으로 돌아가면 남편에게 모든 걸 이야기해버리고 싶다는 생각이 들었다. 파도는 산산이 부서져버렸다. 두 번 다시 처음으로 되돌아갈 수 없는 먼 곳까지 부서져 날아간 것이다.

모두들 물결처럼 서로 부대끼며 걸어간다. 그 속에서 나도 비틀대며 필사적으로 따라간다. 수많은 사람들의 얼굴이 고뇌에 찬 모습으로 떠오른다. 무의식적으로 앞으로 떠밀려 나아가는 방법밖에는 없다……. 이 사랑으로 인해 내 인생이 영원히 침전한들 무슨 후회가 있을까…….

하루 종일 비에 숨은 후지산은 보이지 않았지만 날이 개면 바로 눈앞에 거대한 산이 있다고 했다. 이층에서 내려다보자 황혼녘 안개비 속에 드넓고 푸른 보리밭이 선명하게 펼쳐져 있었다.

지 옥 변

아쿠타가와 류노스케

아쿠타가와 류노스케(芥川龍之介, 1892~1927)

소설가. 도쿄 출생. 출생 직후 어머니가 발광, 외가인 아쿠타가와 가의 양자가 되었다. 도쿄 대학 영문과에 입학, 도요시마 요시오, 기쿠치 간 등과 『신사조』를 창간했다. 1916년에 발표한 「코」로 나쓰메 소세키의 격찬을 받았으며 뒤이어 「참마죽」, 「손수건」도 호평을 얻어 신진작가로서의 지위를 확립했다. 작품의 대부분은 단편으로 왕조 시대, 근대 초기의 기독교 문학, 에도 시대의 인물·사건, 메이지 시대의 문명개화기 등 여러 시대의 역사적인 문헌에서 소재를 취해, 스타일과 문체를 달리한 재기 넘치는 다양한 작풍의 단편소설을 발표했는데 전부 소설의 기술적인 세련미와 형식적인 완성미를 추구했다. 예술파를 대표하는 작가로 활약했으며, 후반기에는 자전적인 소재가 많아져 「점귀부」, 「현학산방」 등 우울한 경향이 강해졌다. 1927년에 '나의 장래에 대한 뭔지 모를 그저 희미한 불안'을 안은 채 수면제를 복용하여 자살했다. 향년 35세. 대표작으로는 「라쇼몬」, 「코」, 「참마죽」, 「지옥변」, 「톱니바퀴」 등이 있다.

아쿠타가와 류노스케상

아쿠타가와 류노스케의 업적을 기념하여 친구인 기쿠치 간이 1935년 제정한 문학상. 순수문학 신인작가의 중단편 발표작을 대상으로 연 2회 선정한다.

1

호리카와(堀川)[1]의 대신(大臣)님 같은 분은, 지금까지는 물론이거니와 필시 후세에도 두 번 다시 없을 분입니다. 소문에 의하면 그분이 태어나시기 전, 대위덕명왕(大威德明王)[2]께서 자당 분의 꿈자리에 나타나셨다고 하니 아무튼 태어나실 때부터 보통 사람들과는 다르셨던 듯합니다. 그러하니 그분께서 하신 일 중에 무엇 하나 저희들의 의표를 찌르지 않은 일은 없습니다. 성급한 말인 듯하나 호리카와 저택의 규모를 보더라도 장대하달까 호방하달까, 도저히 저희 범인들 생각으로는 미칠 바 없는 대담한 구석이 있습니다. 사람들 중에는 그런 점들을 들어 대신님의 성행(性行)을 진시황이나 수양제에 견주는 이들도 있으나 이는 속담에서 말하는 바처럼 장님이 코끼리를 더듬는 격과 같습니다. 그분의 뜻은 결코 그와 같이 당신 혼자 부귀영화를 누리고자함이 아닙니다. 그보다 훨씬 깊이 하층 서민들의 일까지 생각하시는, 이른바 천하와 더불어 기쁨을 나누려는 넓고 큰 도량을 지니셨습니다.

그러하기에 니조오미야(二条大宮) 백귀야행(百鬼夜行)[3]

---

1) 헤이안(平安) 시대(794~1185년)의 수도였던 교토 내에 있는 지명.
2) 불교의 오대존명왕(五大尊明王) 중 문수보살의 화신으로 서쪽을 지키며 악귀로부터 중생을 지켜준다. 칼, 활, 창, 곤봉, 밧줄, 화살을 여섯 손에 쥐고 있으며 온몸이 불꽃에 싸여 있다.
3) 교토의 니조오미야 네거리는 당시 귀족들은 물론 서민들 사이에서도 밤이면 요

과 마주쳐도 딱히 별 탈도 없으셨습니다. 또 미치노쿠(陸奥) 지방의 시오가마(鹽竈) 절경을 본뜬 것으로 유명한 히가시산조(東三条)의 가와라노인(河原院)[4]에 밤마다 나타난다고 소문이 자자한 도오루(融) 좌대신(左大臣)의 혼령조차 대신님의 꾸중을 듣고 자취를 감추었음이 분명합니다. 위광이 이러하였으니 당시 도성 안 남녀노소가 대신님을 마치 부처나 보살의 환생처럼 우러러본 일도 어찌 보면 당연한 일입니다. 언제인가, 황궁의 매화 연회에서 돌아오시는 길에 가마의 소가 풀려 때마침 지나가던 노인이 다쳤을 때도 노인은 합장을 하며 대신님의 소에 받힌 것은 황송한 일이라고 말하였습니다.

이런 정도였으니 대신님 생전에는 누대까지 회자될 이야깃거리가 무척 많았습니다. 황궁에서 연 성대한 향연 때 백마 서른 마리를 하사받은 일도 있으시고, 나가라(長良) 다리 공사 때 총애하는 시동을 인신공양으로 바치신 일도 계시며, 또한 화타의 의술을 전한 중국의 승려에게 넓적다리의 종기를 째게 하신 일도 계시고……, 일일이 수를 헤아리자면 한도 끝도 없습니다. 허나 수많은 일화 중에서 지금은 귀중한 가보가 된 지옥변(地獄變)[5] 병풍의 유래만큼 끔찍한 이야기도 없을 것입니다. 평소에 놀라시는 일이 없으시던 대신님조차 그때만큼은 가히 놀라

괴들이 줄을 지어 출몰, 즉 백귀야행하는 곳으로 소문이 나서 모두가 꺼려하는 장소였다.
4) 헤이안 전기의 귀족이자 사가(嵯峨) 천황의 아들인 도오루(融)의 웅대한 저택. 마쓰시마(松島) 시오가마 만(灣)의 절경을 본떠 정원을 만든 후 매일 바닷물을 옮겨와 소금을 굽고 연기를 피웠다고 한다.
5) 지옥변상도(地獄變相圖)의 약칭. 중생들에게 권선징악의 깨우침을 가르치기 위해 지옥에서 형벌로 고통 받는 이들을 표현한 불화.

신 듯했습니다. 그럴진대 곁에서 모시는 저희가 혼비백산한 것은 말할 나위도 없습니다. 개중에서 저는 대신님을 20년이나 모시고 있었지만 그런 저조차도 이제껏 그처럼 무시무시한 광경을 본 적은 일찍이 없었을 정도입니다.

그러나 그 이야기를 하자면 먼저 지옥변 병풍을 그린 요시히데(良秀)라는 화공에 대해서 말씀드릴 필요가 있습니다.

2

요시히데라는 이름을 대면, 어쩌면 지금도 또렷이 그를 기억하고 계실 분이 있을 것입니다. 그 당시 화공 중에 요시히데를 능가하는 이는 없다고 할 만큼 고명한 화공이었습니다. 당시 그 일이 일어났을 때는 어느덧 그도 쉰 고개를 바라보고 있었습니다. 겉보기에는 그저 키가 작고 뼈와 가죽만 남은, 비쩍 마르고 심술궂어 보이는 노인이었습니다. 그는 대신님의 저택에 올 때는 늘 정향나무 봉오리로 염색한 황갈색 가리기누(狩衣)6)에 모미에보시(揉烏帽子)7)를 쓰고 있었는데, 성품은 더없이 천박하고 입술은 왜 그런지 노인답지 않게 눈에 띠게 붉어서 자못 음산한 짐승을 보는 듯한 느낌이 드는 사내였습니다. 사람들 중에는 그건 붓을 핥아서 붉은 물감이 밴 탓이라고 말하는 이도

---

6) 헤이안 시대 귀족들이 입던 평상복으로 깃이 둥글고 소맷부리를 졸라맸으며, 겨드랑 밑은 꿰매지 않았다. 본래 사냥할 때 입는 옷이었다.
7) 옛날에 귀족이나 무사가 머리에 쓰던 건(巾)의 일종. 비벼서 부드럽게 만들었다.

있었으나 알 수는 없습니다. 하기야 이보다 입이 험한 자들은 요시히데의 행동거지가 원숭이 같다며 사루히데(猿秀)[8]라는 별명까지 붙여준 일도 있었습니다.

아, 사루히데라고 하니 이런 이야기가 떠오릅니다. 그 무렵 대신님 저택에는 열다섯 된 요시히데의 외동딸이 시녀로 들어와 있었는데 생부와는 딴판으로 애교가 있는 소녀였습니다. 더욱이 모친을 일찍 여읜 탓인지 정이 많고 나이보다 조숙한 데다, 천성이 영특하여 어린 나이에 어울리지 않게 무슨 일에나 눈치도 빠른 아이여서 마님을 비롯해 다른 시녀들에게도 귀염을 받았던 듯합니다.

그런 어느 날, 단바(丹波) 지방에서 길들여진 원숭이 한 마리를 헌상하였는데 마침 한창 장난칠 시기의 어린 도련님이 요시히데라는 이름을 붙이셨습니다. 누가 보더라도 원숭이 모습이 우스꽝스러울 텐데 그런 이름까지 붙었으니 저택의 사람들 중 웃지 않는 이는 한 명도 없었습니다. 그나마 웃기만 하면 괜찮았을 텐데 모두들 재미 삼아 '저 봐, 정원 소나무에 올라갔다.'는 둥 '저런, 시녀 방 다다미를 더럽혔다.'는 둥 걸핏하면 요시히데, 요시히데 하고 이름을 부르며 괴롭혀댔습니다.

그러던 어느 날, 앞에서 말씀드린 요시히데의 딸이 서찰을 묶은 한홍매(寒紅梅) 가지를 들고 긴 복도를 지나는데, 새끼원숭이 요시히데가 저쪽 미닫이 맞은편에서 아마 발이라도 접질렸는지 평소와는 달리 기둥으로 뛰어올라갈 힘도 없이 절뚝이

---

8) 원숭이를 일본말로 사루(猿)라고 한다.

며 허겁지겁 도망쳐왔습니다. 게다가 그 뒤편에서는 회초리를 치켜든 도련님이 "귤 도둑놈. 게 섰거라. 게 섰거라." 소리치며 쫓아오시는 게 아니겠습니까. 그것을 본 요시히데의 딸은 잠시 주저하다 마침 도망쳐온 원숭이가 치맛자락에 매달리며 애처로운 소리로 울어대자 문득 불쌍한 마음을 억누를 수 없었던 모양입니다. 한손으로 매화 가지를 받친 채 다른 편의 우치기(袿)9) 소매를 가볍게 벌려 조심스럽게 원숭이를 안아 올리고는 도련님 앞에 허리를 굽히며 "송구하오나 짐승에 불과하니 부디 용서하여주시길 바라옵니다."라고 차분한 목소리로 고했습니다.

그러나 화가 나서 쫓아온 도련님은 언짢은 표정으로 얼굴을 쓰다듬더니 두어 번 발을 구르며 "왜 감싸느냐. 그 원숭이는 귤 도둑놈이다."하시자 "짐승에 불과하오니⋯⋯." 소녀는 재차 이렇게 말하더니 슬픈 미소를 지으며 "또한 요시히데라고 말씀하시니, 아버님께서 꾸짖음을 듣는 듯하여 도저히 그저 보고만 있을 수 없었사옵니다."라고 작심한 듯 고했습니다. 그 말을 듣자 도련님도 과연 고집을 꺾으실 수밖에 없으신 듯했습니다.

"그렇군. 부친의 목숨을 살려 달라 청하는 것이라면 별수 없군. 용서해주도록 하마."

마지못해 이렇게 말씀하시고는 회초리를 저편으로 버리고 본래 계시던 미닫이 쪽으로 그대로 돌아가버리셨습니다.

---

9) 헤이안 시대 귀부인이 당의에 받쳐 입던 옷.

요시히데의 딸과 새끼원숭이의 사이가 좋아진 것은 그 일이 있은 후부터입니다. 딸은 아가씨에게서 받은 금방울을 아름다운 진홍색 끈에 달아 원숭이 목에 걸어주었고, 원숭이 역시 무슨 일이 있어도 좀처럼 딸의 곁을 떠나지 않았습니다. 어느 날, 딸이 감기에 걸려 자리에 누워 있을 때에도 새끼원숭이는 머리맡에 앉아 어딘지 불안한 듯한 얼굴로 연신 손톱을 깨물고 있었습니다.

이러자 묘하게도 예전처럼 새끼원숭이를 괴롭히는 사람이 아무도 없었습니다. 아니, 도리어 점점 귀여워하기 시작하더니 종국에는 도련님조차 가끔씩 감이나 밤을 던져주셨을 뿐만 아니라 사무라이 중 누군가가 원숭이를 발로 찼을 때에는 크게 화를 내셨다고 합니다. 그 뒤 대신님께서 특별히 요시히데의 딸과 원숭이를 부르신 연유도 도련님이 화를 낸 자초지종을 들으신 뒤라고 합니다. 그때 자연스레 딸이 원숭이를 귀여워하는 연유도 들으신 듯합니다.

"효심이 깊은 아이로구나. 칭찬받아 마땅하다."

이런 대신님의 뜻에 따라 딸은 그때 분홍색 아코메(袙)[10]를 선물로 받았습니다. 그런데 아코메를 공손히 받아드는 딸의 모습을 본 원숭이가 그것을 흉내 내자 대신님도 내심 흐뭇해하셨다고 합니다. 그러하니 대신님이 요시히데의 딸을 각별히 아끼

---

10) 귀족들이 옷을 갖춰 입을 때 안에 입던 옷. 또는 부인이나 아이들이 속옷으로 입던 옷

게 된 것은 오로지 원숭이를 귀여워하는 마음과 효심을 기특히 여기신 때문이지 결코 시중에서 말하는 것처럼 색을 탐하셨던 때문이 아닙니다. 물론 그러한 소문이 생긴 데도 연유가 없는 것은 아니나 그에 대해서는 나중에 상세히 이야기하도록 하겠습니다. 지금은 단지 대신님이 아무리 아름답게 꾸민들 한낱 화공의 딸에 불과한 소녀 따위를 마음에 둘 분이 아니라는 사실을 밝혀두는 걸로 족합니다.

한편, 크게 칭찬을 받고 물러나온 요시히데의 딸은 본시 영민한 아이였던지라 경망스러운 다른 시녀들의 시샘을 받는 일도 없었습니다. 오히려 그 이래로 원숭이와 함께 한층 귀여움을 받았고, 특히 아가씨 곁에서 떨어진 적이 없다고 해도 좋을 만큼 모노미구루마(物見車)[11] 행차에도 빠진 적이 없었습니다.

하지만 딸의 이야기는 잠시 접어두고 지금부터는 다시 아비인 요시히데에 대해 말씀드리겠습니다. 원숭이는 이렇게 곧 모든 사람들의 귀여움을 받게 되었으나 정작 요시히데 본인은 모두들 싫어해서 여전히 뒤에서는 사루히데로 불리고 있었습니다. 게다가 이것은 단지 저택 안에서만의 일이 아니었습니다. 어느새 요가와(橫川)의 승관(僧官)님도 요시히데 이야기만 나오면 마귀라도 본 듯 얼굴색을 바꾸며 미워하셨습니다. (본시 이는 요시히데가 승관님의 행장을 희화(戲畵)로 그렸기 때문이라고들 하는데, 아무래도 아랫것들 소문이어서 딱히 맞다고 할 수도 없습니다.) 어찌됐든 그에 대해 누구에게 물어보아도 늘

---

11) 예전에 제례나 행사 등을 구경할 때 타고 가던 수레.

이런 식의 악평뿐이었습니다. 만일 나쁘게 말하지 않는 사람이 있었다고 한다면 그것은 두세 명의 동료 화가이거나, 혹은 그의 그림만 알 뿐 됨됨이를 모르는 이들뿐이었을 것입니다.

실제로 요시히데는 겉보기에 비루할 뿐 아니라 애초에 사람들이 싫어하는 못된 버릇이 있었으니 오로지 자업자득이라고 할밖에 달리 도리가 없습니다.

4

그 버릇이라는 건, 인색하고 간탐(慳貪)하고 부끄러움을 모르며 게으르고 탐욕스럽고……, 아니, 그중에서도 유달리 심한 건 거만하고 교만해서 늘 자신이 당대 최고의 화공이라고 거들먹거리며 말하는 것이었습니다. 더욱이 화도(畵道)에 관해서라면 몰라도 그가 억지를 부리기 시작하면 세상의 관습이나 관례 같은 것까지 모조리 업신여기지 않고는 직성이 풀리지 않았습니다. 이것은 오랫동안 요시히데의 제자로 있던 사내에게서 들은 이야기인데, 어느 날 어떤 분의 저택에서 유명한 히가키(檜垣)의 무녀가 신내림을 받아 무서운 신탁을 고할 때도 그는 한 귀로 흘려들으며 마침 그곳에 있던 붓과 먹으로 무녀의 무시무시한 얼굴을 세세히 그리고 있었다고 합니다. 아마 그의 눈으로 보면 신령의 재앙도 어린애 속임수 정도로밖에 여겨지지 않는 듯합니다.

이러한 사내였기에 길상천녀(吉祥天女)를 그릴 때 천박한 유녀의 얼굴로 그리거나, 부동명왕(不動明王)을 그릴 때 방면된 부랑배의 모습으로 그리거나 하는 불경스러운 짓을 많이 했는데, 그래도 그를 힐책하면 "내가 그린 신불이 이 요시히데에게 천벌을 내린다니 참으로 괴상한 말도 다 듣는구먼."하며 콧방귀를 뀌는 것이 아닙니까. 그러자 아무리 제자들이라 해도 어이가 없고 기가 차서 개중에는 앞날을 염려하여 황망히 문하를 뛰쳐나간 이도 적지 않았다고 합니다. 한마디로 오만방자라고 할까요, 좌우간 당대 하늘 아래 저만큼 대단한 인간은 없다고 생각하는 그런 사내였습니다.

그러니 요시히데가 화도에서 얼마나 도도하게 굴었는지는 말할 필요도 없을 것입니다. 심지어 그 그림조차 붓놀림과 채색 모두가 다른 화공과는 전혀 달랐기에 사이가 나쁜 화공들 사이에서는 사기꾼이라는 평판도 꽤 있었던 듯합니다. 그들이 말하기를 가와나리(川成)나 가나오카(金岡)와 같은 옛 명장이 그린 그림은 달밤이면 판자문에 그린 매화에서 향기가 풍긴다거나 병풍 속 귀인이 부는 피리소리가 들렸다는 등 고상한 풍문이 생기는데 요시히데의 그림은 언제나 섬뜩하고 기묘한 평판밖에 전해지지 않는다고 합니다. 가령 그가 용개사(龍蓋寺) 문에 그린 오취생사(五趣生死) 그림도 한밤중에 문 아래를 지날 때 천인(天人)의 한숨소리나 흐느끼는 소리가 들린 적도 있다고 합니다. 아니, 그중에는 시체가 썩어가는 악취가 났다고 하는 사람마저 있었습니다. 그리고 대신님의 분부를 받아 시녀들의 초상화를 그렸는데 유독 초상화로 그린 이들은 삼 년도 지나지 않아 모두 넋이 나간 듯한 병에 걸려 죽었다는 것 아니겠습니까. 나쁘게 말하는 이들에 의하면 이는 요시히데의 그림이 사도(邪道)에 빠진 가장 명백한 증거라고 합니다.

허나 바로 앞에서 말씀드린 대로 오만방자한 자인지라 요시히데는 오히려 그것이 큰 자랑거리인 듯, 언젠가 대신님이 농담삼아 "자네는 정녕 추한 것을 좋아하는 듯하네."라고 말씀하셨을 때도 나이에 어울리지 않는 붉은 입술에 씽긋 기분 나쁜 웃음을 띠며 "그렇사옵니다. 평범한 화공은 대저 추한 것의 아름다움을 알 리가 없사옵니다."라고 무례하게 대답하였습니다. 아무리 당대 최고의 화공일지라도 감히 대신님 앞에서 그리 큰소리를 칠 수 있단 말입니까. 앞서 말한 제자가 스승에게 '지라영수(智羅永壽)'라는 별명을 은밀히 붙여 점점 오만해지는 것을 욕한 곡절도 이해가 갑니다. 잘 아시겠지만 '지라영수'란 옛날 중국에서 건너온 덴구(天狗)[12]의 이름입니다.

그러나 이런 요시히데에게도, 이 어찌 할 수 없는 악인 요시히데에게도 단 한 군데 인간다운, 애정 어린 면이 있었습니다.

5

무슨 말인가 하면 요시히데가 시녀로 들어간 외동딸을 흡사 미치광이처럼 끔찍이 아꼈다는 말입니다. 앞에서 말씀드린 바

---

12) 일본의 전설에 등장하는, 사람의 형상을 한 괴물. 얼굴은 빨갛고 코는 높고 날개와 신통력이 있다. 우쭐대거나 허풍을 떠는 사람에 비유하기도 한다.

와 같이 딸도 한없이 착하고 효심이 깊은 아이였으나 그가 딸을 사랑하는 마음도 결코 그에 뒤지지 않았습니다. 한 번도 절에 시주를 한 적이 없는 사내가 딸이 입을 옷이나 머리 장신구에는 돈을 일절 아끼지 않고 전부 사주었으니 거짓말처럼 들리지 않습니까?

그러나 요시히데가 딸을 아끼는 것은 단지 귀여워할 뿐이지 때가 되면 좋은 사윗감을 보겠다는 마음은 꿈에도 없었습니다. 한술 더 떠서 딸에게 치근덕거리는 자가 있을 양 치면 무뢰배들이라도 끌어 모아 몰래 몰매라도 놓을 요량이었습니다. 그러하니 딸이 대신님의 명으로 시녀가 되었을 때도 아비로서 크게 못마땅하여 한동안 대신님을 봬도 언짢은 표정만 지었습니다. 대신님이 딸의 미모에 마음이 끌려 부모의 의사는 개의치 않고 시녀로 삼았다는 소문은 대체로 그런 모습을 본 이들의 억측에서 나온 듯합니다.

틀림없이 그 소문은 거짓이었으나, 요시히데가 딸을 끔찍이 아끼는 마음 때문에 시녀에서 벗어나길 간절히 바란 것은 분명한 사실입니다. 어느 날, 대신님의 분부로 아기 문수보살을 그렸을 때도 총애하는 시동의 얼굴을 본떠 잘 그려내자 대신님도 크게 흡족해하시며 "원하는 것을 상으로 내릴 테니 기탄없이 말해보게."라고 말씀하셨습니다. 그러자 요시히데가 무릎을 꿇고 엎드리더니 뭐라고 말했는가 하면 "부디 제 여식을 시녀로 삼은 분부를 거두어주십시오."라고 뻔뻔하게 고했습니다. 다른 가문이라면 몰라도 호리카와의 대신님을 섬기는 자를, 아무리 아끼는 마음이라 해도 이렇듯 무례하게 명을 거두어달라는 자가 세상천지 어디에 있단 말입니까. 그러자 아무리 도량이 넓으신 대신님도 적잖이 기분이 상하신 듯 잠시 아무 말씀도 없이 그저 요시히데의 얼굴을 바라보고 계시다 이윽고 "그건 안 되네."라고 내뱉듯 말씀하시고 그대로 자리를 뜨셨습니다. 이러한 일이 그 뒤로도 네댓 번은 있었습니다. 지금 와서 생각해보면 그럴 때마다 요시히데를 바라보는 대신님의 눈은 점점 차가워지신 것 같습니다. 그러자 역시 딸도 아비의 신변이 걱정되었는지 혼자 방에서 소맷자락을 깨물며 훌쩍훌쩍 울곤 했습니다. 그래서 대신님이 요시히데의 딸을 마음에 두고 있다는 따위의 소문이 더 퍼진 듯합니다. 사람들 중에는 지옥변 병풍의 유래도 실은 딸이 대신님의 뜻에 따르지 않았기 때문이라는 자도 있었으나 애당초 그와 같은 일이 있었을 리가 없습니다.

제가 보기에 대신님이 요시히데의 딸을 그대로 두신 이유는 오로지 딸의 처지를 측은하게 여기신 때문으로, 그와 같이 괴팍한 아비 곁으로 돌려보내기보다는 저택에 두고 아무런 불편 없이 생활하도록 하려는 고마운 뜻이셨던 듯합니다. 처음부터 마음이 착한 딸을 아끼신 것은 분명합니다. 허나 색을 밝히셨다는 것은 단연코 견강부회(牽强附會)입니다. 아니, 아무런 근거도 없는 거짓말이라는 편이 마땅할 것입니다.

어찌됐든 그렇듯 딸의 일로 인해 요시히데에 대한 인상이 상당히 나빠졌을 때였습니다. 무슨 생각이 드셨는지 돌연 대신님께서 요시히데를 부르시더니 지옥변 병풍을 그리라는 분부를 내리셨습니다.

6

지옥변 병풍이라고 하면 저는 늘 그 무시무시한 그림의 배경
이 생생하게 눈앞에 떠오르는 듯한 기분에 휩싸입니다.

같은 지옥변이라도 요시히데가 그린 그림은 다른 화공의 것
과 비교하면 그림의 구도가 전혀 다릅니다. 한 폭 병풍의 한쪽
구석에 자그맣게 십대왕(十大王)을 비롯한 권속들의 모습을
그리고, 나머지 일면에 검산도수(劍山刀樹)도 집어삼킬 듯 대
홍련(大紅蓮) 지옥의 맹렬한 불길이 소용돌이치고 있습니다.
거기에 황색과 남색으로 점점이 칠해져 있는 중국풍 명관(冥
官)들의 의복 외에는 어디를 둘러봐도 맹렬히 타오르는 화염
색뿐인데, 그 안에서 흡사 만(卍)과 같이 먹과 금가루를 흩뿌려
그린 검은 연기와 불똥이 미친 듯 일렁이고 있습니다.

그것만으로도 꽤나 사람의 눈을 놀라게 할 필치인데, 그 위에
업화(業火)에 불타 이리저리 뒹굴며 괴로워하는 죄인들도 누구
하나 통상적인 지옥도에선 볼 수 없는 모습이었습니다. 왜 그런
가 하면 요시히데는 그 많은 죄인들 속에 위로는 고관대작에서
부터 아래로는 걸인과 천민에 이르기까지 온갖 신분의 인간들
을 그려왔기 때문입니다. 관복을 갖춰 입은 근엄한 당상관, 비단
우치기(袿)를 다섯 겹 받쳐 입은 아리따운 젊은 궁녀, 염주를
건 염불승, 굽 높은 나막신을 신은 무사 수행자, 호소나가(細

長)13)를 입은 여동(女童), 미테구라(幣)14)를 받쳐 든 음양사(陰陽師)……, 일일이 헤아리자면 한도 끝도 없습니다. 아무튼 그토록 많은 인간이 불과 연기가 소용돌이치는 속에서 소와 말의 머리를 한 옥졸에게 학대받으며, 강풍에 휘날려 흩어지는 낙엽처럼 사방팔방 어지러이 도망치고 있었습니다. 사스마타(刺股)15)에 머리카락이 휘감겨 거미처럼 손발을 웅크린 여자는 무녀(巫女)의 부류인 듯합니다. 창에 가슴을 찔려 박쥐처럼 거꾸로 뒤집힌 사내는 별 볼일 없는 지방관임에 틀림없습니다. 그 외에 쇠몽둥이로 맞는 자, 혹은 천 근 바위에 짓눌린 자, 혹은 괴조의 부리에 쪼인 자, 혹은 독룡(毒龍)의 아가리에 물린 자……, 죄인의 수에 응분하여 형벌 또한 몇 가지인지 모릅니다.

그러나 그중에서도 유달리 눈에 띄고 무시무시한 광경은 흡사 짐승의 송곳니 같은 칼의 숲 꼭대기에 닿을 듯 스치며(그 칼날들 끝에도 오체가 꿰뚫린 수많은 망자가 줄줄이 매달려 있습니다.) 공중에서 내려오는 한 대의 우차(牛車)입니다. 지옥 바람에 올라간 그 가마의 주렴 안에는 후궁인지 궁녀인지 분간할 수 없을 만큼 화려한 옷을 입은 여인이 불길 속에 길고 검은 머리를 휘날리며 흰 목덜미를 뒤로 젖힌 채 괴로움에 몸부림치고 있는데, 그 여인의 모습이나 또 불타고 있는 우차나 무엇하나 초열지옥(焦熱地獄)의 형벌을 떠올리지 않게 하는 것이

---

13) 귀족의 젊은 여성이나 어린 아이가 입던 옷섶이 없고 가늘고 긴 두 폭의 의복.
14) 신에게 기원할 때 바치는 예물로 삼베나 명주, 종잇조각 등을 가늘게 오려 긴 막대기에 드리운 것.
15) 에도 시대, 죄인을 잡는 데 사용한 무기. 긴 나무막대 끝에 달린 U자 모양의 쇠붙이를 목에 걸어 눌러 잡는다.

없습니다. 이를 테면 커다란 화폭의 끔찍함이 이 단 한 명의 여인에게 오롯이 담겨 있다고나 할까요. 그림을 보는 자의 귓전에 처절한 아비규환의 목소리가 들려오는 듯한 입신(入神)의 경지에 오른 작품입니다.

아, 이것입니다. 이것을 그리기 위해서 그 끔찍한 일이 벌어진 것입니다. 또한 그 일이 없었다면 아무리 요시히데라 해도 어찌 그토록 생생하게 나락의 고통을 그려낼 수 있었겠습니까. 그는 병풍 그림을 완성하는 대신 목숨을 버리는 것이나 다를 바 없는 처참한 고초를 겪었습니다. 말하자면 이 그림의 지옥은 당대 최고의 화공인 요시히데 자신이 언젠가 떨어질 지옥이었던 것입니다…….

저는 이 진귀한 지옥변 병풍에 대해 이야기하는 것을 너무 서두른 나머지, 어쩌면 이야기 순서를 거꾸로 한 건지도 모르겠습니다. 허나 이제부터 다시 이어서 대신님께 지옥도를 그리라는 분부를 받은 요시히데 이야기로 돌아가겠습니다.

7

요시히데는 그로부터 대여섯 달 동안 저택에는 일절 발길을 끊은 채 병풍 그림에만 매달렸습니다. 그토록 딸을 사랑하던 사내가 일단 그림을 그리기 시작하면 딸의 얼굴을 볼 생각도 하지 않는다니 참으로 신기한 일 아닙니까. 앞에서 말한 제자의 말로는, 그는 일단 작업에 들어가면 마치 여우에 홀린 사람처럼 변한다고 합니다. 실제로 당시 평판 중에 요시히데가 화도에서 이름을 떨치게 된 것은 복덕대신(福德大神)에게 발원한 때문 인데, 그 증거로 요시히데가 그림 그리는 것을 몰래 숨어서 엿보 면 반드시 음침한 여우의 모습이, 그것도 한 마리가 아니라 사방 에 무리지어 있는 광경이 보인다고 하는 이도 있었습니다. 그 정도이니 일단 화필을 들었다 하면 그림을 완성하는 일 외에는 모조리 잊어버리는 듯합니다. 밤낮으로 한 칸 방 안에 틀어박혀 좀처럼 햇빛을 보는 일도 없습니다. 특히 지옥변 병풍을 그릴 때는 그런 집착의 정도가 극도로 심했던 듯합니다.

이렇게 말씀드리는 것도 단지 그가 낮에도 덧문을 닫은 방 안 등잔불 아래에서 비밀의 그림물감을 섞거나 제자들에게 스 이간(水干)16)이나 평복 등을 입게 한 뒤 그 모습을 한 사람씩 세세하게 그리거나 한 그런 일 때문이 아닙니다. 그 정도 일이라 면 딱히 지옥변 병풍이 아니더라도 그림을 그릴 때라면 늘 해왔 음 직한 사내입니다. 아니, 일전에 용개사의 오취생사도를 그릴 때는 제정신을 가진 사람이라면 일부러라도 눈길을 피하며 지 날 길가의 송장 앞에 유유히 앉아 반쯤 썩어 문드러진 얼굴과 손발은 물론 머리카락 한 올도 빠트리지 않고 옮겨 그린 후 자리를 뜬 적도 있었습니다. 그림 집착의 정도가 극도로 심했다 는 말은 대체 무엇을 말하는 건지 전혀 짐작이 가지 않는 분도 계실 듯합니다. 그에 대해 지금 상세히 말씀드릴 순 없으나 주된

---

16) 풀을 먹이지 않고 물에 적셔 말린 천. 또는 그런 천으로 만든 목둘레가 둥글고 겨드랑이가 트여 있는 의복.

부분을 말씀드리자면 대강 다음과 같습니다.

　요시히데의 제자 한 명이(이 또한 앞서 말씀드린 사내입니다만) 어느 날, 물감을 개고 있는데 갑자기 스승이 와서 "잠시 잠을 자려고 하는데 왠지 요즘 꿈자리가 사납구나." 이렇게 말했습니다. 딱히 드문 일도 아니기에 제자는 일손을 놓지 않고 그저 "그렇습니까?"라고 건성으로 대답했습니다. 그런데 요시히데는 여느 때와 달리 울적한 얼굴로 "그래서 내가 낮잠을 자는 동안 머리맡에 앉아 있었으면 싶구나."라며 미안한 듯 부탁하는 것이 아니겠습니까. 제자는 여느 때와 달리 꿈 따위에 신경을 쓰는 모습이 이상하게 여겨졌지만 딱히 어려운 일도 아니었기에 "그렇게 하겠습니다."라고 말했으나 스승은 여전히 근심스러운 듯 "그럼 바로 안으로 와다오. 또 나중에 다른 제자가 오더라도 내가 자고 있는 안에는 들이지 말도록." 주저하며 말했습니다. 안이라는 건 요시히데가 그림을 그리는 방인데 그날도 한밤중처럼 문을 닫은 안쪽에는 희미하게 등잔이 밝혀져 있고 목탄 붓으로 아직 밑그림밖에 그리지 않은 병풍이 빙하니 둘러쳐져 있었다고 합니다. 한편 방 안으로 들어온 요시히데는 팔베개를 하고 흡사 완전히 녹초가 된 사람처럼 새근새근 잠에 빠져들었는데, 반 시간도 지나지 않아 머리맡에 있는 제자의 귀에 뭐라 형언할 수 없을 만큼 기분 나쁜 목소리가 들리기 시작했습니다.

8

그것은 처음에는 그저 목소리였으나 얼마 지나자 점차 단편적인 말로 변했는데, 당장 물에 빠져 죽게 생긴 사람이 물속에서 신음하듯 이렇게 말했습니다.

"뭐, 나더러 오라고? 어디로……, 어디로 오라는 게냐? 나락으로 오라고. 초열지옥으로 오라고. ……누구냐. 그리 말하는 넌? ……넌 누구냐? ……누군가 했더니."

제자가 흠칫 물감 개던 손을 멈추고 조심조심 스승의 얼굴을 엿보듯 건너보았더니 새하얗게 변한 주름투성이 얼굴은 굵은 땀방울로 흥건하고 바싹 마른 입술에 이가 듬성한 입은 헐떡이듯 크게 벌어져 있었습니다. 그런 입 속에서 무언가 실을 달아 잡아당기고 있는 게 아닌가 의심이 들 정도로 격렬히 움직이는 것이 있었는데 그것은 바로 요시히데의 혀였다고 하는 게 아닙니까. 애초에 단편적인 말은 그 혀에서 새어나오고 있었습니다.

"누군가 했더니……, 흠, 네놈이로구나. 나도 네놈일 줄 알았다. 뭐, 데리러 왔다고? 그러니 오라고. 나락으로 오라고. 나락에서는……, 나락에서는 내 딸이 기다리고 있다고."

그때 제자의 눈에는 몽롱하고 괴이한 형체의 그림자가 불현듯이 병풍을 스치며 내려오는 것처럼 보였을 정도로 오싹한 기분이 들었다고 합니다. 물론 제자는 곧장 요시히데에게 손을 뻗어 힘껏 흔들어 깨웠으나 스승은 비몽사몽 혼잣말을 웅얼거리며 좀처럼 눈을 뜰 기색이 없었습니다. 그래서 제자는 옆에 있던 붓을 씻는 물을 스승의 얼굴에 힘껏 뿌렸습니다.

"기다리고 있으니 이 가마를 타고 와……. 이 가마를 타고, 나락으로 와……."라는 말이 그와 동시에 목을 조르는 듯한 신음소리로 변하는가 싶더니 간신히 눈을 뜬 요시히데가 바늘에 찔린 사람처럼 벌떡 일어났습니다. 그러나 아직 꿈속의 괴이한 형체가 눈가에서 사라지지 않았는지 한동안 그저 무서운 눈초리로 입을 크게 벌린 채 허공을 바라보고 있다가 이윽고 정신을 차린 듯 "이젠 됐으니 그만 나가거라." 퉁명스럽게 말했습니다. 제자는 이럴 때 스승의 말을 거스르면 늘 꾸중을 들었던 터라 황망히 스승의 방에서 물러나왔는데 아직 훤한 바깥 햇살을 보고서야 마치 자신이 악몽에서 깨어난 것 같은 안도감이 들었다고 합니다.

그러나 이 정도 일은 그나마 나은 편이고, 한 달 정도 지난 후 이번에는 다른 제자를 방으로 불러들인 요시히데가 어두침침한 등불 속에서 붓을 물고 있다가 갑자기 제자 쪽으로 몸을 돌리며 "수고스럽지만 다시 옷을 전부 벗거라."라고 말했습니다. 그런 일은 여태까지 드문 일도 아니었던 터라 제자가 이내 옷을 벗고 알몸이 되자 요시히데는 묘하게 얼굴을 찌푸리며 "쇠사슬에 묶인 인간을 보고 싶은데, 미안하지만 잠시 동안 내가 하는 대로 있어 주지 않겠느냐?"하고 말과 달리 미안해하는 기색은 조금도 없이 차갑게 청했습니다. 본래 이 제자는 붓을 잡는 것보다 칼을 잡는 것을 좋아할 듯한 건장한 젊은이였음에도 스승의 말에는 적잖이 놀랐는지 두고두고 이때의 일을 이야기할 때면 "그땐 스승이 미쳐서 나를 죽이는 게 아닐까 생각했습니다."라고 되풀이했다고 합니다. 그런데 요시히데는 우물쭈물하는 제자를 보고 있자니 조바심이 난 듯했습니다. 어디서 꺼냈는지 가느다란 쇠사슬을 철그렁철그렁 끌어당기며 덮치듯 제자의 등에 기세 좋게 올라타더니 다짜고짜 양팔을 비틀어 올려 친친 감아버렸습니다. 그리고 인정사정없이 쇠사슬 끝을 힘껏 끌어당기니 누군들 당해낼 재간이 있겠습니까. 제자의 몸은 기세 좋게 쿵하는 소리와 함께 벌러덩 옆으로 나자빠지고 말았습니다.

9

그때 제자의 모습은 흡사 쓰러진 술독 같았다고나 할까요. 좌우지간 팔다리를 무참히 꺾어 감아놓았으니 그저 머리만 버둥거리고 있었습니다. 게다가 쇠사슬이 살찐 몸에 피가 도는 걸 막아버리자 얼굴이고 몸이고 피부색이 온통 붉게 물들기 시작하는 것 아니겠습니까. 하지만 요시히데는 그것도 딱히 개의치 않는 듯 술독 같은 몸뚱이 주위를 이리저리 들여다보면서 똑같은 그림을 몇 장이나 그렸습니다. 그러는 동안 묶여 있던 제자가 얼마나 괴로웠을지는 따로 말씀드릴 것도 없을 성싶습니다.

그런데 만일 아무 일도 일어나지 않았다면 필시 그 고역은 계속되었을 것입니다. 다행히(아니 오히려 불행히, 라고 하는 편이 맞을지 모릅니다.) 잠시 후 방 안 구석에 있는 항아리 안에서 마치 시커먼 기름 같은 한 줄기 길고 가느다란 것이 구불구불 흘러나왔습니다. 그것은 처음에는 꽤나 점성이 있는 듯 천천히 움직였으나 점차 미끄러지듯 거침없이 움직이기 시작했고 마침내 번들번들 빛을 발하며 코앞까지 다다른 모습을 바라보던 제자는 그만 숨을 삼키며 "뱀, 뱀이다."라고 고함을 쳤습니다.

그때는 일순 온몸의 피가 얼어붙는 줄 알았다고 하는데 그럴 만도 합니다. 실제로 조금만 더 있었으면 뱀의 차가운 혀끝이 쇠사슬이 파고든 목에 닿았을 것입니다. 이 뜻밖의 일에는 아무리 괴팍한 요시히데라도 가슴이 철렁했는지 황망히 붓을 집어 던지고 몸을 웅크리더니 재빨리 뱀의 꼬리를 휙 낚아채서 거꾸로 들어 올렸습니다. 거꾸로 매달린 뱀은 머리를 치켜들어 제 몸을 친친 감았지만 도저히 요시히데의 손이 있는 곳까지는 닿지 않았습니다.

"네놈 때문에 아까운 그림 한 장을 망쳤구나."

요시히데는 분한 듯 이렇게 뇌까리며 뱀을 그대로 방구석에 있는 항아리 속으로 던져 넣고 마지못해 제자의 몸에 감겨 있던 쇠사슬을 풀어주었습니다. 그마저도 풀어만 주었지 제자에게는 위로의 말 한마디 해주지 않았습니다. 제자가 뱀에게 물리는 것보다 그림 한 장을 망친 게 더 부아가 치미는 듯했습니다. 나중에 듣기로 뱀 역시 그림을 그리기 위해 요시히데가 직접 키우던 것이라고 합니다.

여기까지의 일만 들어도 요시히데의 광기 어린 섬뜩한 집착의 정도를 대략 아실 수 있을 성싶습니다. 그런데 마지막으로

하나 더, 이번에는 열서너 살밖에 되지 않은 제자가 역시 지옥변
병풍 때문에 하마터면 목숨까지 잃을 뻔한 무서운 일을 겪었습
니다. 그 제자는 태어날 때부터 피부가 하얀 여자 같은 사내였는
데 어느 날 밤, 스승이 불러 별생각 없이 방으로 들어갔더니
요시히데는 등잔불 아래에서 손바닥에 뭔가 비린내 나는 고기
를 올려놓고 낯선 새 한 마리에게 먹이고 있었습니다. 크기는
흔히 볼 수 있는 고양이 정도일까요. 그러고 보면 귀처럼 양쪽으
로 튀어나온 깃털하며 호박색을 띤 커다랗고 둥근 눈하며 생긴
것도 어딘지 고양이를 닮았습니다.

10

원래 요시히데는 무슨 일이건 누가 자기 일에 간섭하는 걸
끔찍이 싫어하여 앞서 말씀드린 뱀도 그렇듯 자기 방 안에 뭐가
있는지 일절 제자들에게 가르쳐준 적이 없습니다. 그러하니 어
떤 때는 책상 위에 해골이 놓여 있거나 또 어떤 때는 은주발이나
금은가루를 뿌린 굽다리 칠그릇이 놓여 있는 등, 당시 그리고
있는 그림에 따라 전혀 상상도 못할 물건이 놓여 있었습니다.
평소에는 그런 물건을 대체 어디에 넣어두는지 역시 아무도
몰랐다고 합니다. 그가 복덕대신(福德大神)의 음덕을 받고 있
다는 따위의 소문이 퍼진 이유 중 하나도 분명 이런 데서 기인한
듯합니다.

그래서 제자는 내심 책상 위의 괴상한 새도 지옥변 병풍을

그리는 데 필요한 게 틀림없다고 생각하면서 스승 앞에 공손히 꿇어앉아 "무슨 일이신지요?"라고 묻자 요시히데는 아무런 말도 들리지 않는다는 듯 붉은 입술을 혀로 핥더니 "어떠냐? 잘 길들여진 거 같지 않으냐?"하며 턱으로 새를 가리켰습니다.

"이건 무엇입니까? 저는 여태껏 한 번도 본 적이 없습니다."

제자가 이렇게 말하며 께름칙한 듯 귀가 있는 고양이 같은 새를 힐끗힐끗 쳐다보자 요시히데는 평소와 다름없이 비웃는 듯한 모습으로 "뭐라, 본 적이 없다? 도성에서 자란 인간은 이래서 탈이야. 이것은 이삼일 전 구라마(鞍馬)에 있는 사냥꾼이 내게 준 수리부엉이라는 새다. 허나 이렇게 길들여진 녀석은 그리 많지 않을 게다."

요시히데는 이렇게 말하며 천천히 손을 들어 마침 먹이를 다 먹은 수리부엉이 등의 깃털을 가만히 밑에서부터 쓸어 올렸습니다. 바로 그 순간이었습니다. 돌연 새가 날카로운 목청으로 짧게 울더니 순식간에 책상 위에서 날아올라 양발의 발톱을 세우고 제자의 얼굴을 향해 달려들었습니다. 만일 그때, 제자가 소매를 들어 황급히 얼굴을 감싸지 않았다면 분명 한두 군데 상처를 입었을 것입니다. 제자가 앗, 고함을 치며 소매를 휘저어 쫓으려 하자 수리부엉이는 공격적으로 부리를 딱딱 울리더니 다시 달려들었습니다. 제자는 스승의 앞이라는 사실도 잊은 채 소매를 휘저으며 일어섰다 앉았다, 난리법석을 피우며 좁은 방 안 이쪽저쪽을 도망 다녔습니다. 수리부엉이도 제자를 쫓아 위아래로 날아다니다 빈틈만 보이면 곧장 제자의 눈을 노리고 달려들었습니다. 그때마다 퍼드덕거리며 무섭게 날갯짓을 해대는 것이, 낙엽 냄새인지 폭포의 물보라인지 혹은 썩은 열매에서 나는 후덥지근한 냄새인지 어딘가 기괴함을 자아냈는데 그 음산함이란 자못 형언할 수 없었습니다. 제자 또한 어두침침한 등잔불조차 몽롱한 달빛처럼 여겨지고, 스승의 방이 흡사 요사스러운 기운으로 가득한 깊은 산속 골짜기 같아서 무서운 마음이 들었다고 합니다.

그러나 제자가 무서웠던 이유는 단지 수리부엉이에게 공격당한 일 때문만이 아니었습니다. 정작 그보다 온몸의 털이 거꾸로 솟았던 것은 스승인 요시히데가 그런 소란을 싸늘하게 바라본 채 천천히 종이를 펼치고 붓을 핥으며 여린 소년이 기괴한 새에게 고통 받는 처참한 광경을 그리고 있었다는 사실 때문이었습니다. 언뜻 그 모습을 본 제자는 뭐라 형언할 수 없는 두려움이 엄습해서 실제로 한때는 스승 때문에 죽는 게 아닌가 하는 생각마저 들었다고 합니다.

11

실제로 스승 때문에 죽을지도 모른다는 말도 온전히 틀렸다고는 할 수 없습니다. 그날 밤 짐짓 제자를 불러들인 이유도 실은 수리부엉이를 부추겨 제자가 도망 다니는 모습을 그리려는 속셈이었던 듯합니다. 그래서 제자는 흘낏 스승의 모습을 보자마자 그만 양 소매로 머리를 감싸고 제자신도 알아듣지 못할 비명을 지르며 그대로 방 한쪽 구석의 미닫이로 도망쳐 오금을 펴지 못했습니다. 그러던 찰나에 무슨 일인지 요시히데도 당황한 듯 소리를 지르며 펄쩍 일어선 기색이었는데, 갑자기 수리부엉이의 날갯짓 소리가 이전보다 한층 격렬해지며 물건이 넘어지고 깨지는 소리가 요란히 들려오는 게 아닙니까. 또다시 깜짝 놀란 제자가 감싸고 있던 머리를 들어 바라보자 어느 틈엔가 방 안은 깜깜해졌고 제자들을 부르는 스승의 다급한 목소리가 들렸습니다.

이윽고 제자 한 명이 저편에서 대답을 하며 등을 들고 급히 뛰어와서 매캐한 등불을 비춰보니 등잔이 넘어져 온통 기름투성이인 바닥 한 곳에 조금 전의 수리부엉이가 괴로운 듯 한쪽 날개만 퍼덕거리며 이리저리 뒹굴고 있었습니다.

요시히데는 책상 너머에서 반쯤 몸을 일으킨 채 어안이 벙벙한 얼굴로 남들은 알아들 수 없는 말을 중얼거리고 있었습니다. 그도 그럴 것이 시커먼 뱀 한 마리가 수리부엉이의 목부터 한쪽 날개까지를 친친 휘감고 있었기 때문이었습니다. 아마 제자가 미닫이 구석으로 도망치다가 거기에 있던 항아리를 쓰러트려 안에 있던 뱀이 기어나왔는데 수리부엉이가 섣불리 낚아채려다 이런 난리법석이 벌어진 듯했습니다. 두 제자는 서로 눈을 바라보며 한동안 그저 그 기괴한 광경을 멍하니 바라보다가 스승에게 목례를 하고 슬금슬금 방으로 돌아가버렸습니다. 그 뒤 뱀과 수리부엉이가 어떻게 됐는지 아무도 아는 이는 없습니다.

이와 같은 일은 그밖에도 수도 없습니다. 앞에서 빠트렸는데 지옥변 병풍을 그리라는 분부가 내려진 때가 초가을이었으니, 그 이래로 겨울의 끝자락까지 요시히데의 제자들은 끊임없이 스승의 기괴한 행실에 시달려왔던 것입니다. 그런데 그해 겨울의 끝 무렵, 요시히데는 병풍을 그리는 데 뭔가 마음대로 되지 않은 일이 생긴 듯 이전보다 한층 음울해지고 말투도 눈에 띄게 거칠어졌습니다. 그와 동시에 병풍의 그림 역시 밑그림만 팔할 가량 완성한 채 더는 진척이 없는 모양이었습니다. 아니, 자칫하면 지금껏 그린 것까지 지워버릴 듯한 기색마저 보였습니다.

그럼에도 병풍의 어떤 부분이 뜻대로 되지 않는지 아무도 알 수 없었고 알려고 하는 사람 또한 아무도 없었습니다. 이전의 이런저런 일들에 학을 뗀 제자들은 마치 호랑이나 늑대와 같은 우리 안에 있는 듯한 심정으로 될 수 있으면 스승 근처에는 가까이 가지 않을 궁리만 하였으니 말입니다.

12

따라서 그간의 일에 대해서는 딱히 말씀드릴 만한 이야기도 없습니다. 굳이 말씀드리자면 그 고집 센 늙은이가 무슨 연유에서인지 묘하게 눈물이 많아져 때때로 사람이 없는 곳에서 혼자 울곤 했다는 정도일까요. 특히 어느 날, 제자 한 명이 볼일이 있어서 뜰 앞에 갔는데 복도에 멍하니 서서 봄이 지척인 하늘을 바라보고 있는 스승의 눈에 눈물이 가득하더랍니다. 그 모습을 본 제자는 오히려 제가 부끄러운 마음이 들어 잠자코 조심조심 발길을 돌렸다고 합니다. 오취생사도를 그리기 위해 길가의 시체까지 베껴 그린 오만한 그가 병풍 그림이 뜻대로 되지 않는 정도의 일로 어린아이처럼 울다니 참으로 이상한 일이지 않습니까.

그런데 이렇게 요시히데가 제정신이 아닌 것처럼 여겨질 만큼 집착해서 병풍 그림을 그리고 있는 와중에, 다른 한편에서는 무슨 연유인지 딸 역시 점점 우울해져 눈물을 참고 있는 모습이 저희들 눈에도 띄곤 했습니다. 본래 수심 어린 얼굴에 피부가 하얗고 음전한 소녀였던 터라 애써 눈물을 참는 눈가에는 짙은 그늘마저 드리워진 듯하여 한층 안쓰러운 마음을 불러일으켰습니다. 처음에는 그저 아비가 걱정되어 그렇다느니 상사병 때문이라느니, 이런저런 억측을 하는 사람이 있었으나 언제부턴가 대신님이 당신의 뜻에 따르도록 하려는 때문이라는 소문이 돌기 시작하면서 모두들 잊어버린 듯 딸 이야기는 일절 하지 않게 되었습니다.

마침 그 즈음이었습니다. 밤이 이슥한 무렵, 제가 혼자 복도를 지나가는데 갑자기 원숭이 요시히데가 어디선가 달려오더니 제 바짓자락을 연신 잡아당겼습니다. 어느덧 매화 향기가 풍겨올 것처럼 은은한 달빛이 비치는 따뜻한 밤이었는데, 달빛 아래 내려다보니 코끝에 주름이 잡히도록 새하얀 이빨을 그대로 드러낸 원숭이가 미친 듯이 울부짖고 있는 것 아니겠습니까. 다소간 께름칙한 마음도 들고 무엇보다 새 옷을 잡아당긴 터라 울컥

화가 나 처음에는 원숭이를 걷어차고 그대로 갈까 생각했으나, 되돌아 생각해보니 일전에 원숭이를 괴롭히다 도련님의 노여움을 산 사무라이의 일도 있었습니다. 게다가 원숭이의 행동이 아무래도 심상치 않았습니다. 그래서 마침내 결심을 하고 원숭이가 잡아끄는 쪽으로 대여섯 칸 정도 걸어갔습니다.

그렇게 복도를 한 번 돌아 나뭇가지가 정겹게 늘어진 소나무 건너편으로 밤눈에도 희끄무레한 연못물이 널찍이 바라다보이는 데까지 이르렀을 때였습니다. 어디 근처 방 안에서 숨을 죽인 채 심하게 다투고 있는 듯한 기척이 제 귀에 들려왔습니다. 사위는 모두 쥐 죽은 듯 괴괴하고 달빛인지 안개인지 분간할 수 없는 어둠 속에서 물고기가 튀어 오르는 소리 외에 말소리 하나 들리지 않았습니다. 그런 와중에 그런 기척이 들려온 것입니다. 저는 흠칫 걸음을 멈추고 만일 침입자라면 본때를 보여줄 심사로 조심조심 숨을 죽인 채 미닫이 문 바깥쪽으로 다가갔습니다.

13

그런데 원숭이는 제 행동이 어지간히 답답해 보였는지 자못 조바심을 내며 다리 주위를 두어 번 돌다가 마치 목이 졸린 듯한 소리로 울면서 갑자기 제 어깨 위로 펄쩍 뛰어올랐습니다. 제가 발톱에 긁히지 않으려 흠칫 목을 젖힌 순간 제 몸에서 떨어지지 않으려던 원숭이가 옷소매를 붙들고 늘어진 탓에 저는 몇 발짝 비틀거리다 미닫이에 몸을 세차게 부딪치고 말았습니다. 이렇게 된 이상 한시도 주저할 틈이 없습니다. 저는 미닫이문을 힘껏 열어젖히고 달빛도 들지 않는 방 안으로 뛰어들려 했습니다. 그런데 그때 제 눈을 가로막은 건, 아니 그보다 제가 더 놀란 건 방 안에서 튕기듯 뛰쳐나온 여자 때문이었습니다. 하마터면 저와 부딪칠 뻔했는데 여자는 그대로 밖으로 뛰어나가다 무슨 연유에서인지 그곳에 무릎을 꿇고 숨을 몰아쉬더니 무언가 무서운 것이라도 본 듯 부들부들 떨며 제 얼굴을 올려다보았습니다.

그것이 요시히데의 딸이란 건 굳이 말씀드릴 필요도 없습니다. 그런데 그날 밤 그녀의 모습은 전혀 다른 사람처럼 제 눈에 각인 되었습니다. 눈은 밝게 빛나고 있었고 뺨은 불타는 듯 붉게 물들어 있었습니다. 거기에 흐트러진 옷매무새는 평소의 어린 티가 나던 모습과는 딴판으로 요염함마저 자아내고 있었습니다. 이 여인이 그토록 연약하고 무슨 일에나 수줍어하던 요시히데의 딸이란 말입니까. 저는 미닫이에 몸을 기댄 채 달빛 아래 있는 아름다운 소녀의 모습을 바라보며 거친 발걸음 소리와 함께 멀어지는 한 사람을 손으로 가리켜 누구인지 눈으로 조용히 물었습니다.

그러자 딸은 입술을 깨물며 아무 말 없이 고개를 저었습니다. 그 모습 또한 한없이 원망스러워 하는 듯 보였습니다.

저는 몸을 굽혀 딸의 귓가에 얼굴을 대고 낮은 소리로 다시 "누구더냐?" 물었으나 딸은 다시 고개를 저을 뿐 아무 말도 하지 않았습니다. 아니, 그와 동시에 긴 속눈썹 끝에 눈물이

가득 고이더니 입술을 한층 더 세게 깨물었습니다.

천성이 아둔하기만 한 저로서는 이 모든 일이 무엇 하나 도무지 이해가 가지 않았습니다. 그래서 저는 무슨 말을 해야 할지 모른 채 한동안 그저 딸의 심장 소리에 귀를 기울이는 심정으로 우두커니 그 자리에 서 있었습니다. 왠지 더 이상 물어보면 안될 것 같은 마음이 들었던 때문이기도 합니다.

시간이 얼마나 지났는지 모릅니다. 이윽고 열려진 미닫이를 닫으며 다소 진정된 듯한 딸을 돌아보고 가능한 한 부드럽게 "그만 방으로 돌아가거라."라고 말했습니다. 그리고 저도 봐서는 안 될 것을 본 듯한 불안한 심경과 왠지 모를 부끄러운 마음이 들어 슬며시 왔던 방향으로 발길을 돌렸습니다. 그런데 열 걸음도 채 가지 않았는데 누군가 뒤에서 제 바짓자락을 조심조심 잡아당기는 게 아니겠습니까. 저는 놀라서 뒤를 돌아보았습니다. 그것이 누구였다고 생각하십니까?

돌아보니 원숭이 요시히데가 제 발밑에서 사람처럼 양손을 바닥에 짚고 금방울을 울리며 몇 번이고 공손하게 머리를 숙이고 있었습니다.

14

그런데 그날 밤 일이 있은 지 보름쯤 지난 후의 일이었습니다. 어느 날 요시히데가 불쑥 저택으로 찾아와서 대신님을 직접 뵙고 싶다고 청했습니다. 천한 신분이지만 평소 각별히 여기셨던 때문인지, 아무나 함부로 만나는 일이 없던 대신님이 그날은 흔쾌히 허락을 하시며 바로 불러들이셨습니다. 요시히데는 여느 때와 같이 연한 황갈색으로 물들인 가리기누를 입고 헤진 에보시를 쓰고 있었는데, 평소보다 한층 신경질적인 표정으로 대신님 앞에 공손히 엎드리더니 이윽고 쉰 목소리로 고했습니다.

"일찍이 분부하신 지옥변 병풍은 밤낮으로 정성을 다해 그린 보람이 있어 이제 거의 완성한 것이나 다를 바 없사옵니다."

"그거 축하할 일이군. 나도 만족스럽네."

그러나 이렇게 말씀하시는 대신님의 목소리는 어딘지 힘이 없고 맥이 빠진 듯한 구석이 있었습니다.

"아니옵니다. 전혀 축하할 일이 아니옵니다." 요시히데는 다소 화가 난 듯한 모습으로 지그시 눈을 내리깔면서 "거의 완성했습니다만, 단 한 가지, 저로서는 도저히 그리지 못하는 것이 있사옵니다."

"뭐라, 그리지 못하는 것이 있다?"

"그렇사옵니다. 저는 본 적이 없는 것은 결코 그리지 못하옵니다. 설령 그린다 해도 납득하지 못하니, 이는 그리지 못하는 것과 같지 않겠사옵니까."

그 말을 들은 대신님의 얼굴에 비웃는 듯한 미소가 떠올랐습니다.

"허면 지옥변 병풍을 그리기 위해선 지옥을 보지 않으면 안 되겠군."

"그렇사옵니다. 하오나 저는 몇 해 전 대화재가 났을 때, 초열지옥의 사나운 화염에 비견될 불길을 두 눈으로 직접 보았사옵니다. '부동명왕(不動明王)'의 화염을 그린 것도 실은 그 대화재를 보았던 때문이옵니다. 대신님께서도 그 그림은 알고 계실 것이옵니다."

"그렇다면 죄인은 어떠한가? 옥졸은 본 적이 없지 않은가?"

대신님은 마치 요시히데의 말은 들리지 않는다는 듯한 모습으로 이렇게 재차 물으셨습니다.

"저는 쇠사슬에 묶인 자를 본 적이 있사옵니다. 괴조에 고통받는 자의 모습도 상세히 옮겨 그렸사옵니다. 그러니 형벌로 괴로워하는 죄인의 모습을 모른다고 할 수는 없사옵니다. 옥졸 역시⋯⋯." 하며 요시히데는 기분 나쁜 쓴웃음을 흘리고 "옥졸 역시 꿈속에서 몇 번이나 보았사옵니다. 또 소의 머리와 말의 머리는 물론 세 개의 얼굴과 여섯 개의 팔을 가진 형상의 귀신들이 소리 나지 않는 박수를 치고 목소리가 없는 입을 벌리며 매일 밤낮으로 저를 괴롭히러 온다고 해도 과언이 아니옵니다. ⋯⋯제가 그리려 해도 그리지 못하는 것은 그와 같은 것이 아니옵니다."

그 말에는 대신님도 무척 놀라신 듯했습니다. 한동안 초조한 듯이 요시히데의 얼굴을 노려보다 이윽고 심히 눈썹을 꿈틀거리시며 내뱉듯 말씀하셨습니다.

"그렇다면 무엇을 그리지 못하겠다는 말인가?"

15

"저는 병풍의 한가운데에 하늘에서 내려오는 비라우게노 구루마(檳榔毛の車)17) 한 대를 그리고자 합니다."

요시히데는 이렇게 말하고 비로소 대신님의 얼굴을 바라보았습니다. 그는 그림에 대해 말할 때면 반미치광이처럼 변한다는 말을 들었는데 그때 그의 눈가에는 분명 그러한 광기가 역력했습니다.

"그 가마 안에서는 한 아리따운 귀부인이 사나운 불길에 휩싸여 검은 머리가 흐트러진 채 신음하며 괴로워하고 있사옵니다. 얼굴은 연기로 인해 숨이 막혀 눈썹을 찌푸리고 가마 지붕 쪽을 올려다보고 있사옵니다. 손은 안쪽의 주렴을 잡아 뜯어 쏟아지는 무수한 불꽃들을 막으려 할지 모르옵니다. 그리고 그 주위에는 열 마리, 아니 스무 마리도 훨씬 넘는 무시무시한 괴조들이 울부짖으며 어지러이 날아다니고 있사옵니다. ……아아, 그것을, 그 가마 안의 귀부인을 저는 도저히 그릴 수가 없사옵니다."

"어째서……, 어째서 말인가?"

대신님이 무슨 영문인지 즐거운 듯한 기색으로 요시히데에게 이렇게 재촉하셨습니다. 그러나 요시히데는 열에 달뜬 듯 예의 붉은 입술을 파르르 떨면서 꿈을 꾸는 모습으로 "저로서는 그것을 그릴 수가 없사옵니다."라고 다시 되풀이하더니 당장이라도

---

17) 예전에 귀인이 타던, 가마 모양의 소가 끄는 수레의 일종. 잘게 찢은 빈랑나무 잎을 하얗게 표백하여 수레의 지붕을 덮었다.

달려들 듯한 기세로 "부디 비라우게노 구루마 한 대를, 제가 보는 앞에서 불태워주시길 청하옵니다. 만일 그것이 가능하시 다면……."

대신님의 얼굴이 어두워지는가 싶더니 갑자기 호탕하게 웃으 셨습니다. 그리고 웃으시느라 숨까지 헐떡이시며 이렇게 말씀 하셨습니다.

"흠, 자네가 원하는 대로 해주겠네. 더 이상 그릴 수 있는지 그릴 수 없는지를 따져본들 무용한 일일 터."

저는 그 말씀을 듣고 왠지 모를 섬뜩한 예감이 들었습니다. 실제로 대신님의 모습을 보니 입가에는 메마른 침이 거품처럼 하얗게 고였고 눈썹언저리에는 꿈틀꿈틀 경련까지 일어 마치 요시히데의 광기에 물드신 것이 아닐까 싶을 만큼 심상치 않아 보였습니다. 그렇게 말씀을 잠깐 끊으셨다가, 곧 무엇인가가 폭발한 듯한 기세로 하염없이 껄껄 웃으시며 다시 말씀하셨습 니다.

"비라우게노 구루마에도 불을 지르세. 또 그 안에는 아리따운 여인을 한 명, 귀부인의 의복을 입혀 태우도록 하세. 가마 안의 여인이 불길과 검은 연기에 괴로워하며 죽는……, 그 모습을 그리려는 생각을 하다니 과연 천하제일의 화공이로군. 칭찬해 야겠어. 암, 칭찬받아야 하지."

대신님의 말씀을 듣자 요시히데는 급거 얼굴이 창백해져서 그저 신음하듯 입술만 들썩이다가 이윽고 온몸에 힘이 빠진 듯 털썩 바닥을 양손으로 짚더니 "황송할 따름이옵니다."라고 들릴락말락 낮은 목소리로 공손히 절을 올렸습니다. 이는 아마도 대신님의 말씀을 들으면서 자신이 생각하고 있는 계획이 얼마나 끔찍한 것인지 눈앞에 생생하게 떠올랐기 때문인 듯싶었습니다. 저는 평생 동안 단 한 번, 이때만큼은 요시히데가 가엾은 인간이라 여겨졌습니다.

16

그로부터 이삼일 지난 밤의 일입니다. 대신님은 약속하신 대로 요시히데를 불러 수레를 불태우는 광경을 직접 보여주셨습니다. 그러나 장소는 호리카와 저택이 아니었습니다. 흔히 '유키게(雪解)의 고쇼(御所)'라고 하는, 예전에 대신님의 누이동생 분께서 거처하시던 도성 밖 산장에서였습니다.

이곳은 오랫동안 아무도 기거하지 않아 드넓은 정원이 황폐해질 대로 황폐해져 있었는데, 아마 이런 인적이 끊긴 모습을 본 누군가의 지레짐작이 아닐까 합니다. 이곳에서 돌아가신 누이동생 분에 관한 낭설이 퍼졌는데, 개중에는 지금도 달이 뜨지 않은 밤이면 진홍빛 하카마(袴)18)가 복도를 떠다닌다고 하는 소문도 있습니다만, 그럴 만도 합니다. 한낮에도 괴괴하기만 한 이곳은 일단 해가 지면 어둠 속에 정원의 물소리가 유난히 크게 울리고 별빛 아래 날아다니는 해오라기의 모습마저 괴상히 보일 정도로 으스스하니 말입니다.

---

18) 겉옷에 입는 주름이 잡힌 하의.

마침 이날 밤도 달이 뜨지 않은 칠흑 같은 밤이었는데, 산장을 밝힌 등불 빛으로 바라보니 마루 근처에 자리를 잡으신 대신님은 연노랑 노우시(直衣)[19]에 짙은 보라색 가문(家紋)이 새겨진 사시누키(指貫)[20]를 입으시고 흰 비단으로 가장자리를 두른 둥근 방석 위에 책상다리를 하고 계셨습니다. 전후좌우로 대여섯 명의 가신들이 공손히 늘어서 있었음은 따로 말씀드릴 것도 없겠지요. 그런데 그중 한 사람이 유달리 눈에 띈 연유는, 몇 해 전 미치노쿠(陸奧) 싸움에서 굶주려 사람의 고기를 먹은 이래로 살아 있는 사슴뿔도 부러트리게 되었다는 갑옷차림의 힘센 사무라이가 마루 아래에서 칼집 끝이 하늘로 향하게 칼을 쥔 채 살기등등한 모습으로 웅크리고 있었던 탓입니다. 밤바람에 일렁이는 등불을 받아 시시각각 명멸하는 이 모든 것이 도무지 꿈인지 생시인지 분간 못할 만큼 무시무시한 분위기를 자아내고 있었습니다.

게다가 소를 매지 않고 정원으로 끌고 와 검은 나릇을 평상에 대각선으로 걸쳐놓은 비라우게노 구루마가 황금 장식을 별처럼 반짝이며 높은 가마 지붕에 내려앉은 짙은 어둠을 제압하고 있는 모습을 바라보고 있자니 봄인데도 왠지 한기가 느껴졌습니다. 거기에 가마 안은 비단직물로 가선을 두른 푸른 주렴으로 완전히 가려져 있어서 안에 무엇이 있는지 알 수 없었습니다. 그리고 그 주위에는 일꾼들이 일렁거리는 횃불을 손에 들고

---

19) 헤이안 시대 이후 천자나 섭가(摂家)부터 공경(公卿)까지 귀족이 입는 평상복.
20) 하카마의 일종으로 노우시나 가리기누 등을 입을 때 발목을 졸라매 입는 바지.

연기가 마루 쪽으로 향하지 않도록 주의를 하며 짐짓 무게를 잡고 대기하고 있었습니다.

당사자인 요시히데는 마루 정면에서 조금 떨어진 곳에 평소와 같이 연한 황갈색 가리기누에 해진 에보시를 쓴 채 무릎을 꿇고 있었는데, 밤하늘의 중압감에 짓눌린 듯 평소보다 한결 왜소하고 초라해 보였습니다. 그 뒤에 똑같은 행색으로 웅크리고 있는 이는 아마도 함께 데리고 온 제자 중 한 명인 듯했습니다. 그런 두 사람이 멀리 어두컴컴한 곳에 웅크리고 있었던 탓에 제가 있는 마루 아래에서는 옷 색깔조차 제대로 가늠할 수 없었습니다.

17

어느덧 시간은 한밤중에 가까워졌습니다. 숲을 감싼 어둠마저 숨을 죽인 채 사람들의 행동을 지켜보는 와중에 이따금 아련히 밤바람이 지나는 소리가 들릴 때마다 횃불의 매캐한 냄새가 연기에 실려 풍겨왔습니다. 한동안 잠자코 그 기묘한 광경을 물끄러미 바라보고 계시던 대신님이 이윽고 몸을 앞으로 내밀어 날카로운 목소리로 말씀하셨습니다.

"요시히데."

요시히데가 무슨 말을 한 듯했으나 제 귀에는 그저 신음하는 듯한 소리밖에 들리지 않았습니다.

"요시히데, 오늘밤 자네가 원하는 대로 수레에 불을 질러 보이겠다."

대신님은 이렇게 말씀하시고 가신들 쪽을 곁눈질하셨습니다. 그때 대신님과 가신들 사이에 의미심장한 웃음이 오간 듯 보였는데 그것은 아마 제 기분 탓일지 모르겠습니다. 그러자 요시히데는 머뭇머뭇 머리를 들어 마루 위를 올려다보았으나 여전히 아무 말도 하지 않은 채 삼가고 있었습니다.

"잘 보아라. 저것은 평소 내가 타던 가마이니 자네도 본 적이 있을 것이다. 나는 지금부터 저 가마에 불을 질러 눈앞에 초열지옥을 보여줄 요량이다."

대신님은 다시 말을 멈추더니 가신들에게 눈짓을 하셨습니다. 그리고 갑자기 못마땅한 모습으로 "가마 안에는 죄인인 시녀 한 명이 묶인 채 타고 있다. 그러니 가마에 불을 지르면 필시 여자는 뼈까지 불에 타 극심한 고통 속에서 죽음을 맞을 것이다. 자네가 병풍을 완성하는 데 이보다 좋은 본보기는 없을 것이다. 흰 눈 같은 피부가 불에 타 문드러지는 모습을 놓치지 말라. 검은 머리가 불꽃이 되어 허공에 흩날리는 모습도 똑똑히 보거라."

대신님은 이렇게 말씀하시고 다시 입을 다무셨는데 무슨 생각이 드셨는지 이번에는 그저 어깨를 들썩이며 소리 없이 웃으시고 "후대에도 없을 볼거리군. 나도 여기서 구경을 해야겠다. 여봐라, 주렴을 올려 요시히데에게 안에 있는 여자를 보여주도록 해라."

분부를 들은 일꾼 한 명이 한 손에 횃불을 높이 치켜들고 성큼성큼 수레로 다가가더니 한 손을 뻗어 휙 하고 주렴을 들어 올렸습니다. 요란한 소리를 내며 타고 있던 횃불이 한바탕 붉게 일렁거리더니 이내 좁은 가마 안을 환하게 비추자 가마 안에는 무참히 쇠사슬에 묶여 있는 시녀……. 아아, 어찌 알아보지 못하 겠습니까. 화려한 수를 놓은 벚꽃 당의(唐衣)를 입고 요염하게 늘어트린 스베라카시(垂髮)[21] 검은 머리 한쪽에 비스듬히 꽂은 황금 비녀가 아름답게 빛나고 있었는데, 이렇듯 옷차림은 달랐으나 아담한 몸집, 하얀 목덜미, 거기에 저리 쓸쓸하리만큼 음전한 옆얼굴은 요시히데의 딸이 분명했습니다. 저는 하마터 면 비명을 지를 뻔했습니다.

그때였습니다. 제 맞은편에 있던 사무라이가 벌떡 몸을 일으 키더니 한손을 칼자루 머리에 갖다 대고 요시히데 쪽을 무섭게 노려보았습니다. 제가 깜짝 놀라 바라보니 그 광경을 본 요시히 데는 거의 제정신이 아닌 듯싶었습니다. 그때까지 마루 아래에 무릎을 꿇고 있었는데 갑자기 벌떡 일어서는가 싶더니 양손을 앞으로 뻗은 채 자신도 모르게 가마 쪽으로 달려가려 했습니다. 그러나 공교롭게도 앞에서 말씀드린 바와 같이 멀리 어둠 속에 있었기 때문에 얼굴은 확실히 볼 수 없었습니다. 하지만 그런 생각이 든 건 일순간이었고, 제정신이 아닌 요시히데의 얼굴이, 아니 무언가 눈에 보이지 않는 힘에 의해 공중에 매달린 듯한 요시히데의 모습이 이내 어둠을 가로질러 또렷하게 눈앞에 떠 올랐습니다. 순간 "불을 붙여라."라는 대신님의 말씀과 동시에

---

21) 머리 전체를 올려 묶은 후에 끝은 아래로 늘어뜨린 형태.

딸이 탄 가마가 일꾼들이 던진 횃불로 활활 타오르기 시작했던 것입니다.

18

불길은 순식간에 가마 지붕을 뒤덮었습니다. 차양에 매단 보라색 술 장식이 부채질을 한 듯 휘날리더니 밤눈에도 하얀 연기가 아래에서 뭉실뭉실 소용돌이치고, 주렴과 들보의 쇠 장식 등이 순식간에 부서져 날아갈 만큼 불똥이 비처럼 흩날리는데……, 그 처참함이란 차마 말로 다할 수 없습니다. 아니, 그보다 시뻘건 혀를 날름거리며 양쪽 격자를 휘감고 공중으로 활활 타오르는 맹렬한 불길은 마치 땅에 떨어진 태양이 용솟음치는 듯했습니다. 조금 전 하마터면 고함을 칠 뻔했던 저도 이때는 완전히 넋을 잃고 그저 망연히 입을 벌린 채 그 무시무시한 광경을 지켜볼 수밖에 없었습니다. 그러나 부모인 요시히데는……

저는 그때의 요시히데의 얼굴 표정을 지금도 잊을 수가 없습니다. 무의식중에 가마 쪽으로 달려 나가려던 그는 불이 타오른 순간, 발을 멈추고 손을 뻗은 채 가마를 휘감은 불길을 뚫어질 듯한 눈빛으로 바라보고 있었는데, 주름투성이 추한 얼굴이 활활 타오르는 불빛을 받아 수염의 끝부분까지 또렷하게 보였습니다. 그리고 그 크게 부릅뜬 눈이며 일그러진 입가며 끊임없이 씰룩이는 볼의 경련이며, 그의 마음속에서 교차하는 두려움과 슬픔과 경악이 역력히 얼굴에 드러났습니다. 목이 잘리기 직전의 도둑이나 저승에 끌려온 십역오악(十逆五惡)의 죄인이라 해도 그토록 고통스러운 얼굴은 아닐 것입니다. 그랬기에 그 냉혹해 보이는 사무라이조차 그만 낯빛이 변하더니 주뼛주뼛 대신님의 얼굴을 올려다보았습니다.

하지만 대신님은 입술을 굳게 다물고 때때로 섬뜩한 웃음을 지으시며 눈도 떼지 않은 채 물끄러미 가마 쪽을 응시하고 계셨습니다. 그리고 그 가마 안에는……, 아아, 저는 그때 가마 안에 있던 딸의 모습이 어떠했는지 상세하게 말씀드릴 용기가 도저히 나지 않습니다. 연기에 숨이 막혀 몸을 젖혀 허공을 올려다보던 하얀 얼굴, 불길을 피하느라 흐트러진 긴 머릿결, 그리고 순식간에 불꽃으로 변해가는 벚꽃 당의의 아름다움……. 그 얼마나 참혹한 광경이란 말입니까. 특히 밤바람이 한차례 불어와 연기가 잠시 반대편으로 누웠을 때, 붉은색 바탕에 금가루를 흩뿌린 듯한 불길 속에 떠오른, 머리칼을 입에 물고 몸에 감긴 쇠사슬이 당장이라도 끊어질 듯 몸부림치던 모습은 지옥의 업고(業苦)를 눈앞에 고스란히 옮겨놓은 듯하여 저는 물론 거친 사무라이까지도 저절로 온몸의 털이 곤두섰습니다.

그리고 그 밤바람이 다시 한차례 정원 나무들 가지 사이로 쏴하고 불어나간 듯싶다고 누구나 느꼈을 것입니다. 그 바람소리가 어두운 하늘가 어딘가를 달려나간 듯싶은 순간, 돌연 산장 지붕에서 검은 물체가 날아갈 듯 공처럼 뛰어 오르더니 불길이 타오르는 가마 안으로 그대로 뛰어들었습니다. 그리고 붉게 칠

한 양쪽의 격자가 불에 타 산산이 무너지는 가마 속에서 활처럼 휘어진 딸의 어깨를 안고 뭐라 형언할 수 없을 만큼 고통스럽게 비단을 찢는 듯한 날카로운 소리를 연기 너머로 하염없이 질러 댔습니다. 소리가 다시 두 번, 세 번 이어지자 저희들은 그만 일제히 악하고 비명을 지르고 말았습니다. 휘장 같은 불길을 뒤로 하고 딸의 어깨를 부여잡고 있는 건 호리카와 저택에 묶어 두었던 요시히데라는 별명의 원숭이였던 것입니다. 그 원숭이 가 대체 어떻게 여기까지 몰래 왔는지는 아무도 알 수 없습니다. 하지만 평소 자신을 아껴준 딸을 구하기 위해 원숭이도 함께 불길 속으로 뛰어든 것인 듯했습니다.

19

그러나 원숭이의 모습이 보인 건 한순간에 불과했습니다. 금 가루를 뿌린 피륙 같은 불꽃이 한바탕 공중으로 치솟는가 싶더니 원숭이와 딸의 모습은 검은 연기 속으로 사라지고 정원 한가 운데에서는 그저 한 대의 불차만이 처참한 소리를 내며 활활 불타고 있을 뿐이었습니다. 아니, 불차라기보다 불기둥이라고 하는 편이 밤하늘을 가르며 불타오르는 무시무시한 불길의 형 상에 어울릴지 모릅니다.

그 불기둥을 앞에 두고 몸이 굳은 듯 서 있던 요시히데는……, 이 무슨 불가사의한 일이란 말입니까. 방금 전까지 지옥의 형벌 에 괴로워하던 요시히데가 지금은 형언할 수 없는 빛을, 주름투성이인 만면에 흡사 황홀한 법열과도 같은 빛을 띤 채 대신님 앞이란 사실도 잊은 듯 굳게 팔짱을 끼고 우뚝 서 있는 것 아니겠습니까. 아무래도 그의 눈에는 고통 받으며 죽어가는 딸의 모습도 보이지 않는 듯했습니다. 아름다운 불꽃색과 그 안에서 괴로워하는 여인의 모습은 오직 한없는 기쁨을 주는 광경인 것처럼 보였습니다.

더 불가사의한 일은 그가 외동딸의 단말마 같은 비명을 기쁜 듯 바라보고 있었다는 점만이 아닙니다. 그때 요시히데에게는 왠지 인간처럼 여겨지지 않는, 꿈에서나 봄직한 사자왕(獅子王)의 분노를 닮은 기괴한 위엄이 있었습니다. 기분 탓인지 모르나 그래서인지 뜻밖의 불길에 놀라 요란스럽게 울어대며 날아다니던 수많은 새들조차 요시히데의 머리 위로는 근접하지 않았던 것 같았습니다. 아마도 무심한 새들의 눈에조차 그의 머리 위에 원광처럼 걸린 불가사의한 위엄이 보였던 것 아닐까요.

새들조차 그러하였으니 하물며 저희는 일꾼들까지 모두 숨을 죽인 채 몸을 떨며 마치 개안한 부처라도 보듯 기이한 환희에 찬 심정으로 요시히데에게서 눈을 떼지 못했습니다. 하늘 가득 울려 퍼지는 수레의 불길과 그것에 정신을 빼앗겨 우뚝 선 채로 미동도 않는 요시히데……, 이 무슨 장엄함, 이 무슨 환희란 말입니까. 그런 와중에 오직 마루 위의 대신님만 홀로 딴사람이 아닌가 싶을 만큼 입가에 마른 거품이 낀 새파래진 안색으로 보라색 바지 무릎을 꽉 부여잡으시고 마치 목마른 짐승처럼 연신 숨을 헐떡이고 계셨습니다.

20

그날 밤 '유키게의 고쇼'에서 대신님이 수레를 불태우신 일은 누구의 입에서랄 것도 없이 세상으로 새어나갔는데, 그 일에 대해 왈가왈부하며 비난하는 자도 꽤 있었던 듯합니다. 우선 왜 대신님이 요시히데의 딸을 불태워 죽였는가. 그것은 이루지 못한 사랑에 대한 원망 때문에 그리 하신 것이라는 소문이 가장 많았습니다. 그러나 대신님께서는 수레를 불태우고 사람을 죽이면서까지 병풍의 그림을 그리고자 한 화공의 그릇된 집착을 벌하려는 의중이셨음에 틀림없습니다. 실제로 저는 대신님께서 직접 그리 말씀하시는 것을 들은 적도 있습니다.

다음으로는 요시히데가 눈앞에서 딸을 불태워 죽이면서까지 병풍의 그림을 그리고 싶어 했던 매정한 마음이 입방아에 올랐습니다. 개중에는 요시히데를 욕하며 그림 때문에 부녀간의 천륜마저 저버린 인면수심의 악인이라고 말하는 자도 있었습니다. 요가와(橫川)의 승관님 역시 이런 견해에 동조하시며 "아무리 일예일능(一藝一能)이 뛰어나다한들 인간으로서의 오륜(五倫)을 저버리면 지옥에 떨어질 수밖에 없다."고 자주 말씀하셨습니다.

그로부터 한 달쯤 지난 뒤, 요시히데는 드디어 지옥변 병풍을 완성했다며 저택으로 들고 와서 대신님께 공손히 바쳤습니다.

마침 그 자리에는 승관님도 함께 계셨는데 병풍의 그림을 한번 보시더니 병풍 한 첩의 천지에 휘몰아치고 있는 무시무시한 불의 광풍에 크게 놀라신 모양입니다. 그때까지는 언짢은 얼굴로 요시히데를 빤히 노려보고 계셨으나 갑자기 무릎을 탁 치시더니 "해냈군!"하고 말씀하셨습니다. 그 말을 들으신 대신님이 쓴웃음을 지으셨을 때의 모습 역시 저는 지금도 잊을 수가 없습니다.

그 이래로 적어도 저택 안에서 그를 나쁘게 말하는 사람은 한 명도 없었습니다. 평소에 아무리 요시히데를 미워했더라도 병풍을 본 사람은 모두 이상하리만치 한없이 경건한 마음에 휩싸였는데 이는 초열지옥의 크나큰 고통이 여실히 느껴지기 때문이 아닐까 싶습니다.

그러나 그 즈음 요시히데는 이미 이 세상 사람이 아니었습니다. 병풍을 완성한 다음날 밤, 그는 자신의 방 들보에 밧줄을 걸고 목을 매 죽었습니다. 외동딸을 먼저 떠나보낸 그로서는 아마도 여생을 평온하게 살아가는 일을 견딜 수 없었던 것이겠지요. 주검은 지금도 그의 집터에 묻혀 있습니다. 다만 작은 묘비는 몇 십 년 동안 비바람에 닳고 닳아 이미 오래전부터 누구의 묘인지조차 모를 만큼 이끼가 끼어 있을 것임에 틀림없습니다.

만 우 절
오다 사쿠노스케

오다 사쿠노스케(織田作之助, 1913~1947)

　오사카 출생. 제3고등학교에 5년 재학하다 중퇴했다. 「비」로 다케다 린타로에게 인정을 받았으며, 결혼 후 「부부 젠자이」를 발표하여 작가로서의 지위를 확립했다. 「권선징악」 등 역작을 차례로 발표했으나 장편 「청춘의 역설」이 반군국주의 작품으로 발금처분을 받았다. 1946년에 패전 직후의 혼란스러운 세상을 묘사한 단편을 발표했으며, 사소설의 전통에 결별을 선언한 평론 「가능성의 문학」을 집필, 그 실험적 작품이라 여겨지는 장편 「토요부인」을 『요미우리신문』에 8월부터 연재했으나 연말에 객혈, 이듬해에 세상을 떠났다. 모든 사상이나 체계에 대한 불신, 옛 전통에 대한 반역을 목표로 삼았으며 고유의 감각과 직관에 바탕을 둔 스탕달풍의 템포가 빠른 작풍을 보여줬다.

　오다 사쿠노스케상

　오다 사쿠노스케 탄생 70주년을 기념하여 1983년에 제정한 문학상(주관 : 오사카 시, 오사카 문학진흥회, 간사이 대학, 매일신문사). 2005년까지 공모 신인상으로 시행되다 2006년부터 단행본 대상과 신인상 공모인 '청춘상'으로 나뉘었고 2014년 'U-18상'이 신설되었다.

서 문

다케다(武田)[1] 씨에 대해서 쓴다.

─라는 이 첫 문장은 사실 다케다 씨를 흉내 낸 것이다.

다케다 씨는 외지[2]에서 돌아온 뒤 얼마 되지 않아 「야요이 씨(彌生さん)」라는 제목의 소설을 썼다. 소설의 첫 문장을 읽은 나는 철렁했다.

"야요이 씨에 대해서 쓴다."라는 첫 문장이었다.

소설은 외지로 가는 배 안에서 알게 된 사람의 부인(야요이 씨)을 작자인 다케다 씨가 도쿄에 돌아온 뒤 방문하는 이야기인데, 담담한 필치로 야요이라는 사람의 모습을 선명하게 그려내고 있었다. 이야기 자체는 담백하고 일견 사소설풍 작품이지만 나는 문득 이것은 가공의 이야기가 아닐까 생각했다.

다케다 씨가 죽은 오늘, 이제 그 진위를 알 방도는 없으나 다케다 씨와 같은 사람이 정말로 있었던 이야기를 그대로 담백한 사소설로 쓸 리가 없다고 생각했다. '나(私)'가 나오지만 작자 본인의 체험담일 리가 없다. 「눈 이야기(雪の話)」 이후

---

1) 소설가 다케다 린타로(武田麟太郎, 1904~1946)를 말한다. 도쿄 제국대학 시절 노동운동에 동참했고 중퇴 후 「폭력」을 발표하며 프롤레타리아 작가로 자리매김하였다. 그 후 프롤레타리아 문학에 대한 탄압으로 전향하여 서민적 풍속 속에서 리얼리즘을 추구하는 독자적인 작품을 확립하였다. 1946년 3월 31일에 세상을 떠났는데 사인은 당시 유행했던 싸구려 밀주 속에 들어 있던 메틸알코올 때문으로 알려져 있다.
2) 태평양전쟁 때 다케다 린타로가 육군 보도반원으로 체류한 자바 섬을 말한다.

다케다 씨 소설에는 가공의 이야기를 다룬 '나[私]'가 나오는 이른바 사소설이 아닌 '사(私)' 소설(일인칭소설. — 역주)이 많지 않았던가. 다케다 씨 본인이 말한 것처럼 "리얼리즘의 끝에 있는 상징의 문에 도달"한 것이 이러한 일견 사소설풍의 담백한 단편들 아니었을까? 담백함에 숨겨진 상징의 세계를 모색하고 있었을 것이다. 이즈미 교카(泉鏡花)의 작품처럼 귀신이 나오기도 했다. 다만 교카의 귀신은 실제 귀신이었으나 다케다 씨의 귀신은 인공의 귀신이었다. 그래서 시시하다고 하는 사람도 있었으나 현실과 격투를 벌인 끝에 군색한 나머지 귀신을 등장시킬 수밖에 없었다는 점에서, 오랜 세월 쌓아온 리얼리즘에서 벗어나고자 하는 작가의 고심이 엿보였다.

「야요이 씨」라는 소설은 그러나 귀신을 등장시키는 방법에 문제가 있었다. 그런 의미에서 실패작이었으나 강렬한 묘사력과 자유분방한 리얼리즘을 무기로 지니고 있던 다케다 씨가 소위 전기(戰記) 소설이나 외지 체험기 대신 담백한 단편을 썼다는 점을 나는 재미있게 생각했다. 허구의 이야기여서 더 재미있다고 생각했다. 게다가 강요된 허구가 아니다. 또한 외지에서 돌아온 작가는 "야요이 씨에 대해서 쓴다."와 같은 첫 문장으로 소설을 시작하지 않는다. 「일본 서푼 오페라」, 「시세이지(市井事)」, 「긴자 핫초(銀座八丁)」에서의 강렬한 묘사를 좋아하는 독자는 「야요이 씨」에 실망했을 터이다. 나도 그런 의미에서는 실망했다. 그러나 독자의 간담을 서늘하게 하거나 감탄을 자아내는, 정교하게 공들여 쓴 첫 문장보다 별반 특별할 것 없이 일견 술술 써내려간 듯한 "야요이 씨에 대해서 쓴다."라는 담담한 첫 문장이 더 어렵다.

나는 다케다 씨의 소설가로서의 원숙함을 느꼈다. 다케다 씨도 이런 첫 문장을 쓰게 되었구나 하고 생각했다. 그러나 나는 다케다 씨를 모방할 마음은 없었다. 따라서 지금 다케다 씨의 흉내를 낸 첫 문장을 쓰는 것은 내 본의가 아니다. 그런데도 굳이 흉내를 내는 것은 다케다 씨를 기리기 위해서다. 다케다 씨가 죽었기 때문이다. 따라서 다케다 씨가 죽지 않았다면 이런 첫 문장은 썼을 리가 없다. 정말이지 내 본의가 아니다.

1

다케다 씨에 대해서 쓴다.

─에비스바시(戎橋)[3]를 한 더러운 남자가 종종걸음으로 건너갔다.

그 남자는 과장해서 말하자면 '오사카에서 가장 더러운 사내'라고 할 수 있을지 모른다. 머리카락은 물론 기름기가 없고 빗질을 한 흔적도 없다. 한없이 흐트러졌고 더러우며 제멋대로 자라게 내버려둔 듯 귀가 안 보일 정도로 덥수룩하다. 구깃구깃한 옷깃이 가슴까지 벌어져 이끼처럼 착 들러붙은 때가 훤히 들여다보인다. 게으름뱅이라는 건 삐죽 튀어나온 턱의 꾀죄죄한 수염이 말해준다. 체구는 작지만 스모선수처럼 뚱뚱하게 살

---

3) 오사카의 도톤보리 강에 걸려 있는 다리.

이 쪄서 더러움이 한층 도드라져 보인다. 젖은 걸레가 에비스바시 위를 걸어가고 있는 느낌이다.

그러나 초라한 느낌은 들지 않는다. 다소 사시 기색의 눈을 번뜩이며 스쳐가는 사람을 흘깃 쳐다보는 시선은 날카롭다. 꼭 두새벽부터 술을 마신 듯 얼굴에 온통 기름기가 껴 있고 비도 오지 않는데 걷어올린 바짓가랑이 아래 불쑥 보이는 굵고 짧은 털북숭이 다리로 성큼성큼 걸어간다. 걸어가면서 무슨 생각을 하는지 저 혼자 씽긋 기분 나쁜 웃음을 짓고 있다. 웃고 있으니 앞니 두 개가 빠진 게 보인다. 젊은데도 불구하고 일부러 해 넣으려 않는 건 게으른 탓이겠지만 오히려 그것이 방심할 수 없는 느낌을 주는지도 모른다. 날래고 다부진 얼굴에 빠진 앞니 — 이것이 왠지 범상치 않아 보였는데 여하튼 좀 특이하다.

특이한 점을 들자면 그는 헤코오비(兵古帶)[4]를 앞으로 묶고 매듭 끝을 배 아래쪽으로 늘어트렸다. 매듭을 뒤쪽으로 돌리기를 잊어버린 건지 아니면 게을러서 그런 건지, 아니 본인의 말에 따르면 앞쪽에서 묶는 게 멋있다고 한다. 서양 허리띠는 앞에 장식이 달려 있고 여자는 허리띠 위에 허리끈을 하며, 게다가 허리끈을 앞으로 묶으니 남자의 허리띠도 하카마(袴)의 허리끈처럼 앞으로 묶어야 한다는 것이다.

그러나 아무리 그가 멋있고 세련되게 여긴다고 해도 사람들은 그렇게 받아들이지 않는다. 기껏 앞으로 묶은 허리띠도 그의 더러움 중 하나로 여겨버리고 만다.

---

4) 어린아이용 허리띠의 일종으로 허리를 두세 번 감아 뒤쪽에서 묶는다.

왜 그렇게 더러운지 말하자면, 가난하기 때문이다. 그는 도쿄제국대학 학생 시절 교복이 없었다. 중학생 때부터 입고 있던 구깃구깃한 비백 무늬 기모노를 입고 다녔다. 하카마를 입는 게 싫었던 탓에 하숙집에서 나올 때 하카마를 품속에 집어넣고 교문 앞에서 꺼내 입었다고 한다. 모자도 없었다. 그래서 그를 학생이라고 여기는 사람은 없었다. 노동자나 장사꾼처럼 여겼다. 가난하게 자란 그는 가난한 사람들 편에 서서 사회개조의 정열에 불타고 있었는데, 학교 앞에서 그런 운동의 전단지를 나눠줄 때 그의 그런 복장이 크게 도움이 되었다고 할 만큼 더러운 모습을 하고 있었다.

그렇다고 가난만으로 사람이 그토록 더러워지는 건 아닐 터이다. 일부러 더럽게 하고 다니는 것은 고상한 프티부르주아 취미에 대한 반항이기도 했다. 그는 소설가인데 그의 소설에는 늘 서민이 나왔다. 그가 직접 번잡하고 더러운 시정(市井) 속에 몸을 두고 쓴 것으로 여겨지는 소설이 많았다. 어쩌다 부르주아가 나와도, 그러나 그것은 부르주아를 공격하기 위해서였다. 탈것은 이등칸보다 삼등칸을 사랑하고 영화는 할인 시간에 보았다. 요정보다 서민식당이나 어묵집을 좋아했으며 노동자와 함께 간이식당에서 술을 마시거나 했다. 싸구려 여인숙에서도 아무렇지 않게 잠을 잤다. 아무리 불결한 유곽이라도 잠을 잤다. 아니, 일부러 더러운 청루를 골라 들어가 놀았다. 그리고 스스로를 더럽히면서 자학적인 쾌감을 맛보고 있는 듯했다.

그러나 그렇고 해서 남들처럼 청결을 동경하지 않은 건 아니다. 가령 공중목욕탕을 좋아했다. 거리를 걷다 공중목욕탕을 발견하면 무턱대고 뛰어 들어가 빌린 수건으로 땀과 기름기와 때를 씻어내고 개운해지는 걸 좋아했다. 그래서 하루에 두 번이고 세 번이고 공중목욕탕에 뛰어 들어가곤 했다. 그런 점에서는 깨끗한 걸 좋아했다. 단지 결벽증이나 프티부르주아 취미의 사람들은 공중목욕탕은 불결하다고 할 것이다. 깨끗한 걸 좋아한다고 해서 다 공중목욕탕을 좋아하는 건 아니라고 웃을 것이다. 그러니 그가 공중목욕탕을 좋아한 건 공중목욕탕이 서민적이기 때문이라고 고쳐 말하는 편이 좋을 듯하다. 대중이 이용하는 목욕탕으로서의 공중목욕탕을 사랑하는 건지 모른다. 그런데 그렇게 목욕탕을 좋아하는 그가 무슨 일인지 문득 귀찮아하는 타성에 빠지면 열흘이고 스무날이고 목욕을 하지 않았다. 몸을 움직이면 훅 하고 기분 나쁜 냄새가 날 만큼 때에 찌들어 가는데 전혀 개의치 않았다. 이게 내 생활의 냄새이니 잠시 빠져보면 어떤가? 이렇게 더러워지는 방식은, 이게 내 정신의 때이네. 껄껄껄, 하고 자학적으로 재미있어 한다. 오사카에서 가장 더러운 남자라고 묘하게 으스대곤 한다.

즉 그의 신체의 더러움과 그라고 하는 인간 사이에는 큰 차이가 없는 것이다. 말하자면 판자에 들러붙은 더러움과 같다. 공원 벤치 위에서 부랑자와 섞여 노숙을 해도 의외로 잘 어울린다.

그런 그가 에비스바시를 건너 신사이바시(心斎橋)5) 거리를 북쪽으로 직진하다 미쓰데라(三津寺)6) 거리 모퉁이에 이르자

---

5) 오사카 시 주오(中央) 구에 있는 번화가.

황급히 서쪽으로 꺾어져 바로 초입에 있는 '카스타니엔'이라는 다방으로 들어갔으니 깜짝 놀랄 수밖에 없다. 카스타니엔은 이름을 보면 하이칼라이며 가게 자체도 이국적인 건축이고 장식도 이상하리만치 모던하여 그와는 전혀 어울리지 않는다. 붉은색 포렴이 걸린 싸구려 다방에 들어가면 꼭 어울릴 그가 그런 가게에 간 데에는 물론 이유가 없을 리 없다. 여자다. 그의 표현에 따르면 카스타니엔의 여급인 이쿠코(幾子)를 '후원'하고 있는 것이다.

벌써 열흘이나 들르고 있었다. 아니, 들른다기보다 죽치고 있다고 하는 편이 적당할 터이다. 가게를 여는 건 아침 열한 시인데 열 시 반부터 벌써 자리에 죽치고 앉아 문을 닫는 심야 한 시까지 버티고 있다. 무려 열세 시간 이상이다. 그 동안 한 발도 밖으로 나가지 않는다. 말하자면 하루 종일 카스타니엔에서 생활하는 것이다. 무슨 일이 있어도 꿈쩍도 하지 않을 기세로 자리에 죽치고 있는 것이다. 그러나 열세 시간 동안 이쿠코와 말을 하는 건 두세 마디가 전부다. 그 이외에는 이쿠코의 얼굴을 보면서 소설에 대해 생각하거나 잡지를 읽거나 손님과 잡담을 하거나 한다. 손님 중에는 문학청년인 뉴잔(入山)도 있다. 상당히 잘생긴 청년인데 역시 이쿠코 때문에 다니고 있는 듯하다. 말하자면 두 사람 모두 내심 경쟁하고 있는 것이다. 그리고 서로 자기에게 승산이 있다고 생각하고 있다.

모두들 이쿠코에게 눈독을 들이고 있었다. 그리고 그런 여자

6) 오사카 시 주오 구에 있는 진언종어실파(真言宗御室派)의 준 본산.

가 그렇듯 딱히 어느 한 명과 친밀하게 말을 나누거나 하지 않고 들르는 손님 모두와 골고루 말을 나눴다. 그런데 그런 이쿠코가 무슨 바람이 불었는지 그날은 그에게만 말을 걸어왔다. 그는 내심 너무나 기뻤다.

밤이 되자 이쿠코는 점점 더 그에게 말을 걸어왔는데 사람들 눈에 띌 정도였다. 뉴잔은 분개하여 돌아가버렸다. 뉴잔이 돌아가고 얼마 되지 않아 이쿠코가 말했다.

"저, 긴히 하고 싶은 말이 있는데……. 어디 근처라도 함께 걷지 않으실래요?"

귓불까지 새빨개졌다. 그는 뉴잔이 없는 게 아쉬웠다. 둘이서 카스타니엔을 나가는 모습을 뉴잔에게 보여주고 싶었다.

그는 두근거리는 가슴으로 이쿠코의 뒤를 따라 나갔다. 카스타니엔 주인에게는 십 분이면 돌아온다고 말하고 나갔지만 어쩌면 영원히 돌아오지 않을지도 모른다.

나란히 신사이바시 거리 북쪽을 향해 걸었다.

"할 말이라니, 무슨 얘기야?"

"……."

이쿠코는 잠자코 있었다. 그도 묵묵히 걸었다. 벌써 연인 같다는 기분이 들었다. 그래서 아무 말도 하지 않는 편이 어울렸다.

더럽기 그지없는 그가 아름다운 이쿠코를 데리고 걷고 있는 모습은 꽤나 사람들의 눈길을 끌었다. 그는 사람들이 돌아볼 때마다 득의양양했다.

신사이바시 다리 언저리까지 오자 이쿠코는 잠자코 발길을 돌렸다. 그도 잠자코 발길을 돌렸다. 그런데 다이마루(大丸) 백화점 앞까지 왔을 때, 그는 무슨 말인가 해야 한다고 생각했다. 이쿠코는 부끄러워서 말을 할 수 없을 테니 자기가 말하면 그걸로 이야기가 성립될 거라고 생각했다. 그래서 입을 열려는 순간 이쿠코가 갑자기 말했다.

"할 말이란……, 당신은 뉴잔의 친구시죠?"

"응, 친구지."

그의 얼굴이 불현듯 벌레라도 씹은 것처럼 변했다.

"전 부끄러워서 뉴잔 씨에게 직접 말할 수가 없어요. 당신이 뉴잔 씨에게 말해주지 않으실래요?"

"뭘?"

"저에 대해."

이쿠코의 아름다운 옆얼굴이 붉게 물들었다.

"그럼, 이쿠코는 뉴잔을……."

좋아해, 라고 끝까지 묻기도 전에 이쿠코는 고개를 끄덕였다.

그는 카스타니엔에 돌아오자 소처럼 술을 마시기 시작했다. 마시기 시작하면 집요했다. 거의 정신을 잃을 만큼 취하고 말았다.

문 닫을 시간이 되어 카스타니엔에서 쫓겨난 뒤에도 어디서 어떻게 마시고 다녔는지 나니와(難波)까지 비틀비틀 왔을 때는 벌써 한밤중인 세 시 무렵이었다. 머리가 몽롱한 탓인지 다가오는 택시도 몽롱했다.

"덴카자야(天下茶屋)[7]까지 오 엔으로 가!"

"십 엔 주세요."

"오 엔이라면 오 엔이야!"

"자, 팔 엔으로 하시죠."

"오 엔!"

"자, 칠 엔!"

"가라면 가! 오 엔이야!"

"오 엔으론 못 갑니다!"

"뭐? 못 가? 왜 못 가?"

"못 간다면 못 가!"

"가라면 가!"

이런 문답을 되풀이하다 결국 서로 멱살을 붙잡고 싸움이
벌어졌다. 운전수가 차 수리도구로 그의 머리를 쳤다. 머리가
깨져 피가 났다. 그는 졸도했다.

운전수는 놀라서 그의 무거운 몸을 안아 차에 실었다. 그런데
택시가 덴가자야의 아파트 앞에 도착했을 때 시트 위에 쓰러져
있던 그가 천천히 일어나 소매 속에서 오 엔 지폐를 꺼내더니
그것을 두 조각으로 쫙 찢어서 반쪽을 운전수에게 건넸다. 그리
고 아무 일도 없었다는 듯 아파트 안으로 들어가버렸다.

2

이 이야기를 나는 다케다 씨의 입으로 직접 들었다. 물론 다케

---

7) 오사카 시 니시나리(西成) 구에 있는 지명.

다 씨의 체험담이다. 다케다 씨가 신인작가 시절 오사카를 방랑하던 무렵의 이야기라고 한다.

1940년 5월, 내가 고지마치(麹町)8)에 있는 다케다 씨의 집을 처음 방문했을 때 이층에 있는 다다미 여덟 장 정도의 방 한쪽 구석에 이불을 펴놓은 채 책상 위에 커다란 턱을 얹고 엎드려서 작업을 하고 있던 다케다 씨가 천천히 일어나 책상 뒤에 앉았다.

"오사카에서 언제 왔나? 후지사와(藤澤)는 건강한가? 오사카는 어때? 카스타니엔이란 가게 아나?"

이렇게 묻더니 갑자기 이 이야기를 한 것이다.

"내가 오사카에서 빈둥거리던 무렵의 이야기인데……."

그리고 자기가 생각해도 우습다는 듯 웃음을 터뜨리더니 온몸과 얼굴로 웃어 젖혔으나 유일하게 눈만은 웃고 있지 않았다. 눈만은 날카롭고 차갑게 빛나고 있었다.

나도 껄껄 웃었는데 웃으면서 다케다 씨의 눈을 보고 이건 예사롭지 않은 눈이라고 생각했다. 그 눈은 약간 사팔눈이었다. 사시 같았다. 그래서 가만히 이쪽을 보고 있는 듯하면서도 사방을 응시하고 있는 느낌이었다. 그런 눈이 현실의 밑바닥 끝까지 꿰뚫어보는 눈이라고 나는 생각했다. 작가의 눈을 느낀 것이다.

조금 방자하고 게으른 듯한 인상을 받았지만 섬세한 신경이 구석구석까지 퍼져 있고, 몸으로 느끼는 현실을 재빨리 계산하는 신경의 섬세함—그것이 눈에 나타나고 있다고 생각했다.

---

8) 도쿄 지요다(千代田) 구에 있는 지명.

처음 방에는 다케다 씨와 나, 둘뿐이었지만 얼마 후 잡지와 신문의 기자들이 속속 찾아와서 다다미 여덟 장의 방은 앉을 곳도 없을 정도였다. 그들은 방이 편한지 혹은 버티고 앉아 원고를 받을 생각인지, 그도 아니면 다케다 씨 곁에서 시간을 보내는 게 즐거운지 좀처럼 돌아가려 하지 않았는데 종국에는 자기들끼리 한쪽 구석에 모여 장기를 두거나 낮잠을 잤다.

다케다 씨는 그런 손님들을 일일이 상대하거나 장기판을 들여다보거나 농담을 하며 손수 왁자지껄한 분위기를 만들어 떠들어대면서 신문소설을 쓰고 있었는데 원고지 위로 돌아올 때의 눈은 오싹할 만큼 날카로웠다.

원고를 다 써서 신문사의 심부름꾼에게 건네준 다케다 씨는 안심했는지 책상 위에 있는 시계를 쳐다보고 있었다. 책상 위에는 시계가 대여섯 개 있었다. 하나씩 손에 쥐고 묵묵히 태엽을 감고 있는 손동작을 보고 있자니 문득 고독이 느껴졌다.

좀 특이한 시계가 하나 있었다. 케이스는 서양은(양은을 말하는 것일까? - 편집자 주)으로 만든 듯했고 그리 대단한 건 아니었으나 파란색 문자반에 흰색 문자가 새겨져 있으며 어딘지 로쿠메이칸(鹿鳴館)9) 시대를 떠올리게 하는 고풍스런 멋이 있었다.

"좋은 시계네요. 좀 봐도 될까요?"

내가 손을 뻗었다.

---

9) 메이지 정부가 1883년 도쿄 고지마치(麴町)에 국내외 인사들의 사교장으로 지은 서양식 2층 건물. 문명개화의 상징이었다.

"잠깐 잠깐……."

다케다 씨는 빼앗기기라도 할까봐 시계를 가슴으로 감싸며 당황한 목소리로 말했다.

"이거 눈치도 빠른데 손도 빠르군. 천 엔을 줘도 양보 안 하네. 헤헤헤……."

가슴에 품고 보여주지 않았다. 욕의의 깃이 벌어져 있어서 가슴이 보였다. 아니, 유방이라고 해도 좋을 만큼 다케다 씨의 가슴은 볼록하게 살이 솟아 있었다. 그때 신문기자가 와서 말했다.

"만주에 가십니까? 여행일기를 꼭 부탁드립니다."

"뭐!"

다케다 씨가 펄쩍 뛰었다.

"먼저 만주에 가는 감상이라는 제목으로 글 한 편 받을 수 없을까요?"

"누가 만주에 가는데?"

"선생님이……. 오늘자 소식란에 실렸던데요."

"어디 어디……."

기자가 내민 신문을 보았다.

"정말 실렸군. 하하하, 이건 헛소문일세."

"예? 헛소문이라고요? 누가 퍼트렸을까요?"

"나일세. 내가 이 방에서 퍼트린 걸세. 이 방은 헛소문의 온상 이니까. 하하하……."

"온상?"

"온상(溫床) 말일세."

그렇게 말하고 깔깔 웃었다. 얼마 지나지 않아 나는 다케다 씨의 방에서 나왔다.

그로부터 너댓새 지난 어느 날 밤, 나는 오사카의 나니와 근처 야시장에서 다케다 씨 책상 위에 있던 시계와 똑같은 시계를 발견했다. 천 엔을 줘도 팔지 않겠다던 그 시계였다.

"이거 얼마요?"

살 마음도 없으면서 물었다.

"2엔 50전입니다."

"겨우?"

나는 선 채로 엉덩방아를 찧을 뻔했다.

서둘러 샀다. 쾌재를 부르며 샀던 것이다. 그리고 그 시계를 포장하여 다케다 씨에게 보낼 생각에 마음을 들썩거리며 밤늦게까지 야시장을 어슬렁거렸다. 나는 2엔 50전에 샀지만 다케다 씨는 2엔 정도 주고 간다(神田)의 야시장쯤에서 산 게 아닐까 생각하면 실실 웃음이 나왔다. 5엔 지폐를 두 장으로 찢어 운전수에게 건넸다는 이야기도 어쩌면 다케다 씨가 퍼트리려는 헛소문이 아닐까 생각하니 한층 유쾌했다.

돌아와서 먼저 편지를 쓸 심산이었다. 남자간의 연애편지, 말은 이상하지만 편지 중에서 가장 즐거운 건 이것이다. 그래서 쓰고 있으면 그만 길어진다. 너무 길어질 것 같아서 편지는 그만두고 포장만 해서 보내려고 했으나 시계를 보낼 포장을 하는 게 너무 어려웠다. 게다가 막상 보내려고 하니 아쉬운 마음이 들었다. 왜냐하면 나도 다케다 씨를 본받아 시계를 책상 위에 놓아두고 싶었기에 결국은 안 보내고 말았다.

구월 십일이 지나 나는 다시 상경했다. 다케다 씨를 방문하니 집에 없었다. 행방불명이라고 한다. 상경의 목적 절반은 다케다 씨를 만나는 일이었다.

잡지사에 물어보면 알 수 있으리라 여겨 문예춘추사에서 『올요미모노(all 讀物)』10)를 편집하고 있는 친구 S에게로 갔는데 마침 전화를 걸고 있는 참이었다.

"여보세요. 전 문예춘추의 S라고 합니다만 다케다 씨……. 예, 다케다 씨가 어디 계신지 모르시나요? 아, 그쪽에서도 찾고 계시는군요. 큰일이네요."

전화를 끊을 때에는 거의 우는 목소리였다. 나는 개조사(改造社)로 갔다. 개조의 편집자는 대일본인쇄로 출장 교정을 가서 아무도 없었다.

개조사를 나오니 빈 택시가 오기에 그것을 타고 대일본인쇄로 갔다. 사층에서 엘리베이터를 내리자 바로 앞이 개조의 교정실이었다. 들어가자 묻기도 전에 A씨가 말했다.

"다케다 씨 와 계세요."

"아니, 어디에……."

"건너편 방에 감금 중입니다."

가르쳐준 방은 통유리로 되어 있어 교정실에서 감시를 할

---

10) 1931년 4월부터 문예춘추사가 발행한 대중소설 중심의 월간지. 매년 3월호와 9월호에 나오키 상 비평과 수상작품이 게재된다.

수 있게 되어 있었다. 다케다 씨는 꿰다놓은 보릿자루마냥 망연히 앉아 있었다. 문을 열자 돌아보지도 않는다.

"괜찮아. 도망치진 않아. 쓰면 되잖아."

뒤를 돌아보더니 나란 걸 알고 말했다.

"뭐야, 자네군. 언제 왔나?"

"감금 중이세요?"

"다짜고짜 꽁꽁 묶어 끌고 왔어. 도망치려야 도망칠 수도 없네. 엘리베이터가 녀석들 앞에 있으니 말이야. 아아, 졸려."

하품을 하더니 쓱쓱 얼굴을 문질렀다. 어젯밤부터 철야를 하고 있다는 건 피부색으로 알 수 있었다.

주황색 괘선이 쳐진 200자 원고지에는 '시대의 소설가'라는 제목과 이름이 적혀 있을 뿐 나머지는 공백이었다. 나는 제목을 보자마자 반동적 파쇼정치의 폭풍 속에 의연히 서 있는 소설가의 각오를 쓰려는 평론이라고 생각했다. 이와 같은 원고를 복자(伏字) 없이 쓰려면 글자나 쉼표 하나에도 세심한 주의를 기울여야 한다. 다케다 씨가 고뇌하는 데에도 고개가 끄덕여졌다.

"제가 있으면 방해가 되죠?"

나가려고 하자 만류했다.

"아니, 없으면 허전해서 더 곤란해. 뭐, 그냥 쓰면 돼."

그러나 말은 하려 하지 않고 넋이 나간 사람처럼 피곤에 지친 멍한 눈으로 유리문 쪽을 바라보다가 이윽고 생각이 정리되었는지 원고를 쓰기 시작했으나 두 줄 정도 쓰고는 곧바로 지우고 원고지를 꾸겨버렸다. 그리고 새 원고지에 낙서를 하며 혼잣말을 뇌까렸다.

"쓰면 되잖아. 쓰면······."

고뇌하고 있다기보다 쓰고 싶지 않아 투정을 부리고 있는 것 같았다. A씨가 들어왔다.

"어떻게 다 쓰셨나요?"

"어떻게 써. 맥주가 있으면 쓸 수 있을 텐데. 부탁하네. 한 병만!"

손가락 하나를 펴 보였다.

"이거 봐, 한 줄도 못 썼어."

그리곤 두 손을 모았다.

"안 돼요, 안 돼! 술이 한 방울이라도 들어가면 그걸로 끝이에요. 선생님은 고주망태가 될 때까지 마시니, 고생해서 붙잡아 왔는데 절대 그럴 순 없어요. 대신 원고를 끝내면 생맥주든 정종이든 마음껏 드세요. 자, 어서 쓰세요. 어서."

"한 병만! 절대 두 병이라곤 안 할게. 목이 말라 미치겠어. 머릿속까지 바싹 말랐어. 은혜는 잊지 않을게. 부탁해! 이 말을 하길 바란 거지?"

"안 돼요!"

"그럼 십 분만 밖에 나가게 해줘. 잠시 바깥 공기를 마시고 오면 쓸 수 있어. 이렇게 부탁할게. 십 분! 딱 십 분!"

"안 돼요! 선생님은 한 번 나가시면 동서남북 어디로 튈지 모르니까요."

"진짜 안 돼?"

오사카 사투리가 튀어나왔다.

"안 돼요. 오늘밤 안으로 쓰시지 않으면 잡지가 못 나와요. 선생님 원고만 남았어요."

"히노(火野)도 아직이겠지?"

"아니요. 방금 원고가 도착했어요."

"니와(丹羽) 군은?"

"K군이 받아 왔어요. 백 장이나 돼요."

"그럼 내 건 없어도 되겠네. 다음 달로 미뤄버려."

"안 돼요! 선생님이 다 쓸 때까지 전 안 갈 거예요."

"여기서 자야겠군. 꼴좋다."

A씨는 웃으면서 나갔다.

"쓰면 되잖아. 쓰면."

다케다 씨는 A씨의 등 뒤로 욕을 해대다 이윽고 책상 위에 엎드리는가 싶더니 코를 골기 시작했다. 자는 얼굴은 죽은 듯했으나 코를 고는 소리는 짐승 같았다.

그런데 삼십 분 정도 지나자 다케다 씨가 번쩍 눈을 뜨고 멀거니 있더니 곧 무슨 생각이 들었는지 백지 상태인 원고지 스무 장을 봉투에 넣었다.

"자, 가세."

그리고 일어서서 나갔다. 따라갔더니 교정실에 들어가자마자 외쳤다.

"됐어!"

봉투를 A씨에게 내밀고 음흉하게 웃었다.

"됐으니 됐지? 이젠 나도 몰라. 헤헤헤……."

"고생 많으셨습니다."

A씨는 생긋생긋 웃으며 봉투 속에서 원고를 꺼내려 했다. 그 순간 다케다 씨가 내 손을 잡아끌고 엘리베이터에 탔다. 백지인 원고를 본 A씨가 놀랐을 때는 이미 엘리베이터가 움직이고 있었다.

"아니, 이런!"

A씨의 목소리는 더 이상 들리지 않았다.

엘리베이터에서 내리자 다케다 씨는 도망치기 위해 꽁지가 빠지도록 내달렸다. 그리고 어디를 어떻게 달려왔는지 간신히 어묵가게를 발견하고 안으로 들어가 앉기도 전에 고함을 쳤다.

"맥주, 맥주!"

맥주 한 병은 순식간이었다.

"맛있군. 맛있어. 바로 이거야."

두 병째 맥주를 마시기 시작한 순간, A씨가 느릿느릿 들어오더니 아무 말도 하지 않고 다케다 씨 옆에 앉았다. 다케다 씨는 흠칫하더니 이내 포기한 듯 일어섰다.

"계산!"

소매에 손을 찔러 넣었는데 지갑이 없는 듯했다.

"이상하군. 떨어트렸나."

그렇게 말하며 슬금슬금 입구 쪽으로 다가가는 듯싶더니 갑자기 도망치기 시작했다.

"앗! 어이, 다케린(武麟)!"

A씨는 황급히 뒤를 쫓았다.

나는 멍하니 두 사람의 뒷모습을 바라보았다. 한동안 기다렸지만 두 사람은 돌아오지 않았다.

그로부터 이주일 정도 지나 개조 시월호를 보니 「시대의 소설가」라는 다케다 씨의 글이 떡하니 실려 있었다.

3

일 년이 지나자 다케다 씨는 남방(南方)으로 갔다. 그리고 얼마 후 다케다 씨가 자바 섬에서 악어에게 잡아먹혀 죽었다는 소문을 들었다.

나는 설마하고 생각했다. 다케다 린타로가 악어를 잡아먹었다는 소문이라면 믿을 수 있어도 악어에게 잡아먹혔다고는 도저히 상상할 수 없다고 생각했다.

"이건 어쩌면 다케린 씨 본인이 퍼트린 헛소문이 아닐까."

나는 친구에게 이렇게 말했다.

"다케린 씨가 자바에서 퍼트린 '다케다 린타로 악어에게 잡아먹혀 급사하다.'라는 헛소문이 오사카까지 전해졌다니 통쾌하군."

세 살 버릇 여든까지 간다며 나는 웃었다.

어쨌든 죽었을 리가 없다고 생각했다. 불사신 다케린 씨가 아닌가.

정말로 다케다 씨는 건강하게 돌아왔다. 말라리아에도 걸리지 않았다고 한다. 난 그랬을 거라고 생각했다.

　다케다 씨가 없는 문단은 그곳만 뻥하니 구멍이 뚫린 느낌이었는데 그 구멍이 드디어 메워졌구나 하며 나는 조금도 변하지 않은 다케다 씨를 보고 기뻐했다. 사 년이나 외지에 있었는데 다케다 씨는 조금도 보도반원(報道班員)[11] 냄새가 나지 않았다. 귀국 도중 오사카에 들러 익살을 떨며 껄껄 웃는 다케다 씨는 전쟁 전의 다케다 씨 그대로였다. 탕아 돌아오다, 라는 느낌이었다. 뭔가 진기한 헛소문을 퍼트리고 싶어 몸이 근질근질한 것 같았다.

　역시나 도쿄로 돌아가고 얼마 후 다케다 린타로가 실명했다는 소문이 오사카까지 전해졌다. 나는 이것도 헛소문일 것이라고 생각하고 도쿄에서 온 사람을 붙들어 물어보니 실명은 거짓이지만 눈을 심하게 다쳤다고 한다.

　"메틸이죠?"

　내가 묻자 그는 그렇다고 웃으며 말했다.

　"여전히 싸구려 위스키를 마시며 다니고 있어요. 눈에서 진물이 흘러나와도 태연히 그걸 비벼대며 마시는걸요. 다케다 씨니까 버티는 거죠. 바보 같은 짓이에요."

　바보 같다는 건 다케다 씨도 알고 있을 터였다. 그러나 그만둘 수가 없다. 그래서 '다케다 린타로 실명하다.'라고 자학적인 헛소문을 퍼트리며 짐짓 신난 듯 떠들어대고 있는 거라고 생각

---

11) 태평양전쟁 당시 일본 정부가 국민의 전의를 고취할 목적으로 저명한 작가나 신문기자 등을 육군이나 해군에 징용하여 조직한 보도부.

했다

"그 사람은 괜찮아요. 메틸에 당할 사람이 아니니까. 불사신이니까. 불사신 린타로니까."

나는 그렇게 말했다.

다케다 씨는 얼마 후 재해를 당했다. 피난처는 신문사에 물어봐도 몰랐다. 여느 때처럼 행방을 감췄구나 하는 느낌이었다.

"그 사람은 괜찮아. 재해 따위에 기가 꺾일 사람이 아니야. 불사신이야."

나는 다시 그렇게 말했다.

사월 일일 조간을 보니 '다케다 린타로 씨 급사하다.'라는 기사가 실려 있었다. 나는 철렁했다. 여우에게 홀린 것 같은 기분이었다.

"아, 터무니없는 헛소문을 퍼트렸구나."

머릿속이 새카만 와중에 이런 한 줄기 생각이 나를 위로했다.

"오늘은 만우절이잖아."

그래, 만우절이다. 이건 다케다 씨 일생일대의 헛소문이라고 중얼거리며 나는 눈물을 뚝뚝 흘렸다.

그리고 그토록 헛소문을 퍼트리던 그는 외로운 사람이었다, 외로움을 잘 타는 사람이었다고 메마르고 처연한 목소리로 중얼거렸다.

신문에 실린 사진 속 다케다 씨는 그러나 결연한 모습으로 하늘 한편을 응시하고 있었다.

로봇과 침대의 중량

나오키 산주고

나오키 산주고(直木三十五, 1891~1934)

　오사카 출생. 대중문학의 선구적 작가. 본명은 소이치. 이치오카 중학 졸업 후 한동안 대용교원으로 근무하다 곧 상경하여 와세다 대학 영문과 예과에 입학했다. 그러나 학비 문제로 제적당했다. 1918년에 톨스토이 전집 간행회를 세우고, 잡지 『주조』를 창간했으며, 동하사를 창설했으나 전부 실패했다. 관동대진재를 계기로 오사카로 다시 돌아가 잡지 『고락』의 편집에 종사했으며, 연합영화예술가 협회를 설립했지만 오래 유지하지 못하고 다시 상경하여 문필에 전념했다. 31세 때 산주이치(三十一)라는 필명을 썼으며 이후 산주니(三十二), 산주산(三十三)으로 고치다 산주고(三十五)에서 정착되었다.

나오키 산주고상

　1935년에 문예춘추의 설립자인 기쿠치 간이 나오키 산주고의 공적을 기념하고 신인작가를 발굴하기 위해 제정한 대중문학상. 초기에는 무명과 신인 및 중견 작가가 대상이었으나 현재는 경력에 관계없이 연 2회 선정한다.

1

"당신, 정말로······, 진심으로 나를 사랑해?"

KK전기기구제작소 로봇부 주임기사 나쓰미 슌타로(夏見俊太郎)가 병에 걸려 악전고투하느라 지쳐버린 얼굴과 목소리로 아내에게 조용히 물었다.

'또······, 병자는 왜 이렇게 집요한 걸까.'

아내는 순간 머릿속으로 이렇게 눈썹을 찌푸리며 말했다.

"네, 사랑하고말고요."

아내의 볼은 신선한 과일처럼 반들반들했고 황금빛 솜털이 희미하게 빛나고 있었으며, 허리의 우아한 곡선으로 풍만함을 드러냈고 다리는 탱탱하고 미끈했다.

"내가 죽으면······, 독신으로 살진 않겠지."

아내는 병들기 전의, 병을 앓는 중의, 광적인, ······, ··········을 떠올리자 오싹 한기가 일었다. 피부는 윤기를 잃고 쳐졌지만 눈만은 이상한 광채와 열기를 띤 채 숨을 쉬면 조금씩 악취가 풍겼다. 흡사 짐승과 같이 ······ ······ 떠올리자 증오가 송충이처럼 온몸을 기어다녔다. 하지만 그 혐오스러운 남편의 얼굴을 떼어내고 그런 일들을 떠올리면 아내의 혈관 속에서는 열기를 품은 애욕이 배어 나왔다.

"아니에요."

아내는 이렇게 대답했지만 어렴풋이 '어차피 죽을 거라면 빠른 편이 좋아. 나도 간병하느라 이젠 지쳤어.'라고 생각했으며 이내 '아직, 젊고 아름다우니까…….'라는 생각에 자신의 두 손을 나란히 펴고 바라보며 말했다.

"이렇게 거칠어졌어요."

그리곤 자신을 유혹한 남자, 장난처럼 접근한 남편의 동료 중 한 명, 손을 잡은 회사의 과장, 취해서 키스를 하려던 친척 남자 등을 깨진 거울에 비친 기억처럼 조각조각 떠올렸다.

"내가 죽고, 만약 남자가 그리워지면……."

"싫어요. 그런 얘기."

아내는 남편이 덮고 있는 모포 속으로 손을 집어넣어 남편의 손을 잡았다.

"그런 생각하지 말고 빨리 나아요."

남편은 지친 눈동자로 방문 쪽을 바라보았다.

"저 로봇."

아내는 돌아보지 않고 말했다.

"빨리 나아서 다시 이걸, 우리 둘의 것으로 삼아요."

"저 3호 로봇을 나라고 생각하고……."

슌타로는 아내의 손을 꼭 잡아 사랑한다는 표시를 했다.

"싫어요, 저런 건. 당신, 머리가 좀 이상해졌어요. 자, 조금 주무세요."

아내는 손을 뺐다.

"내가 그렇게 하도록 특수한 설계를 해놓았어."

"싫어, 싫어요."

아내는 의자에서 일어섰다. 그리고 문 쪽을 보았다. 문 옆에 경금속으로 만든 정교한 로봇, 침입자를 막기 위한 로봇이 차갑게 서 있었다. 파리에서 건너온 1936년형 로봇은 파리 여성이 좋아하는 이목구비에 푸른 옷을 입고 장갑을 낀 채 물끄러미 아내를 바라보고 있었다.

2

순타로는 침대 위에 일어나 앉았다. 윤기가 사라진 눈과 눈꺼풀 주위에 거뭇하게 배어 나온 죽음의 그림자, 뾰족한 광대뼈, 굵게 불거진 관자놀이의 혈관들이 청자색 전등 커버에 음침하게 비치고 있었다.

침대 옆에는 고무에 인체나 피부처럼 교묘히 도료를 칠해 밀착시킨 합성알루미늄 로봇이 벌거벗은 채 우뚝 서 있었다. 그것은 순타로가 로봇을 얼마나 인간과 비슷하게 만들 수 있을까 연구할 때 그 연구 대상이 되었던 로봇인데, 알루미늄 뼈대를 덮고 있는 고무의 두께나 얇기, 단단함과 부드러움은 실로 교묘하였고 눈은 회전하고 눈꺼풀은 깜빡거렸으며 입, 발음, 보행, 사물을 파악하는 동작들은 거의 인간과 다름없었다.

순타로는 병들기 전, 그 병에 대한 전조증상으로 몸에 이상이 생겼을 때, 도료를 칠한 고무 표면에 전기가 통하는 막을 만들어 몸을 주무르게 한 적이 있었다. 그리고 아내도 주물러주었다.

"사람과 똑같네요. 로봇의 손까지 따뜻해요."

아내는 애교어린 눈으로 슌타로를 바라보았다.

"애인으로 삼으면?"

"멋있어요."

아내는 그렇게 말하고 무표정하지만 아름다운 로봇의 얼굴을 힐끗 쳐다보았다.

"연애 상대로는 부족하지만 그 외의 일이라면 인간 이상이야."

"그게 가능해요?"

"간단해. 베어링을 넣어 자유롭게 움직이도록 하면 돼."

아내는 그렇게 말하는 남편의 얼굴을 가만히 바라보았는데, 로봇 복부의 특수 장치 부분을 완성하기 직전에 병에 걸리고 말았다. 그리고 지금 그것을 완성하려는 것이었다.

차갑게 빛나는 베어링이 전후좌우로 원활하게 움직일 수 있도록 톱니가 잘 맞춰져 있고, 전기가 통하는 구리선과 액체를 넣은 고무주머니를 상하에서 압박하도록 장치된 니켈판, 이것들을 적절히 조작할 수 있는 버튼 세 개가 로봇의 등 아래쪽에 있었다.

슌타로는 입을 조금 벌리고 이따금 가쁜 숨을 몰아쉬면서 광적이고 공허하게 반짝이는 눈으로 핀셋을 사용해 유도선을 손보거나 스위치를 돌려 베어링 운동을 시험하다 뇌까렸다.

"이게 첫 번째 선물."

그리고 한동안 눈을 감고 쉬더니 복부의 덮개를 닫고 조용히 로봇을 안아 올렸다. 다리 부분은 묵직하지만 오동나무처럼 가벼운 로봇이 순타로의 침대 위에 눕혀졌다. 그는 물병의 물을 마시고 로봇을 뒤집은 뒤, 머리맡에 있는 벨을 눌렀다.

"네."

옆방에 있던 간호사가 대답을 하고 이내 문을 열고 들어오더니 로봇을 보았다.

"어머."

그것은 움직이면 안 되는 병자의 부주의함을 질책하는 목소리였다. 순타로는 눈을 찌푸리며 침대를 가리켰다.

"여기 잠깐 앉아."

"일어나시면 몸에 안 좋습니다."

"여기에 앉아봐."

순타로가 그렇게 말하고 침대 속으로 들어가자 간호사가 모포를 덮어주었다.

"앉으라니까."

"앉기만 하면 되나요?"

간호사가 침대 옆에서 묻자 순타로는 고개를 끄덕이고 로봇을 바라보았다. 간호사가 침대에 앉은 순간 로봇이 늘어뜨리고 있던 양손의, 오른손으로는 침대 가장자리를, 왼손으로는 아래쪽의 모포를 잡았다. 그리고 쥐는 힘이 점점 강해지는지 모포를 잡은 채 순타로의 몸까지 자기 쪽으로 조금씩 끌어당기더니 양손으로 가슴을 안듯이, 오른손은 강력한 힘으로 요를 통째로 잡아당기기 시작했다.

"됐어. 일어서."

순타로의 말을 들은 간호사가 일어서자 로봇도 동작을 멈췄다.

"저쪽으로 가."

"네. 그런데 그 로봇……."

간호사가 순타로의 병적인 히스테리를 두려워하며 말했다.

"이젠 그만 됐어."

"네, 너무 무리하지 마세요."

"알고 있어."

간호사가 나가자 순타로는 한동안 천정을 보고 누운 채 가만히 있었다. 그리고 항상 로봇을 놓아두는 문 쪽에서 침대까지의 거리를 머릿속으로 계산했다.

'침대에 중량이 더해지는 순간 로봇이 자동운동을 시작해서 침대 쪽으로 오는 장치, 침대 아래 스프링이……, 그래, 스프링이 리드미컬하게 움직이는……, 일정한 도수(度數)를 지날 때 로봇이 움직이게……, 그게 좋겠어. 장치는 간단해.'

순타로는 이렇게 생각하고 뇌까렸다.

"두 번째 선물이야."

3

그녀는 기모노를 입고 무릎을 겹친 채 앉아 있었다. 카펫 위로 나가쥬반(長襦袢)[12] 옷자락이 드리워져 있었다.

"물론 사랑해."

의자 쿠션 깊숙이 기대앉아 담배를 피우면서 이렇게 말하고 남자를 힐끗 보더니 남자가 눈웃음을 짓자 말했다.

"정확히 말하면 사랑했었어, 이지."

"병에 걸리고, 사랑을 잃고……, 이중으로 불행하네요."

"본인이 자초한 거야. 남편 자격이 절반은 없어졌는데 나만 똑같아야 한다는 건 불합리해."

남자는 왼손을 의자 뒤쪽으로 돌려서 그녀의 목을 감쌌다. 그녀가 남자의 얼굴에 연기를 뿜으며 말했다.

"그 대신 낫는다면 처음처럼 사랑해줄 수도 있어."

"난, 어떻게 되죠, 그땐?"

"몰라."

"두 가지 경우가 있겠군요."

"맞아."

그녀는 그렇게 말한 뒤 겹치고 있던 왼쪽 다리 끝으로 남자의 신발을 밀었다.

"하나는 안녕, 하나는 이대로."

"맞아."

"대체 어느 쪽이에요?"

"벌써부터 그런 걸 생각할 필요는 없잖아."

"그래도 나한텐 중요한 문제에요."

"안녕, 한다고 말하면 현재 상태가 변해?"

---

12) 기모노와 길이가 같은 안에 입는 속옷[襦袢].

"다소는……."

"기분 상?"

"예에."

"그럼 변하면 되겠네. 안녕을 택하겠어. 자, 변해봐."

그녀는 남자를 똑바로 쳐다보았다.

"어때 변했어?"

"그렇게 갑자기……."

"안 변해?"

"뭐, 안녕이 거짓말인지, 진짜인지……."

"진짜야. 그러니 변해줘."

남자가 목을 끌어당기려고 하자 그녀가 남자의 손을 잡고 말했다.

"변하지 않으면, 싫어."

남자가 아무 말도 하지 않고 왼손을 잡자 그녀는 몸을 뒤로 젖혔다.

"변할 수 없어?"

"진지하게 생각해볼게요."

"진지하게 생각해보겠다니, 이런 연애에 그렇게 깊이 생각할 가치가 있어?"

그녀는 희미한 향수 냄새를 풍기면서, 가만히 자신을 응시하는 남자의 정열적인 눈을 보고 미소와 함께 말했다.

"내겐."

남자는 손에 힘을 주었다.

"로봇 이하야."

"이하? 어째서?"

"인간은 생각할 수 있는 만큼 하등하지만, 로봇은 자신이 할 일만 하고 아무것도 생각하지 않잖아."

"그래서 기계잖아요."

"인간보다 행복한."

"스스로 행복하다고 느끼지 못하는 행복은, 인간에겐 존재하지 않아요."

"행복을 온전히 느끼는 인간은 불행도 온전히 느끼지."

"그게 인생이에요."

"1930년대까지의."

"영원한."

"로봇을 배워, 스즈키 긴사쿠(鈴木金作). 하고 싶은 일을 하며 후회하지 않는 인생."

"그럼 지금 나와 헤어져도 당신은 아무 느낌도 없어요?"

"자기가 돌아서서 첫발을 뗀 순간, 바로 다음 남자를 찾으러 갈 거야."

"난 헤어지지 않아요."

남자는 눈과 손에 힘을 주었다.

"인간 남자의 장점은 그 정열이 현저하게 증가한다는 점뿐이군."

"로봇이 더……."

남자는 정열이 혈관 속에서 흘러넘치는 것을 느꼈다. 남자의 얼굴이 다가오자 짓눌리듯 점점 의자 깊숙이 몸을 기대며 그녀가 말했다.

"자신의 의지대로 할 수 있는 로봇도 좋고, 자신의 의지 이외의 방법을 가르쳐주는 남자도 좋아. 로봇이, 슌타로가 생긴 후로 여자의 감각이 두 배로 좋아졌어."

그녀는 쾌활하게 웃으며 가만히 남자의 눈을 응시했다.

4

"이 침대는 당신과 나만의 것으로 남겨두고 싶어."

슌타로가 움푹 파인 눈과 힘없는 표정으로 말했다.

"네에."

"여기만은 더럽혀선 안 돼."

"약속해요."

"그래. 그럼 이 로봇을 소중히 다뤄. 나라고 생각하고."

"정말 정교하네요."

피부의 느낌, 체온, 그 멋진 기능, 그 미량의 전기에 의한 매혹적인 자극들은 기계를 통해 느끼는, 기계를 통해서만 느낄 수 있는, 여성에게도 놀랄 만한 것이었다.

"나는 기계기술자지만……, 이 로봇에게만은 생리학적 연구를 가미했어."

"그런 거 같아요."

"그리고……, 동시에 나는 영혼의 신비를 믿게 됐어."

"영혼?"

"로봇을 사랑하지 않게 되면 저 녀석은 당신에게 복수를 할 거야."

"저 로봇이……."

"응."

"어떤 복수?"

"죽일 거야."

아내는 잠자코 있었지만 마음속으로 이 집요한 사랑에 증오와 경멸을 느꼈다.

"그래요?"

그녀는 가볍게 한마디 했다.

"이젠 이삼일밖에 못 살겠지만, 나는 내 영혼을 담은 3호 로봇 이외에게는 당신을 건네주고 싶지 않아."

"또 시작이군요. 잘 알고 있어요."

"나도 잘 알고 있기에 몇 번이고 말하는 거야. 당신은 더 이상 혼자 살 수 없게 되었으니까……."

"그러니 로봇을 사랑하면 되잖아요."

창문은 반쯤 닫혀 있었고 침대 절반도 커튼에 가려 있었다. 벽의 직물, 호두나무 바닥 위의 중국 카펫, 커다란 스탠드, 흰 대리석 경대들이 모두 음울하게 침묵을 지키고 있었다.

'누가 병문안이라도 왔으면.'

아내는 언뜻 이렇게 생각하기도 하고 로봇의 교묘하면서도 인간과는 다른 이상한 감각을 떠올리기도 하고 있었다.

"로봇에게 영혼이……, 있어."

순타로가 중얼거렸다.

"질투도 하나요?"

"로봇은 당신 뜻대로 할 수 있지만 자칫하면 당신을 파괴할 수도 있어."

"그래요."

아내는 건성으로 대답했다. 그리고 머릿속에서 로봇과 새로운 애인을 꼼꼼하게 비교했다.

"벌써 네 시네. 약 먹을 시간이에요."

아내는 손목시계를 보고 '곧 올 시간인데…….'라고 생각했다.

"침입자를 막기 위한 로봇이니 당신을 파괴하지 않도록 주의해. 알았지."

"네에."

그렇게 대답했을 때, 간호사가 노크를 하고 들어왔다.

5

"정말 정교하군. 인간과 조금도 다르지 않잖아."

장례식에 온 사람들이 로봇의 손을 잡거나 뺨을 어루만지며 칭찬했다.

"칭찬해야 할지 비난해야 할지……. 종교가 인간을 구원한 적이 많은지 고통을 주고 현혹한 적이 많은지 모르듯 과학의 발전도 공과가 불분명해."

"로봇이 인간의 직업을 빼앗은 건 분명하니 말이야."

사람들은 벽 쪽 의자에 기대앉아 방 안 자욱이 연기를 내뿜으며 이야기꽃을 피우고 있었다.

"맞아. 과학적으로 중대한 하나의 발견은 사회와 경제의 근저를 뒤흔드니 말이야. 레이온의 발달이 생사(生絲)를 압박하고 생사의 생산원가 하락이 면사(綿絲)에 영향을 끼치고, 근래에는 그런 레이온이 인조양모 때문에 고전을 면치 못하고 있다니, 세상은 공평한 법이야."

"미국에선 휴대용 로봇 제작에 성공했다더군."

"그러게 말이야."

"사방 삼십 센티미터 정도지만 능률은 이 로봇과 같을 거야. 작은 바퀴를 달고 합성 경금속 지주를 세우면 짐을 싣고 달려가기도 하고, 장소를 지정해서 계량기에 거리를 입력하면 일정한 모퉁이에 이르러 방향을 바꾸기도 하나봐. 계산한 거리 지점에서 오른쪽이나 왼쪽으로도 가는 거지. 그래서 일을 안전하고 정확하게 하는 거래."

"상자가 혼자 움직이는 건 좋군."

"근대의 풍경 중 하나야. 로봇 전용도로도 생겼는데 사람이 발을 딛자 나동그라졌다더군."

"그런 시대가 되었군."

"일본에서도 전기자동차 택시는 대부분 로봇이 될 것 같아."

"나는 타봤어. 오십 전 넣으면 문을 열어주는데, 불편한 건 모르는 곳엔 가지 못한다는 것뿐, 전기감촉기가 생긴 이래로 절대 충돌 염려도 없고…….”

“로봇을 정부사업으로 삼아서 모든 생산을 로봇에게 시키는 거야. 그리고 인간은 팔짱을 끼고 있다가 자신의 몫만 받으면 되는 거지.”

“그렇게 될 거야. 그 이외의 방법으로는 실업자만 늘어날 거야.”

“그런데 자네.” 한 명이 목소리를 낮추고 말했다. “이 로봇은 그걸……, 가지고 있다고 하더군.”

“정말?”

“그럼, ………… 하나 만들어서 팔아볼까.”

“자네 같이 실연당한 사람에게는 좋을 거야. 로봇은 배신을 꿈꾸지 않으니.”

“그 대신 긴자(銀座)라도 데리고 나가면 너나 할 거 없이 다 인기 여배우 얼굴을 한 로봇을 데리고 있을 테니 넌더리가 날걸.”

“나는 신형 미인을 만들 거야. 한쪽 눈이 크고 한쪽 눈은 작거나, 앞과 뒤 양쪽에 얼굴이 있거나…….”

“어쨌든 여자들 얼굴은 모두 똑같아서 재미가 없으니 코가 세 개 있는 걸 데리고 말이야.”

“로봇이라면 마누라도 질투하지 않을 거야.”

“그 대신 마누라도 남자 로봇을 사랑할 테니 드디어 인류의 종말이로군.”

"강제 명령으로 인공 임신을 시키는 거지."

"결국 나 같은 사람은 모범적 XX의 보유자로군. 관보(官報)에 인선 발표가 실리면 여자들이 몰려들겠어."

"그만 하세. 순타로 녀석, 지하에서 귀를 긁고 있을걸."

"그나저나 사회나 인간이나 너무 급격하게 변하는군. 과학의 힘은 참으로 무서워."

6

"당신은 나보다 로봇을 더 사랑하는 것 같아요."

"개를 사랑하는 것처럼."

"질투하는 게 아니라……, 그런 바보 같은 감정은 없지만 로봇을 사랑한다는 건 결국 나에게 자격이 없다는 걸 말하는 거니까요. 일종의 굴욕이라고 생각해요."

"자, 내가 이 파이프를 사랑해도?"

"파이프는 달라요."

"그건 그래. 내겐 사랑하는 형식과 감정이 다른 장난감이 하나 늘어난 것일 뿐이니까. 음, 뭐라고 하면 좋을까. 분명 귀여워. 내 의사가 그대로 통하잖아. 그러니 절반은 나 자신을 사랑하고 있는 것과 같아. 내가 양성(兩性)을 가지고 있는 듯한 묘한 감각과 감정이 분명 있어. 그리고……, 감각은 자극적일수록 좋잖아. 이상한 감각일수록……. 나는 저 로봇의 금속향이 좋아졌어. 차갑고 간지럽고……."

체취에 가까운, 야수와도 같은 향수 냄새가 풍기고 있었다. 그녀는 로봇의 가슴에 그려진 것과 똑같은 화초 디자인을, 화장한 가슴에 파랑과 빨강과 보라색으로 그려놓았으며, 드러난 다리의 피부 위에는 몇 개의 선이 선명한 도료로 그어져 있었다. 그것은 다리를 길게 보이게 하는 동시에 매혹적인 육체 장식이기도 했다.

"그리고 인간의 힘은 뻔하지만 로봇은 무한해. 여자란 점점 그 힘을 감내하는 사이에 남자가 시시하게 여겨지기 시작하는 법이야. 하지만 인간에게도 좋은 점은 있어."

"그럼 나와는……."

"………."

"이주일 동안이라고 약속했으니 나는……."

"기억하고 있어. 다섯 시였지."

"게다가……."

"다섯 시 이십 분에 왔지? 로봇이라면 다섯 시 종이 댕댕 울릴 때 노크를 해."

"연애조차 '로봇스케(助)13)'에게 지고 말면 인류의 최후네요."

"생사여탈권이 여자의 손으로 다시 돌아오는 거지."

"그런 거 같아요."

남자는 일어서서 문을 열고 옆방으로 들어갔다. 오른쪽에서

---

13) '스케(助)'란 어떤 말에 붙어 그것을 인명화(人名化)한 뜻을 나타낸다. 또 단독으로 쓰일 때는 어떤 일을 돕거나, 돕는 사람을 나타내기도 한다.

새로운 레이온 색채의 일본풍 파자마를 입은 로봇이 미소를 짓고 있었다. 남자는 가만히 바라보다 "로봇스케"라고 불렀다. 로봇이 예, 대답했다.

"부인, 로봇스케라고 불러도 알아듣는군요."

그녀가 얇은 비단 아래의 채색한 몸으로 걸어오며 말했다.

"로봇이란 말만 알아들어."

"너는 부인을 사랑해?"

"예."

남자가 로봇의 얼굴을 응시하자 그녀가 말했다.

"사랑이라는 단어도 알아."

"그런 단어에는 대답할 수 있군요."

"간단한 연애용어만……."

"걷어차버릴까."

로봇은 잠자코 있었다. 남자는 로봇이 대답도 하지 않고 미소 짓고 있는 것을 보자 자신이 걷어차일 듯한 기분이 들었다.

"기분 나쁘군요. 영혼이 있는 것 같아."

그녀는 침대의 커튼을 젖히고 앉았다.

"여기서 이야기해."

그리고 의자를 침대 옆에 놓더니 의자 위에 팔꿈치를 괬다.

7

"로봇 녀석, 계속 보고 있군."

남자는 의자에서 일어섰다. 그리고 의자를 커튼 밖으로 내놓고 커튼을 쳤다. 그녀는 커다란 쿠션 위에 몸을 기댄 채 한쪽 다리를 침대 밖으로 늘어트리고 있었다. 남자는 침대 가장자리에 앉아서 정열적인 눈으로 그녀를 바라보았다.

"나는……."

그녀가 머리를 쿠션 안에 파묻고 눈을 가늘게 뜨며 말했다.

"뭐?"

그것은 암고양이 같은 애교와 나른함을 품은 목소리였다. 남자가…….

"로봇은 키스도 할 수 있어요?"

"한 가지 방법으로는, 간단한……."

"그럼 그건 인간이 유리하네요."

"그래."

남자는 그녀에게 다가가서 침대 위에 깊숙이 걸터앉았다. 그리고 그녀를 손으로 감쌌다.

"안 돼."

그녀가 고개를 저었다. 그것은 거절의 형태를 띤 일종의 유혹적인 교태에 지나지 않았다. 로봇은 침대에서 신호가 오자, 그것은 슌타로가 계산한 대로 곧바로 정확하게 진행되었다. 그리고 머리와 몸으로 커튼을 헤치고 들어갔다.

"로봇, 오면 안 돼."

그녀가 소리쳤다.

"이놈."

남자가 소리치자 로봇이 양손을 벌렸다.

"어쩌려고?"

그녀가 소리쳤을 때, 로봇은 침대와 함께 두 사람을 감싸려는 듯 손을 넓게 벌렸다. 기괴한 로봇의 행동에 불길함을 느낀 둘의 얼굴이 새파래지고 공포에 휩싸여 오싹한 순간, 로봇은 그 부드럽고 강인한 손으로 둘을 감싸버렸다.

"안 돼. 놓아줘."

그녀는 로봇의 손에서 팔을 빼려고 했다. 남자는 어깨뼈 위부터 안긴 채 오른손으로 침대 틀을 잡고 전력을 다해 빠져나오려 발버둥쳤다. 그녀는 다리로 허공을 차기도 하고 로봇을 차기도 하고, 일그러진 얼굴의 공포에 젖은 눈으로 절규했다.

"누가, 누군가……, 와줘요."

로봇은 서서히 정확하게 두 사람을 조여 갔다. 뼈가 아파왔다.

"아악, 아파!"

그녀가 소리친 순간 로봇이 말했다.

"침대를 더럽혔기 때문이다."

그것은 슌타로의 목소리 같았다. 그와 동시에 두 사람은 머리가 깨질 듯한, 온몸의 뼛속까지 파고드는 듯한 극심한 통증을 느꼈다. 둘은 비명을 질렀다.

"로봇의 영혼이다."

로봇이 대답했다. 두 사람의 다리는 고통으로 휘어지고 부들부들 떨리는 손가락은 부러질 듯 뒤틀렸다. 얼굴은 새빨개지고 눈동자에서 피가 배어나왔다. 얼마 지나자 그녀의 코에서 피가 흘러나오고 눈은 튀어나올 듯 흰자위를 드러내며 불거져 나왔다. 남자도 희미하게 신음하기 시작했다.

사람들이 뛰어왔을 때는 커튼이 희미하게 흔들리고 있을 뿐이었다.

"마님."

하인이 부르다 잠시 삼가며 서로의 눈만 쳐다보고 있었다. 뚝뚝 액체 떨어지는 소리가 들렸다. 그리고 잠시 후 덜컹하고 기계 멈추는 소리가 났다. 화장과 채색을 한 그녀의 다리가 색이 변한 채 커튼 아래로 늘어져 있는 것을 본 두 사람이 커튼을 젖혔을 때, 그녀의 눈과 입에서는 피가 솟고 있었고 로봇은 그 둘 위에 쓰러져 있었다.

비 그치다

야마모토 슈고로

야마모토 슈고로(山本周五郎, 1903~1967)

　야마나시 현 출생으로 본명은 시미즈 사토무. 세이소쿠 영어학교 졸업. 전당포의 종업원으로 일하다 신문, 잡지의 기자를 거쳐 소설가가 되었다. 『문예춘추』(1926년 4월호)의 현상에 투고한 「스마데라 부근」으로 문단에 나왔다. 처음에는 극작이나 소녀 소설의 집필을 주로 했으나 이후 대중오락잡지를 작품 활동의 주무대로 삼았다. 이에 초기, 중견 시대에는 순문학자나 비평가들로부터 거의 묵살당했다. 그러나 야마모토는 "문학에는 '순'도 없고 '불순'도 없으며, '대중'도 '소수'도 없다. 단지 '좋은 소설'과 '나쁜 소설'이 있을 뿐이다."라는 신념하에 보편타당성을 가진 인간상의 조형을 평생의 목적으로 삼았다. 야마모토는 언제나 볕이 들지 않는 서민 편에 서서 기성의 권위에 용감히 저항하는 태도를 유지했다. 1943년에 나오키상을 사퇴한 것을 시작으로 수상을 요청받은 문학상 전부를 일축한 이유는 '문학은 상을 위해 있는 것이 아니다.'라는 작가의 윤리에서 나온 것이었다. 일본의 패전 이후 마침내 폭넓은 독자층을 확보하여 수많은 걸작을 세상에 내놓았으며, 사후 "귀여운 여인을 묘사한 체호프를 능가한다.", "100년 후, 일본의 대표적 단편작가로 남을 것이다."라는 등의 높은 평가를 얻었다.

야마모토 슈고로상

　대중문학과 시대소설 작가인 야마모토 슈고로를 기념하기 위해 1988년 신초샤에서 제정한 문학상. 전년 4월부터 당년 3월까지 발표된 소설과 문예작품을 대상으로 이야기성이 뛰어난 작품을 연 1회 선정한다.

1

다시금 비명 같은 고함소리가 들리더니 여자의 아우성치는 소리가 들렸다.

-또 그 여자군.

미사와 이혜(三澤伊兵衛)는 드러누운 채 걱정스럽다는 듯 실눈을 뜨고 아내를 보았다. 오타요(おたよ)는 바느질을 계속하고 있었다. 낡은 아와세(袷)14)를 뜯어서 홑옷으로 만드는 중이었다. 갈색으로 그을린 장지를 통해서 들어오는 빛에 앙상한 뺨과 뾰족한 어깻죽지, 바늘을 든 손가락이 초라하고 늙은 여자처럼 애처롭게 보였다. 그러나 단정히 묶은 풍성한 머리카락과 붉고 선명한 입술은 아직 소녀처럼 윤기가 흘렀다. 아이를 낳지 않은 탓도 있겠지만 결혼 전까지 유복하게 자란 흔적이 칠 년 간의 고달픈 생활을 견디며 그곳에 간신히 남아 있는 듯했다.

밖에는 비가 내리고 있었다. 장마는 끝났을 텐데 벌써 열닷새나 계속 내리며 오늘도 그칠 기색이 없었다. 보슬비라 내리는 소리는 들리지 않지만 밤낮으로 끊이지 않는 낙숫물 소리에 기분은 침울하기만 했다.

---

14) 안감을 덧대 보온 효과를 높인 기모노. 에도 시대에는 4월 1일부터 단오인 5월 5일 전날까지, 9월 1일부터 중양절인 9일까지 입는 풍습이 있었다.

"여기 도둑이 있어요. 도둑이."

여자의 노골적인 고함소리가 한층 커졌다.

"잠깐 빨래하고 온 사이에 남이 지어 놓은 밥을 훔쳐가다니. 내가 솥에 표시를 해뒀어."

이헤는 질끈 눈을 감았다.

─드문 일도 아니야.

가도(街道) 연변 마을의 변두리에 있는 이런 싸구려 여인숙에서 이런 소란은 흔한 일이다. 손님 대부분이 사탕장수나 향료장수, 떠돌이 예인 같이 지극히 가난한 사람들이어서 조금만 비가 오래 내려 발이 묶이기라도 하면 먹을거리가 끊겨 남의 물건에 손을 대는 이도 드물지 않았다.

─그래도 도둑이라니 너무하는군. 도둑이라니.

이헤는 자기 보고 하는 말인 양 부끄러움과 께름칙한 마음이 들어 가슴이 두근거렸다.

여자의 고함은 점점 커졌지만 다른 사람의 목소리는 들리지 않았다. 이곳 세 첩[15]짜리 작은 방에서는 보이지 않았으나 화로가 있는 그 방에서는 열 명쯤이나 되는 사람들이 묵고 있을 터였다. 그중에는 아이가 딸린 부부도 두 쌍 있어서 나이가 어린 쪽의 아이가 하루 종일 울거나 칭얼거렸지만 지금은 그 아이조차 숨을 죽이고 있는 듯했다.

여자는 서른이 넘었고 몸 파는 일을 하는데 평소 숙박객들과 사이가 좋지 않았다. 아무도 상대하는 사람이 없었고 다들 그녀

---

15) 첩은 다다미를 세는 단위. 1첩은 약 0.5평.

를 피했다. 물론 경멸은 아니었다. 저 먹고살기에도 빠듯한 사람들에게는 직업을 보고 남을 멸시할 시간이나 여유가 없었다. 그들이 여자를 피하는 건 그녀의 행실이 너무 난폭하고 앙칼진 데다가 인정사정없이 독기 가득한 독설을 퍼붓기 때문이었다. 즉 도저히 당할 수 없을 것이라 여기고 있었던 것인데 그녀는 그렇게 생각하지 않는 모양인지 늘 노골적으로 그들에게 적의를 드러냈다.

보름이나 비에 발이 묶여 모두들 배를 곯고 있었지만 그런 일을 하는 때문인지 그녀만은 곤궁해도 밥 짓기를 거르지 않았는데 그것이 평소의 적개심과 자존심을 크게 만족시켜주는 듯했다.

"저건 너무하는군."

이혜는 이렇게 중얼거리고 여자의 고함이 점점 커지며 한도 끝도 없이 악다구니를 쓰는 걸 듣다못해 자리에 일어나 앉았다.

"저건 너무 심해. 만약 저게 정말이라고 해도 저렇게 남의 마음을 아프게 하는 말을 하는 건 좋지 않아."

혼잣말처럼 뇌까리며 슬쩍 아내의 얼굴빛을 살폈다. 그는 키도 크고 어깨와 가슴도 넓고 두꺼웠으며 체격도 좋고 다부졌다. 둥글고 오동통한 얼굴은 한없이 유순해 보였고 눈꼬리가 처진 눈과 작은 입매에서는 좋은 환경에서 자란 소년 같은 청결함이 느껴졌다.

"그렇긴 하지만."

오타요가 꿰맨 부분을 손톱으로 훑으며 남편을 보지 않고 말했다.

"모두들 조금만 친절하게 대해주면 좋을 텐데요. 저 분은 따돌림 당하고 있다는 생각에 섭섭해서 저렇게 화를 내는 거예요."

"그것도 있지만, 그래도 여자가 조금만 더."

이혜는 움찔했다. 여자가 마침내 사람의 이름을 댔던 것이다.

"무슨 말이라도 해봐. 응, 거기 있는 떠벌이 영감."

여자의 목소리는 무언가를 칼로 찌르듯 했다.

"시치미 떼도 소용없어. 난 장님이 아니야. 처음부터 네가 훔친 걸 알고 있었어."

이혜가 벌떡 일어섰다.

"여보, 안 돼요."

오타요가 말리려 했으나 그는 방문을 열고 나갔다.

그곳은 농가의 화로 방을 닮은 방인데 한쪽은 방 앞에서 뒤편으로 이어진 봉당으로 되어 있다. 다다미는 여섯 첩과, 여덟 첩이 직각으로 연결되어 있고, 방 입구에 깔아놓은 마루와의 사이에 커다란 화로가 만들어져 있다. 농가와 다른 점은 천장이 낮다는 점과, 대부분의 손님이 따로 방을 잡지 않고 그곳에서 뒤엉켜 잠을 잤으며, 그 화로에서 빌린 냄비와 솥으로 밥을 짓기 때문에 취사에 필요한 부엌세간이 놓여 있다는 점이었다.

여자는 한 손을 품속에 넣고 한쪽 무릎을 세운 채, 창백하고 병이 든 듯 야윈 얼굴을 씰룩거리며 화롯가에 있었다. 번뜩이는 눈으로 주위를 노려보며 귀청이 떨어질 듯한 목소리로 고함을 질렀다. 다른 손님들은 모두 멀찌감치 떨어져서 무릎을 감싸고 고개를 숙이고 있거나 드러눕거나 아이를 꼭 껴안고 가만히 숨을 죽이고 있었다. 그것은 폭풍이 지나가기를 참을성 있게 기다리는 상가(喪家)의 개와 같은 느낌이었다.

"실례지만 그만 하시지요."

이헤가 그녀 앞으로 가서 부드럽게 달래듯 말했다.

"여기에 그런 나쁜 사람은 없습니다. 다들 착한 사람들이라는 건 당신도 잘 아실 겁니다."

"내버려두세요." 여자는 고개를 돌렸다. "무사님과는 상관없는 일이에요. 제가 비록 천한 일을 하지만 자기 물건을 도둑맞고 잠자코 있을 만큼 겁쟁이는 아니니까요."

"당연히 그러시겠지요. 그건 제가 변상할 테니 제발 이젠 그만 하시지요."

"무사님이 그런 걱정까지 하실 필요는 없어요. 전 물건이 아까워서 이러는 게 아니에요."

"당연히 그러시겠지요. 본래 인간이란 잘못을 할 때도 있고, 이렇게 서로 같은 지붕 아래서 생활하고 있기도 하고, 아무쪼록 그건 제가 어떻게든 할 테니."

이헤는 그렇게 말하고 무슨 일인지 서둘러 자리를 떴다.

"약속은 약속이니, 이거 참."

이헤는 여인숙 이름이 큼지막이 박힌 종이우산을 받쳐들고 밖으로 나와 이렇게 중얼거리더니 누가 간지럽히기라도 한듯 웃음을 띠었다.

"눈앞에서 이런 일이 일어난 이상, 내 양심만 지키고 있을 수도 없잖아. 그래 오히려 그게 양심에 반하는 행위야. 아니," 이혜는 문득 진지한 얼굴로 "아무것도 하지 않으니 행위라고는 하지 않겠지. 무행위(無行爲)라고도 하지 않을 거야."

영문을 알 수 없는 말을 뇌까리며 씩씩한 발걸음으로 급하게 성 마을 쪽으로 걸어갔다.

2

그가 여인숙으로 돌아온 건 네 시간 정도 뒤였다.

술을 마셨는지 얼굴이 새빨갰는데 더 놀라운 일은 그의 뒤를 따라 대여섯 명의 젊은이와 아이들이 이런저런 물건을 가지고 왔다는 사실이었다. 쌀장수는 쌀섬을, 야채장수는 한 바구니의 야채를, 생선장수는 대야 두 개에 생선을, 술장수는 다섯 되들이 술통과 된장·간장을, 그리고 과자장수 뒤편에는 장작과 숯 등이 수북했다.

"이게 대체 어찌된 영문입니까?"

여인숙 안주인이 나오더니 눈이 휘둥그레졌다. 젊은이와 아이들은 짊어지고 온 물건을 봉당과 입구에 좍 늘어놓았다.

"모두들 고생하는 거 같아서요."

이혜가 눈을 가늘게 뜨고 웃으며 어리둥절해하는 사람들을 향해 말했다.

"여러분 미안하지만 좀 도와주십시오. 긴 장마에 액땜도 할 겸 모두 한잔 하시지요. 얼마 되지는 않지만, 저도 도울 테니 아무쪼록 모두 분담해서 음식을 만드는 게 어떻겠습니까."

사람들 사이에서 기쁨인지 고통인지 분간할 수 없는 탄식이 일었다. 처음엔 아무도 움직이지 않았으나 이혜가 과자를 꺼내보이고 나무통의 테를 고치는 겐(源) 씨의 아이가 엄마 무릎에서 튕기듯 일어서자 동시에 네댓 명이 일어서서 다가왔다.

여인숙 안은 갑자기 활기로 출렁거렸다. 무언가가 가득 흘러넘치는 듯했다. 여인숙의 주인 부부와 중년의 하녀도 함께 어울려 생선과 야채를 늘어놓고 화로와 부뚜막에 불을 지폈다. 활기찬 고함과 웃음소리가 끊임없이 일었고 여자들은 괜스레 남의 등을 두드리며 깔깔거렸다.

"무사님은 앉아서 쉬십시오."

모두들 이혜에게 말했다.

"이건 저희들이 하겠습니다. 이렇게 음식을 주셨는데 일까지 하시면 너무 죄송합니다."

준비되면 부르겠다고 공손히 말했지만 이혜는 전혀 개의치 않고 이따금 아내가 있는 작은 방 쪽을 힐끔거리며 서툰 몸짓으로 연신 일을 도왔다.

떠벌이 할아버지는 다소 중풍기가 있었지만 유독 책임감이 들었는지 누구보다 열심히 동분서주했다. 어느덧 준비가 다 되었을 무렵에는 주인이 호의를 베풀어 어스름이 짙어진 방 천장에 행등을 밝혔고 초롱불도 세 곳에 내왔다.

"이젠 내오기만 하면 되니 남자들은 무사님과 함께 앉아 계세요."

여자들은 이렇게 말하며 재촉했다.

"우리 마누라한테 술 데우는 일 맡기면 안 됩니다. 데우기도 전에 다 마셔버릴 테니 말입니다."

그러자 옆에 있던 여자가 그러면 당신네 술 데우는 냄비는 늘 따뜻해질 틈도 없겠네요, 라며 타박하자 한바탕 웃음이 일었다.

이혜는 여인숙의 주인 부부와 나란히 앉았다. 남자들도 저마다 자리를 잡았다. 화로에 걸어둔 커다란 냄비에는 술병이 일고 여덟 개나 들어 있었는데 상이 들어오자 여인숙의 하녀가 상마다 술병을 나눠주었다. 그리고 떠들썩한 주연이 시작됐다.

"어떤가. 이렇게 쭉 음식을 늘어놓고 묵직한 술잔을 들고 있으니 호사스럽지 않은가. 귀족이라도 된 심경이구먼."

"너무 설치지 말게. 그러다 뒤로 자빠지면 위험하니 말일세."

이혜는 꼬리가 쳐진 눈으로 그들을 바라보며 더없이 기쁜 듯 꿀꺽꿀꺽 술을 마셨다. 오랫동안 배를 곯았던 탓에 모두가 금방 취했고 낡은 샤미센(三味線)을 내오자 노래를 부르고 춤을 추는 사람도 있었다.

"마치 꿈같아." 거울 닦는 일을 하는 부헤이(武平)라는 남자가 감격스럽다는 듯 말했다. "일 년에 한 번, 아니 삼 년에 한 번이라도 좋으니 이런 즐거움이 있다면 어떤 고생도 참을 수 있을 텐데."

한숨을 쉬는 소리가 시끌벅적한 분위기 속에서 외로이 들려왔다. 이혜는 잠시 눈을 감더니 어디 바늘에라도 찔린 것처럼 눈썹을 잔뜩 찌푸리면서 술을 들이켰다.

이런 중에 그 여자가 돌아왔다. 평소라면 한밤중이 지나야 했는데 손님이 없었는지 창백하고 신경질적인 얼굴로 봉당에 들어와 그 광경을 보고는 어리둥절해 하며 젖은 머리를 닦으려던 손을 멈추고 우뚝 섰다. 여자를 처음 발견한 이는 겐 씨의 아내였다. 가끔 아이에게 사탕을 주곤 했기에 사람들 중에서는 여자와 친하게 지냈는데 이때는 술에 취해 낮의 사건은 까맣게 잊어버린 듯했다.

"어머, 오로쿠 언니 이제 왔어요? 지금 미사와 씨 남편 분께서 한턱 내셔서 이러고 있어요. 자, 언니도 빨리 올라와요."

이렇게 말을 걸었을 때, 떠벌이 영감이 벌떡 일어서며 외쳤다.

"어이, 이제 왔군. 요타카(夜鷹)16). 어서 올라와. 밥을 돌려 줄 테니 이리 와."

중풍기로 혀가 다소 꼬였지만 목소리는 매우 우렁차고 눈은 번뜩였으며 몸을 떨고 있었다. 사람들은 입을 닫았다. 노래와 샤미센 가락이 뚝 그치고 일제히 여자 쪽을 돌아보았다.

"사람을 도둑취급이나 하고." 노인은 숨이 넘어갈 듯한 목소리로 다시 말했다. "넌 얼마나 잘났길래 이 늙은이를……, 자 이리 와. 내 이렇게 먹지 않고 남겨놓았으니 어서 가져 가."

"자, 그러지 마시고 진정하세요." 이혜가 일어서서 노인을 달랬다. "사람은 누구나 실수할 때가 있기 마련이니, 저 분도

---

16) 쏙독새. 에도 시대 밤거리에서 호객행위를 하던 매춘부를 일컫는 말로 쓰였다.

슬플 겁니다. 모두 고달픈 사람끼리 그만 서로 용서하고 화해하시지요."

그는 횡설수설하며 봉당에 있는 여자를 불렀다.

"당신도, 별일 아니니 어서 이리 와서 앉으세요. 변변치 않지만 다른 분들과 함께 드세요. 다 피차일반이니 말이에요."

"이리 와요."

여인숙 안주인도 거들었다.

"무사님이 저리 말씀하시니 이리 와서 음식 좀 들어요."

다른 사람들도 모두 권했다. 술기운 때문이 아니라 이 사람들은 기쁨이나 즐거움을 저 혼자 즐길 줄 몰랐다. 나무통 테를 고치는 겐 씨의 아내가 일어나 다가가서 손을 잡고 여자를 데리고 왔다. 여자는 새침한 얼굴로 앉아 인정상 마셔준다는 듯 거드름을 피우며 잠자코 술잔을 들었다.

"자 실컷 드십시다." 이헤가 큰 소리로 말했다. "하늘이 깜짝 놀라 이 비가 그치도록, 자 모두 함께……."

다시 술자리가 시작되자 이헤는 간신히 용기가 난 듯 자기 앞에 있는 상을 들고 일어서서 아내가 있는 방으로 들어갔다.

오타요는 다리의 길이가 맞지 않는 앉은뱅이책상 앞에서 직접 만든 장부에 일기를 쓰고 있었다. 긴 방랑의 세월, 그것만이 즐거움인 듯 거르지 않고 써온 일기다. 희미한 등롱을 옆에 놓고 몸을 앞으로 구부리고 있는 아내의 모습을 본 이헤가 상을 내려놓더니 가지런히 무릎을 꿇고 절을 했다.

"미안하오. 용서해주시오."

오타요는 가만히 돌아보았다. 입가에는 미소를 띠고 있었으나 눈은 확연히 화를 내고 있었다.

"내기 시합을 하셨군요."

"솔직히 말하겠소. 내기 시합을 했소."

이혜는 다시 절을 했다.

"달리 방도가 없었소. 그런 말을 들으니 슬퍼져서 도저히 모른 체할 수가 없었소. 어쨌든 모두들 고단한데 비는 그칠 줄 모르고 사람들 심정을 생각하니 더는 가만히 있을 수 없었소."

"내기 시합은 절대로 하지 않겠다고 약속하셨어요."

"맞소. 물론이오. 그러나 이건 내 배를 채우기 위해서가 아니었소. 나는, 나도 조금 마시긴 했으나, 아니 조금보다는 더 마셨을지도 모르지만 모두들 저리 기뻐하고 있고……."

그는 또다시 머리를 조아렸다.

"그런 연유요. 용서해주시오. 이젠 절대 하지 않겠소. 그러니 모쪼록 이것을……, 용서한다는 증표로 한 젓가락, 한 젓가락이라도 좋으니……."

오타요는 슬프다는 듯 미소를 지으며 붓을 놓고 자리에서 일어났다.

3

다음날 아침이 채 밝기도 전에 이혜는 낡은 도롱이와 삿갓을 빌려 낚싯대와 어롱을 들고 여인숙을 나섰다. 성 마을 쪽으로 삼백 미터쯤 가면 몬마가와(間馬川)라는 강이 있는데 이곳에서는 은어 낚시터로 불렸다.

그도 여인숙 주인이 가르쳐주어 두 번 정도 가서 작은 물고기 대여섯 마리를 낚은 적이 있었지만 이날 아침은 낚시가 목적이 아니라 여인숙에서 도망치기 위해 나온 듯했다.

그는 의기소침해서 풀이 죽은 얼굴로 이따금 자못 견딜 수 없다는 듯 고개를 저으며 한숨을 쉬었다. 다리를 건너 바로 왼쪽의 제방 위를 이백 미터쯤 가면 강기슭에 관목이 우거진 곳이 있다. 전에 왔던 장소인데 그곳에 잠시 멈춰 섰다가 다시 어슬렁어슬렁 걸어 제방을 내려와 소나무 숲 안으로 들어갔다.

"아아, 벌써 칠 년째로군. 휴."

숲속에서는 소나무 향기가 풍겨왔다. 삿갓으로 굵은 빗방울이 후드득후드득 떨어졌다.

"난 상관없지만 오타요의 심정은 어떨까. 그런데도 그럴 듯한 말로 약속을 깨고 내기 시합이나 하고……. 휴, 무슨 변명을 해도 내가 술을 마시고 싶었던 거잖아. 그렇잖아. 입맛을 다시며 밖으로 나갔잖아. 신난 듯 허겁지겁……, 휴우."

이헤는 목을 움츠리고 질끈 눈을 감았다.

미사와 가문은 마쓰다이라 이키노카미(松平壱岐守)를 섬기며 대대로 이백오십 석의 녹봉을 받아왔다. 아버지는 효고노스케(兵庫助)이고 이헤는 외아들로 어릴 때는 몸이 너무 약해서 종관사(宗觀寺)라는 선사(禪寺)에 맡겨졌다. 주지인 겐와(玄和)에게 큰 총애를 받았고 성인이 된 후에도 왕래가 끊이지 않았다.

몸처럼 성정도 심약하여 내성적이고 울보였지만 주지스님의
교육 덕분에 열네댓 살이 되자 완전히 달라져 몸도 건강해지고
성격도 밝고 적극적으로 변했다.

−석중유화(石中有火) 불타불발(不打不發).[17]

겐와가 입버릇처럼 하던 말이었는데 이혜는 이 말을 수호불
(守護佛)처럼 여겼다. 학문이든 무예든 벽에 부딪힐 때면 이
말을 깊이 곱씹었다. 돌 속에 불이 있다. 치지 않으면 불이 일지
않는다. 어떻게 칠 것인가. 어떻게 쳐야 돌 속의 불을 일으킬
수 있을까…… 이렇게 곱씹어 생각하는 것이다. 그러면 만사는
아니더라도 대부분의 경우 타개책이 떠올랐다.

학문은 주자, 양명, 노자에까지 이르렀고 무예는 칼 쓰는 법부
터 창, 언월도, 활, 유술, 봉, 마술, 수영까지 섭렵하여 모두 비할
바 없는 경지에 올랐다.

그럼 이혜는 거침없이 출세했을까? 아니 정반대였다. 그는
그 때문에 주인의 집을 떠나 낭인이 될 수밖에 없었다.

이유는 두 가지였다. 하나는 그의 실력이 너무 뛰어난 점,
또 하나는 그의 기질이다. 말하자면 검술이든 유술이든 전혀
꾸밈이 없고 비할 데 없이 강했다. 스물하나, 스물둘 무렵에는
그 분야의 사범조차 상대가 되지 않았는데 특별히 진귀한 기법
을 쓰는 것도 아니었으나 극히 간단하게, 설마 하고 여길 만큼

---

17) 『벽암록(碧巖錄)』에 나오는 말로 '돌 속에 불이 있으나 그 돌이 부딪치지 않
으면 불이 일지 않는다.'라는 뜻이며, '마음속에 불심이 있으나 수행을 하지 않
으면 나타나지 않는다.'는 말과 이어진다.

어이없게 승부가 갈렸다.

　－돌 안의 불을 일으키는 일점(一點).

　즉 그가 그 '일점'을 발견했을 때 승패가 결정됐다. 그러나
그것이 너무나도 평범하고 더없이 단순명쾌한 탓에 정작 상대
는 패배를 인정할 수 없게 되고, 보고 있던 사람들은 흥이 깨지
고, 이헤 본인도 멋쩍어 하는 결과를 초래했다.

　부친인 효고노스케가 세상을 떠나자 그는 스물네 살에 집안
의 가장이 되었다. 그와 동시에 같은 주인을 섬기고 있던 구레마
쓰(吳松) 씨의 딸을 아내로 맞아들였는데 그것이 오타요였다.
얼마 후 모친도 부친의 뒤를 따라 세상을 뜨자 그는 갑자기
그곳에 있기 거북한 심경에 휩싸였다. 겐와 주지 덕분에 꽤 적극
적인 사람이 되었지만 본성은 변하지 않은 듯 자신의 실력이
강해지는 것과 반비례하여 성정은 점점 온순하고 겸손해졌다.

　이기고 교만하지 않는 것은 미덕일지 모르나 이헤는 이길
때마다 멋쩍어 하거나 미안해했다. 진심으로 미안해하고 멋쩍
어 하자 상대는 점점 더 패배를 인정하지 않았다. 주위사람도
뭔가 께름칙하고 그러면 그는 나쁜 짓이라도 한 것 같은 기분이
들었다. 이런 일이 거듭되자 점점 어색해지고, 직접적으로는
번(藩)의 사범들의 계책도 다소간 작용했지만, 이윽고 본인이
자청해서 번을 떠나게 되었다.

　－이만큼 소양을 갖췄으니 아는 사람이 없는 땅으로 가서 새
로운 주인을 섬기는 편이 서로를 위해 좋아.

　오타요와 의논했고 승낙을 얻어 길을 나섰다. 그러나 잘 풀리

지 않았다. 기회는 있었지만 막상 기량을 가늠하는 시합을 할 때마다 영 상황이 좋지 않게 돌아갔다. 그 지방이나 번의 사범, 또는 무적으로 정평이 나 있는 자를 어김없이 극히 간단히 이겨버렸다. 너무나 싱겁게 승패가 갈리자 분위기는 깨지고 감정이 상했는지 실력은 인정받아도 관직을 주겠다는 이야기는 흐지부지되곤 했다.

-이럴 리 없어. 이만큼 실력이 있는데 뭐가 문제일까.

그는 반성하고 숙고하고 고민도 했다. 두어 번은 잘 풀린 적도 있었다. 하지만 그때마다 다른 문제가 생겼다. 그에게 져서 관직을 잃은 상대가 마음에 걸리든가, 상대가 눈물을 흘리며 "제발 직을 사양해주십시오. 제가 지금 직을 잃으면 처자식이 거리에 나앉게 됩니다."라고 애원한 적도 있었다. 그러면 그는 미안한 마음에 아무 말도 못하고 사죄하며 그곳을 떠나기도 했다.

주인의 집에서 나왔을 때는 여비가 꽤 있었지만 삼 년째부터는 그마저 떨어져 어쩔 수 없이 마을의 도장 등에서 내기 시합을 하게 됐다. 그 일은 당연히 잘 풀렸다. 상대가 응해주기만 하면 어김없이 이겼고 때론 큰돈이 들어오기도 했다. 그러나 결국 아내가 눈치 채고 울면서 호소하자 앞으로는 절대로 하지 않겠다고 맹세했다. 말할 것도 없이 이내 곤궁해졌다.

-저도 부업을 할 테니 부디 조급해하지 말고 때를 기다리십시오.

오타요는 이렇게 말했다. 그녀는 녹봉 구백오십 석의 로쇼쿠 (老職)18)에 준하는 가문에서 태어나 유복하게 자랐다. 그런데 몸에 익지 않은 방랑생활을 하며 고생한 탓에 몸도 약해지고 완전히 야위고 말았다. 이혜는 그 모습을 볼 때마다 숨이 막히는 것 같았다. 그렇지 않아도 몸부림칠 만큼 애처로운데 부업이라는 말을 듣자 몸을 떨며 거절했다. 안 될 말이다. 그것만은 허락할 수 없다. 대신 그가 행상을 시작했다.

장사라고 해도 정해진 물건은 없었다. 야지로베(弥次郎兵衛)19)나 깡충토끼, 도르래, 종이딱총, 피리 등 아주 단순한 장난감을 직접 만들거나 계절과 장소에 따라 붕어새끼, 게, 개구리 등을 잡아 어린아이들을 상대로 팔았다. 잠을 자는 숙소도 점차 격이 떨어져 언제부턴가는 싸구려 여인숙에도 익숙해졌다. 본래 그는 아이를 좋아해서 그런 장사도 싫지 않았으며, 예외는 있지만 싸구려 여인숙 손님들도 순박하고 인정이 많고 또 서로 고달픈 신세라는 공통점도 있어 스스럼없이 대할 수 있었다.

"그런 생활이 몸에 배어버린 거야. 한심해, 한심하지 않아? 이혜!"

그는 울상을 지으며 한숨을 내쉬었다. 정신을 차리고 보니 소나무 숲 속에 우뚝 선 채였고 빗방울이 끊임없이 삿갓을 때리고 있었다.

"이젠 정말 정신을 바짝 차려야 해. 오타요가 너무 불쌍하잖아. 오타요의 심정이 어떨지 생각한다면 말이야. 그렇지, 이혜?"

그는 문득 옆을 돌아보았다. 그쪽에서 사람 목소리가 들렸기

---

18) 유력 무사를 보좌하는 가로(家老)나 주로(中老) 등의 직무를 맡아보는 관직.
19) 일본 전통의 인형으로 짧은 세로대와 긴 가로대 양끝에 추를 매단 사람 모양의 인형. 균형인형이라고도 한다.

때문이었다. 바라보자 소나무 숲 바로 건너편 초원에 네댓 명의 무사들이 모여 무슨 이야기를 하고 있었다. 이런 곳에 도롱이와 삿갓을 쓰고 낚싯대를 든 채 멍하니 서 있는 모습을 누가 보기라도 하면 부끄러운 일이다. 서둘러 자리를 뜨려다 다시 돌아보았다. 뭔가 험악한 목소리가 들리더니 무사들이 번쩍하며 칼을 뽑았던 것이다.

─아아, 위험해.

이혜는 깜짝 놀랐다. 다섯 명이 한 젊은이를 둘러싸고 있다는 사실을 깨달은 그는 자신도 모르게 낚시 도구를 내던지고 소나무 숲에서 그들을 향해 뛰어나갔다.

"멈추시오. 그만두시오."

그는 손을 저으며 고함을 쳤다.

4

가랑비 속에서 그들은 모두 흥분한 얼굴로 거의 이성을 잃은 듯했다.

"부디 그만두시오. 잠시 멈추시오."

이혜가 달려가서 두 손으로 양쪽을 만류하며 말했다.

"칼을 휘두르면 서로 다칠 수도 있으니 부디 위험한 행동은 그만두십시오."

"이놈, 물러서라. 시끄럽다." 둘러싸고 있는 쪽의 한 명이 소리쳤다. "주제넘게 끼어들면 네놈부터 먼저 베겠다."

"그렇다 해도 잠시만."

"이놈, 시끄럽다."

"앗, 위험하오. 그만두시오!"

위협에 불과했겠지만 흥분한 한 명이 칼을 치켜들고 달려들었다. 이혜는 어떻게 했는지 상대의 오른팔을 붙잡고 무리 한가운데로 뛰어들며 "부탁입니다. 연유는 모르겠으나 제발 그만두십시오. 위험하니 제발."

오른팔을 붙잡힌 무사는 버둥거렸지만 도저히 이혜의 손에서 벗어날 수가 없었다. 그것을 본 무사 네 명이 화가 나서 "저놈부터 먼저 없애자." 이렇게 소리치고 칼을 번뜩이며 달려들었다.

"멈추시오. 아, 위험하오. 저는 단지, 앗!"

이혜는 난처하게 됐다는 듯 옆으로 피해 손을 젓고 애원하다가 이쪽저쪽 펄쩍펄쩍 뛰어다니더니 어느새 다섯 명의 손에서 칼을 빼앗아 양손에 움켜잡고 머리 위로 높이 쳐든 채 도망다니며 말했다.

"부디 용서하시오. 사죄하겠소. 이리 되었으니 아무쪼록 일단."

이보다 조금 앞서 소나무 숲 반대편에 있는 길가로 세 명의 무사가 말을 타고 와서 그 광경을 지켜보고 있었다. 그리고 도망다니는 이혜를 다섯 명이 칼을 내놓아라, 무례한 놈, 이놈 멈춰라, 고함치며 쫓아다니는 모습을 지켜보다가 이윽고 말에서 내려 그중 두 명이 다가왔다.

"멈춰라. 볼썽사납구나."

마흔대여섯쯤 되는 살찐 무사가 중후한 목소리로 제지했다.

"결투는 금지다. 삼가라!"

"로쇼쿠님이시다."

다른 한 명이 외쳤다.

"모두 멈춰라. 로쇼쿠님께서 오셨다."

상당한 위세를 자랑하는 사람인 듯 그 한 마디에 모두들 흠칫하며 순순히 싸움을 멈췄다. 로쇼쿠라는 중년의 무사가 그들을 매섭게 노려보다 곧장 이헤 쪽으로 다가갔다.

"누군지 모르나 잘 만류하셨소. 나는 이곳 번(藩)의 아오야마 슈젠(靑山主膳)이라 하오. 깊이 감사드리오."

"아닙니다. 당치않습니다."

이헤는 치켜들고 있던 칼을 내리더니 여느 때처럼 황송해하며 얼굴을 붉혔다.

"오히려 제가 실례를 범해 다른 분들을 화나게 만들었습니다."

"혈기를 주체 못하는 어리석은 자들 때문에 고생하셨습니다. 실례지만 누구신지요?"

"예, 저는 미사와 이헤라고 하는 낭인입니다. 건너편 강에 낚시를 왔다가 이곳 상황이 위험한 듯하여, 그만 저도 모르게 일이 이렇게 되어버리고 말았습니다."

"이곳에 머물고 계시는지요?"

"갈림목에 있는 마쓰바야(松葉屋)라는……, 아닙니다. 부디 아무 일도 아니니 저는 신경 쓰지 마시길 바랍니다."

이혜는 칼을 그곳에 내려놓고 인사를 하며 뒷걸음질 쳤다.

"부디 개의치 마십시오. 아내가 기다리고 있고, 빌린 낚싯대도 내던진 채이니 이만 실례하겠습니다."

그리고 서둘러 그곳을 떠났다. 낚싯대와 어롱은 그대로 있었다. 이젠 낚시를 할 마음도 들지 않아 그것들을 주워들고 풀이 죽은 모습으로 귀갓길에 올랐다.

"결투라니, 위험한 짓을 하는군."

그는 걸으면서 뇌까렸다.

"부모형제, 처자식이 있는 몸일 텐데 하찮은 오기나 무사의 체면 때문일 거야. 그보다 양손에 칼 다섯 자루를 쥐고 머리 위로 치켜든 채 사과하면서 이리저리 도망다닌 건 내가 생각해도 한심스럽군. 게다가 남이 그런 모습을 보았다니!"

이혜는 목을 움츠리며 신음했다.

여인숙으로 돌아왔지만 할 일이 없었다. 행상을 위한 장난감도 넘칠 만큼 만들어 놓았고 더 만들려 해도 숙박비를 내야 해서 재료를 살 돈이 없었다. 과음한 다음날 또 술을 마시고 싶은 마음도 들어 어쩔 수 없이 아침 겸 점심 식사를 하고 잠을 잤다.

꿈속에서 굉장한 꿈을 꿨다. 어떤 번주(藩主)가 수많은 가신을 대동하고 와서 꼭 가신으로 삼고 싶다고 했다.

-송구하나 또 불편해질 터이니.

그는 사양했다. 번주는 한 치도 양보하지 않고 녹봉 천 석을 주겠다고 했다. 천 석이라면 이야기가 달랐다. 그는 가슴이 뛰며 드디어 때가 온 것인가 여겨 꿈처럼 행복한 기분에 젖었다. 그때 아내가 흔들어 깨웠다.

"손님이 오셨습니다."

그는 세 번 정도에 눈을 떴다. 그리고 역시 꿈이었구나, 라며 적잖이 실망했으나 손님이 번의 무사라는 말을 듣고 눈이 번쩍 뜨였다.

"무사라고? 얼굴만 씻고 곧 나가겠소."

이혜는 뒤편으로 뛰쳐나갔다.

손님은 초원에서 말을 타고 있던 자 중 한 명이었는데 '로쇼쿠님이시다.'라고 호령하던 사내였다. 나이는 서른넷이나 다섯, 이름은 우시오 다이로쿠(牛尾大六)라고 했는데 이 여인숙에는 할 말을 잃은 듯, 봉당에 선 채로 용건을 말했다. 요약을 하면 오늘 아침 일에 대한 답례로 한잔 대접하고 싶기도 하고, 또 하고 싶은 말도 있으니 아오야마 슈젠의 집으로 오길 바란다는 것이었다. 이혜는 가슴이 두근거렸다.

―꿈이 사실일지 모른다.

꿈이란 건 무시할 수 없다. 지금 갈 수 있는지, 가마도 기다리고 있다고 하기에 기다려달라고 한 후 준비를 했다.

"무슨 일이에요? 어떻게 아시는 분이에요?"

오타요가 걱정스레 물었다. 그는 실망시키고 싶지 않았기에 자세한 건 돌아와서 말하겠다며 가문의 문장이 달린 낡은 의복에 오랜만에 큰 칼과 작은 칼을 허리에 차고 여인숙 사람들의 의아함과 선망에 찬 시선 속에서 우시오 다이로쿠와 함께 밖으로 나갔다.

5

아오야마 저택에서는 술과 안주를 대접받았다.

다른 손님 없이 슈젠과 둘뿐이었는데 하야시(林)라는 젊은 무사가 시중을 들었다. 로쇼쿠라는 것이 어느 정도의 신분인지 저택은 상당히 넓은 규모였고 객실에서 보이는 안뜰의 나무와 돌도 상당히 공을 들인 듯했다.

슈젠은 아침 일은 언급하지 않은 채 인사를 하고 이내 이혜의 실력을 칭찬하기 시작했다.

"실은 길에서 지켜보았습니다만 그들도 상당한 실력을 갖춘 자들인데 마치 어린아이 다루듯하여 깜짝 놀랐습니다. 실례지만 어느 유파신지요?"

"예, 오노파(小野派)[20]와 발도(拔刀)를 수련했습니다. 허나 아직 미숙합니다."

"무용한 겸손은 제쳐두고 그 정도 실력을 지녔음에도 낭인 생활을 하는 건 분명 곡절이 있을 듯한데, 괜찮으시면 말씀해주지 않겠습니까?"

"곡절이라 할 만한 것은 못 되고 그저 웃음거리와 같은 일입니다."

---

20) 전국(戦国) 시대부터 에도 시대 초기의 무장으로 도쿠가와 쇼군가의 무술사범을 맡았던 오노 다다아키(小野忠明)가 창시한 오노파일도술(小野派一刀流)을 말한다.

이혜는 자신의 신상에 대해 대략 이야기했다. 옛 주인의 이름은 말하지 않는 것이 관례였고 그저 넌지시 암시하는 정도면 상대도 납득하기 마련이었다. 슈젠은 이혜가 겸손하게 말하는 태도를 보고 불명확한 내용도 짐작한 듯했으며 낭인이 된 연유와 그 후의 일이 잘 풀리지 않았던 이유도 대략 이해한 듯했다.

"그러한 일도 있을 수 있지요. 흠, 제가 보기에는 속 깊은 성정으로 여겨지지만, 어떤 경우에는 오히려 그것이 방해가 되기도 합니다. 운수 혹은 행불행이랄까, 아니면 숙명이랄까." 슈젠은 고개를 끄덕이며 "그럼 검술 외에 활과 마술과 창술 등에도 통달했겠군요."

"통달하다니 당치 않습니다. 말씀드린 대로 아직 미숙할 따름입니다."

"잘 알겠습니다. 솔직히 말씀드리면 이렇게 급히 모신 것은 한 가지 청이 있어서입니다."

즉 다시 한 번 이곳에서 실력을 보고 싶다, 실은 그 때문에 상대할 무사 세 명을 대기시켜 놓았다고 했다. 이때는 술을 꽤 많이 마신 상태였다. 슈젠이 의도적으로 술을 마시게 한 것도 있었지만 이혜는 술을 조금 마신 편이 좋았기 때문에 흔쾌히 승낙했다.

"괜찮으시면 지금이라도 좋습니다."

"그럼 번거로우시겠지만."

옆방에서 대기하고 있었는지 슈젠이 부르자 우시오 다이로쿠가 왔다. 준비가 되었는지 물어보라고 하자 물러가더니 곧 준비됐다고 고했다.

안내를 받은 곳은 도장이었다. 저택 안에 지은 것으로 안채의
복도를 두 번 돌아간 곳에 있었는데 작지만 제대로 지어져 대기
실도 있었다. 슈젠의 뒤를 따라 이헤가 들어가자 그에 맞춰 대기
실 쪽에서 세 명이 나왔다. 그런데 무슨 영문인지 세 명 중 한
명이 이헤의 모습을 보더니 깜짝 놀라며 동료에게 무슨 말인가
를 하고는 대기실로 다시 들어가 버렸다.

이헤는 딱히 신경 쓰지 않고 구석으로 가서 하카마의 양쪽
자락을 동여매더니 잘 고를 생각도 않고 다이로쿠가 가지고
온 목검 중 하나를 집었다. 머리띠와 어깨끈도 하지 않았다.
맞은편에서도 한 명이 준비를 마친 뒤 다소 긴 목검을 들고
슈젠에게 무슨 말인가 속삭였다. 스물일곱, 여덟 되는 작은 체구
의 청년으로 검고 용맹한 얼굴에 하얀 이가 두드려져 보였다.

이윽고 슈젠이 소개를 한 후 둘은 대련을 시작했다. 하라다
주베(原田十兵衛)라고 하는 청년은 이헤의 자세를 보고 씽긋
웃었다. 허리를 길게 뺀 어정쩡한 자세가 이상해 보인 듯했다.
이헤는 그런 줄도 모르고 답례로 눈을 가늘게 뜨고 웃음을 지어
보이더니 한술 더 떠 살짝 인사까지 하자 하라다는 하마터면
실소할 뻔했다. 물론 가까스로 참아 실소는 하지 않았으나 마음
은 크게 편해진 듯 기합을 지르며 투지를 불살랐다. 이헤의 자세
는 허술해 보여 도무지 종잡을 수가 없었다. 다부지고 두꺼운
어깨를 앞으로 조금 구부리고 목검을 앞으로 겨눈 채 눈꼬리가
쳐진 눈으로 온순하게 상대를 바라보고 있었다. 언뜻 보면 눈싸

움이라도 시작할 것 같은 모습이었다.

하라다가 날카롭게 고함을 지르며 기세 좋게 온몸으로 치고 들어왔다. 작은 체구였기에 흡사 돌멩이가 날아오는 듯 보였다. 하지만 이혜는 목검을 계속 머리 위로 올린 채 발끝으로 서 있을 뿐이었다. 달려들던 하라다는 도장의 판자벽에 머리째 그대로 부딪혀 저 혼자 튕겨 나가떨어지더니 곧 윗몸을 일으키고 잠깐 생각하다 "졌소."라고 외쳤다.

"죄송합니다." 이혜는 이렇게 미안한 듯 인사를 하더니 다시 "실례했습니다."라고 말했다.

다음은 나베야마 마타고로(鍋山又五郎)라는 서른여섯, 일곱의 사내였는데 아마도 무술사범인 듯했다. 조용한 눈에서 범상치 않은 광채가 났으며 태도도 침착하고 빈틈이 없어 보였다.

"다소 거칠지도 모르니 부디 양해 부탁드립니다." 나베야마가 조용한 목소리로 말했다.

"예, 아무쪼록 잘 부탁드립니다."

이혜는 가볍게 인사를 하고 앞서와 같은 자세로, 앞서와 같이 온순하게 상대를 바라보았다. 나베야마는 왼쪽 발을 바짝 끌어당겨 자세를 비스듬히 하고 목검 끝이 바닥에 닿을 듯 내린 위협적인 자세로 가만히 이혜의 눈을 주시했다.

이번에는 조금 시간이 걸렸다. 양쪽 다 아무 말도 하지 않았으며 미동조차 하지 않았다. 단지 허술해 보이는 이혜에 비해 나베야마의 전신에는 점차 정기가 넘치고 눈빛은 살기마저 띠기 시작했다. 그렇게 시간이 꽤 흐르는 사이에 나베야마의 목검

끝이 천천히 눈에 보이지 않을 정도의 완만한 움직임으로 조금씩, 조금씩 올라오더니 어느 틈엔가 다소 낮은 하단 자세로 바뀌었다.

때가 무르익은 듯했다. 긴장감이 정점에 달하고 마침내 불꽃이 튈 듯싶었다. 그때 이혜의 목검이 움직이더니 상대의 목검을 툭 쳤다. 지극히 가벼운 농담처럼 살짝 친 것에 불과했지만 상대의 목검은 끝부분이 아래로 향한 채 쿵하는 소리를 내며 마룻바닥에 박히고 말았다.

"이거 실례했습니다." 이혜는 허둥대며 손을 머리에 대고 "이거, 어처구니없는 짓을 했습니다. 귀한 도장 바닥에 흠집을 내다니 정말 뭐라 해야 할지."

그리고 바닥에 박힌 목검을 빼더니 미안하다는 듯 구멍이 뚫린 마룻바닥을 쓰다듬었다. 나베야마 마타고로는 멍하니 서 있었다.

6

이혜는 해가 진 뒤 여인숙으로 돌아왔다.

자못 기분이 좋은 듯 술로 빨개진 얼굴을 싱글거리며 받아온 선물이라는 커다란 과자 꾸러미를 아내에게 건넸다.

"저녁을 안 먹고 기다릴 거라 생각했지만 하도 간곡히 권하는 통에 늦어졌소."

그는 옷을 갈아입는 동안에도 신이 나서 계속 말을 했다.

"더 일찍, 시간이 얼마 걸리지 않을 줄 알았는데 성대하게 대접을 받고 게다가 할 이야기도 있었던 터라."

벗은 옷을 치우던 오타요는 소매 안에서 종이꾸러미를 발견하고 의아하게 남편을 보았다. 무게와 촉감으로 돈이라는 걸 알았기 때문이다.

"아, 잊고 있었군. 까맣게 잊고 있었소. 그건 아오야마 님이 주셨는데 나리 앞에 나갈 때 준비가 필요할 거라며."

"나리 앞이라니요?" 오타요가 불안한 듯 되물었다. "게다가 방금 아오야마 님이라고 하셨는데 저는 대체 무슨 일인지 모르겠어요."

"당연히 그럴 것이오. 내가 좀 취했구려. 미안하지만 물 좀 주겠소."

이혜는 물을 마시면서 이야기하기 시작했는데 이번에는 말하는 품도 느리고 말투도 훨씬 차분했다.

오랫동안 두 사람 사이에서 '임관(任官)' 이야기는 금기와 같았다. 매번 실패만 거듭하자 서로 희망을 갖는 건 피하며 가능한 한 그 문제를 언급하지 않았던 것이다. 처음에는 술기운도 있고 너무 기쁜 나머지 신나 떠들었지만 아내의 얼굴빛을 보고서야 냉정을 되찾아 오늘 있었던 일을 간추려 말했다.

"그럼 세 명과 시합을 하신 건가요?"

"아니, 두 명이오. 한 명은 갑자기 문제가 생겼는지 도장에는 나왔는데……, 허나 어쩌면 다음 시합까지 기다리게 한 건지도 모르겠소. 나중에 성 안에서 정식으로 시합을 하게 되었으니 말이오."

오타요는 신중하고 경직된 얼굴로 끄덕일 뿐이었다. 너무 기대는 하지 말라고 말하고 싶은 듯했다. 이헤도 알고 있다는 듯 "아무래도 상관없으나 상대편이 애써 그렇게 말을 하니. 게다가 준비를 하라고 받은 돈으로 무언가 사면 득이기도 하고. 아니오, 당치 않소. 이건 농담이오."

이렇게 말하더니 조금 힘을 주며 "어쨌든 아오야마라는 사람은 인물 같소. 지금까지의 일을 다 이야기했는데도 이해하며 받아들이는 품이 전혀 달랐소. 다른 사람과는 차원이 다르오. 게다가 행운이랄지, 마침 번주님의 사범을 찾고 있는데 활과 창, 마술 등에서 최고를 원한다 하오. 정말 무예에 열심인 분이라고 하오. 물론 그렇다고 기쁜 건 아니나 이번에는 어쩐지 잘될 것 같은 기분이 드오."

"그럼 저녁은 드시지 않을 건지요?"

오타요는 은근슬쩍 화제를 돌렸다. 남편의 말에 휘둘리지 않겠다, 말만으로는 믿을 수 없다. 이렇게 스스로를 억제하고 있는 모습이 이헤의 눈에는 너무나 가련히 여겨졌다.

다음날도 역시 비가 내렸지만 그는 성 마을로 가서 무사 예복과 가죽주머니와 부채, 버선, 신발 등을 사고도 돈이 아직 많이 남았기에 아내를 위해 비녀를 샀다.

–오타요를 위해 물건을 사는 건 정말 오랜만이군.

다소 기분이 흐뭇해져 길가로 나와 걸어가다 여느 때와 같이 무언가에 찔린 것 같은 표정을 지으며 눈썹을 잔뜩 찌푸렸다.

–어처구니가 없군.

오랜만은커녕 아내를 위해 물건을 산 건 이번이 처음이었다. 결혼하고 팔 년 반, 그녀가 처갓집에서 가지고 온 물건은 모두 팔아버렸다. 마쓰다이라 가를 떠날 때는 아직 작은 물건들을 가지고 있었지만 그것도 방랑생활 중에 남김없이 팔아버렸다. 게다가 그가 사준 물건은 하나도 없었다. 그는 풀이 죽어 한숨을 지었다. 그러다 갑자기 얼굴을 들더니 싸움이라도 거는 듯한 모습으로 "하지만 이번은 진짜야."라고 중얼거리며 하늘을 노려보았다.

"사람이 오기 바로 전에 전조도 있었고 모든 조건도 맞아. 게다가 이젠 슬슬, 누가 뭐래도 슬슬 시기가 올 때도 됐어."

이혜는 활기차게 빗속을 걷기 시작했다.

그로부터 닷새 후 갑자기 비가 그쳤다. 전날 한밤중까지 그런 기색도 없이 무한정 추적추적 내렸는데 날이 밝고 보니 활짝 개어 날아갈 듯 푸른 하늘에 해가 쨍쨍 비추고 있었다.

"그쳤다. 비가 그쳤다. 날이 갰다."

여인숙 사람들 중 한 명이 하늘을 올려다보며 이렇게 외쳤다. 일상을 되찾은 자의 소박하고 환희에 찬 목소리였다. 그리고 슈젠이 보낸 사람이 이혜를 찾아왔다. 성에 들어올 준비를 하고 오라는 전갈이었다.

"이건 분명 길조요."

이혜는 싱글거리며 그렇게 말하다 아내의 경직된 얼굴을 보고 황망히 "나는 상관없지만 스무날 이상 비에 갇혀 있던 다른 사람들은 이제 모두 한숨 돌리게 됐소. 저 기뻐하는 모습을 보시오. 우리까지 기뻐지지 않소."

"저도 떠날 준비를 해놓을게요."

"그렇지. 그러시오." 그는 아내를 흘낏 보며 "그러나 오늘은 그럴 필요가 없소. 늦게 돌아올지도 모르니 말이오."

"버선을 먼저 신으시지요."

오타요는 다시 은근슬쩍 말을 돌렸다.

7

이헤는 늦은 오후, 해가 질 무렵에 돌아왔다.

결과가 좋았는지 차오르는 기쁨을 억지로 억누르고 있었지만 그럼에도 주체할 수 없어 난처하다는 듯 기묘하게 떫은 표정을 짓고 있었다.

"돌아오는 길에 아오야마 님께 들렀다 오느라 늦었소."

그는 이렇게 말하고 커다란 꾸러미를 내려놓았다.

"축하를 겸해 한사코 한잔하자고 하시길래 오늘은 사양했지만, 그렇다고 들르지 않는 것도 실례이니. 이건 번주님께서 주신 선물이오."

가문이 찍힌 종이에 싸인 꾸러미 두 개를 보고 오타요는 흠칫했으나 이내 평정을 되찾고 받아서 조심스레 구석에 놓았다.

"오늘은 술을 좀 마셔야겠소."

이헤가 예복을 벗으면서 말했다.

"예, 알겠습니다."

오타요도 밝은 목소리로 대답했다.

대체로 이런 싸구려 여인숙에는 목욕탕이 없다. 그는 서쪽으로 얼마 떨어진 곳에 있는 목욕탕에 다녀온 뒤 단출한 술상 앞에 앉았다. 오타요는 시중을 들면서 드물게 여인숙 사람 누가 떠났고 내일은 누가 떠나며, 떠난 사람들의 전언과 서로 눈물을 흘리며 헤어졌다는 말을 구구절절 이야기했다.

"이런 곳에 머무는 분들과도 나름대로 많이 가까워졌는데 모두 착하고 선량한 분들 뿐이었어요. 자기 생활도 어려운데 늘 다른 사람 일을 걱정하고, 남의 불행을 보면 진심으로 눈물을 흘리고, 작은 것도 아낌없이 서로 나누고……. 세상의 다른 사람들과는 전혀 달라서 슬플 만큼 배려심이 많고 따뜻한 사람들뿐이었어요."

"가난한 사람들은 서로를 의지하니, 자기 욕심만 부려선 살아가기 어렵기 때문일 것이오."

"떠벌이 할아버지는 이젠 만날 수 없지만 어디를 가더라도 저희의 행복을 빌겠다고 말씀하셨어요." 오타요는 눈을 지그시 내리깔았다. "그리고 눈물을 닦으며 일전의 일은 죽을 때까지 잊지 않겠다, 그렇게 고맙고 기쁜 일은 태어나서 처음이었다, 세상은 아름답다는 사실을 이 나이가 되어서야 처음으로 알게 되었다고……. 제 가슴이 다 먹먹해졌어요."

"그만하구려. 나는 그런 당신의 모습이 더 불쌍하고 가슴 아프니 말이오."

이헤는 시들한 표정을 지었다가 갑자기 들뜬 얼굴로 말했다.

"하지만 이젠 이 생활도 끝이라고 해도 좋을 것이오. 실은 오늘 녹봉의 양까지 거의 내정을 받았소."

"이전에도 한 번……."

"아니오. 이번에는 다르오. 검술도 선보였고 활은 스물여덟 간(間)이나 떨어진 곳에 있는 다섯 치 과녁까지 쏘았으며, 말은 아직 탄 자가 없다는 거칠고 강한 기소(木曾) 지방의 검은 말까지 잘 탔으니 말이오."

번주는 나가이(永井) 씨로 시나노노카미 아쓰아키(信濃守 篤明)라고 하는데 아직 후사를 이은 지 얼마 되지 않은 스무 살 가량의 젊은이였으며 무예에 열심이었고 대대적으로 번을 개혁하려는 기백이 넘치는 인물이었다. 그래서 이헤의 기량을 보고 반드시 자기 가문에 와달라고 했는데 그것은 전임자를 내보내고 맞아들이는 것이 아닌 새로 인원을 늘리려는 의도였다.

"그렇다고 해서 반드시 된다고 단정할 수는 없으나 어쨌든 이번만큼은 크게 의심할 여지가 없을 성싶소."

"그건 그렇지만요."

오타요는 시선을 피하며 고개를 끄덕였다.

"한잔 더 하시겠어요? 아니면 식사를 하시겠어요?"

"그렇군. 그럼 식사를 합시다."

오랜만에 마음껏 실력 발휘를 한 때문인지 그의 전신에서는 상쾌한 피로감과 만족감이 넘쳐나고 있었다. 더욱이 임관 가능성은 거의 확실했다. 지금까지의 사례가 있어 아내는 믿으려 하지 않았고 가능한 한 그에 대해 언급하고 싶지 않은 듯했는데 이혜는 그것이 슬펐다. 단언하지 않고 어떻게든 조금이라도 안심시켜주고 싶었다.

다음날은 여인숙 사람들 중 세 명이 떠났다. 겐 씨의 아내는 등에 업은 아이를 어르며 "이젠 뵐 수 없겠군요. 부디 두 분 모두 건강하시고 입신양명하시길 기원하겠습니다. 그간 여러모로 신세를 많이 졌습니다."

이렇게 말하고 소맷자락으로 눈가를 훔쳤다.

"모두들 한결같이 이젠 뵐 수 없다고 하시네요." 오타요는 나중에 이렇게 말했다. "모두들 한결같이 그렇게 말씀하셨어요. 어째서 언젠가 다시 만나자고 말하지 않는 걸까요."

이혜는 글쎄 하고 말하며 우물쭈물 시선을 피했다.

-저 사람들에겐 오늘밖에 없어. 자기 자신이 내일 어떻게 될지 알지 못해. 지금 함께 있다는 건 믿을 수 있어도 또 만날 수 있다는 희망은 가질 수 없는 거야. 그건 정처 없이 떠도는 그들에게만 해당하는 일이 아니야. 인간은 모두…….

이런 음울한 감상이 떠올랐던 것이다.

저녁이 되자 새로운 손님 다섯 명이 왔다. 그중에 원숭이 재주꾼이 있었는데 저녁을 먹은 뒤 원숭이가 재주 부리는 것을 보여주고 각지의 희귀한 민요를 불렀다. 재주꾼은 여인숙 사람들이 크게 기뻐하자 적당한 때를 가늠해서 "여러분들이 몇 푼이나마 주시면 지금부터 원숭이의 교접 춤을 보여드리겠습니다."라고

했으나 모두들 한 치의 망설임도 없이 자리를 떠나 돌아오지
않았다.

다음날 아침, 식사를 끝내자마자 오타요는 짐을 꾸리기 시작
했다.

"오늘은 날씨가 정말 좋아요." 무언가를 꾸리며 그녀가 혼잣
말처럼 이렇게 얘기했다. "구름이 조금이라도 있는 날이면 저
고갯마루에는 비가 자주 내리니 넘기에는 오늘 같은 날이 좋다
고 해요."

8

"그러고 보니 오늘은 정말 날이 맑군."

이헤는 말머리를 돌리듯 낮은 처마 너머로 하늘을 올려다보
며 무릎을 떨다가 다시 하늘을 쳐다보고 자리에서 일어섰다.

"어디 가시려고요?"

"아니, 어디 가는 게 아니오. 그저 잠시."

그는 여인숙 밖으로 나가 불안한 눈초리로 성 마을 쪽을 바라
보았다. 꽤 초조한 듯 불쑥 그쪽으로 발길을 하려다 마음을 고쳐
먹고 짧은 한숨을 쉬었다. 그때 뒤에서 갑자기 둥둥 북소리가
들렸다. 너무나 갑작스러웠기에 그는 깜짝 놀라 옆으로 훌쩍
뛰어 물러났다.

"안녕하십니까. 오늘도 원만하고 대길하십시오."

원숭이 재주꾼이었다. 어딘지 쭈글쭈글 일그러진 것 같은 몸

집에 어울리지 않게 쾌활한 원숭이 재주꾼은 그렇게 인사를 한 뒤 원숭이를 등에 올리고 북을 치며 빠른 걸음으로 성 마을 쪽으로 사라져갔다.

"날씨는 더할 나위 없군." 작은 방에 들어온 이헤가 잠시 후 그렇게 말했다. "어찌됐든 아직 이틀밖에 지나지 않았고 저쪽에 서도 무슨 전갈이라도 보내 올 텐데 아무 말도 없이 떠날 수는 없지 않겠소."

"맞는 말씀이에요. 그래도 저는 준비는 해놓을게요."

"알겠소. 어느 쪽이든 어차피 이곳은 떠나야 할 테니……."

가슴이 철렁한 이헤는 과장되게 이렇게 말하곤 사마귀처럼 머리를 번쩍 들었다. 말의 발굽소리가 여인숙 앞에서 멈췄던 것이다. 오타요도 들었는지 흠칫했지만 이내 침착하게 짐을 계속 꾸렸다. 이헤는 일어서서 의복을 가다듬고 가능한 한 침착한 말투로 "온 것 같군."이라고 말하며 밖으로 나갔다.

마침 봉당으로 우시오 다이로쿠가 들어오려던 참이었다. 두 근거리는 가슴을 진정시킨 이헤는 평정을 가장하고 온화한 미소를 지으며 입구까지 마중을 나갔다.

"여기서 말씀드리겠습니다."

우시오 다이로쿠가 다소 꺼림칙한 듯 불결한 집 안을 둘러보더니 이전보다 훨씬 쌀쌀맞은 투로 말했다.

"슈젠 님이 말씀하시길 실로 보기 드문 무예가로 비견할 데 없는 실력과 고매한 지조를 감안하면 녹봉에 구애받지 않고 반드시 맞아들이고 싶다고 하셨습니다. 또한 번주님께서도 특히 깊은 관심을 가지고 지켜보시고."

"아닙니다. 과분한 말씀이십니다. 저는 그러한."

"그리하여 저희들은 임관을 결정하기로 하였으나, 뜻밖에도 문제가 생겼습니다."

이혜는 땅이 흔들리는 것 같은 느낌에 숨을 삼키며 무릎을 꽉 잡았다.

"그 문제라는 것은 저희 쪽이 아니라 귀하의 책임에서 연유한 것인데." 다이로쿠가 냉소적인 투로 말을 이었다. "귀하가 내기 시합을 하셨다, 성 마을의 한 도장에서 돈을 걸고 시합을 한 뒤 이기자 그 돈을 받아 가셨다던데 물론 기억하고 계시겠지요?"

이혜는 가까스로 고개를 끄덕였다. 그리고 얼마 전 아오야마 가문의 도장에서 상대 세 명 중 한 명이 그를 보자 도망친 일을 떠올렸다.

"기억하고 있습니다. 분명히 기억하고 있습니다." 이혜는 당황하며 말을 이었다. "그것은 참으로 어려움에 처한 사람이 있어, 이 여인숙에 머물던 손님입니다만."

"이유야 어찌 됐든 내기 시합을 하는 것은 무사로서 가장 수치스러운 일이며, 그 문제를 제기한 자가 있는 이상 저희로서는 손을 뗄 수밖에 없습니다. 유감스럽지만 이번 이야기는 없었던 걸로 해주십시오."

우시오 다이로쿠가 흰 부채 위에 종이꾸러미를 올려 이혜 앞에 놓으며 말했다.

"슈젠 님이 말씀하시길, 약소하나마 이것을 여비로 받아달라고 하셨습니다."

"아닙니다. 당치 않습니다. 어찌 이런." 이헤는 울상을 지으며 손을 저었다. "그간 여러모로 받은 것도 있고 하니 부디 거둬주십시오."

"알겠습니다. 감사히 받겠습니다."

오타요가 이렇게 말하며 남편 옆으로 와서 앉았다.

이헤는 당황했고 다이로쿠도 놀라 엉거주춤 머리를 숙이며 무슨 말인가 하려 했지만 오타요는 그럴 틈을 주지 않았다. 다소간 흥분은 했지만 당당한 태도로 분명하게 다음과 같이 말했다.

"남편이 내기 시합을 한 것은 좋지 않은 일입니다. 저도 예전부터 내기 시합만은 하지 말라고 간청을 했습니다. 하지만 그것이 잘못이었다는 사실을 저는 지금 비로소 깨달았습니다. 남편도 내기 시합이 수치스러운 일이라는 사실은 알고 있을 것입니다. 알면서도 어쩔 수 없이, 그럴 수밖에 없는 경우도 있습니다. 저는 이제야 알았습니다. 남편의 내기 시합으로 인해 얼마나 많은 사람들이 기뻐하고 얼마나 고마워했는지 말입니다."

"오타요, 실례이니 그만하시오."

"예, 그만하겠습니다. 그리고 당신에게 말씀드리겠습니다."

오타요가 돌아앉으며 떨리는 목소리로 말했다.

"앞으로는 당신이 원하신다면 언제라도 내기 시합을 하십시오. 그리고 주위사람들 모두에게, 가난하고 의지할 데 없고 가엾은 분들에게 기쁨을 주십시오."

그녀는 오열하느라 말을 잇지 못했다. 당황한 우시오 다이로쿠는 난처해하다 막연히 인사를 하고 훌쩍 밖으로 사라졌다.

어중간한 시간이었지만 확실히 매듭을 짓는다는 심정으로 두 사람은 곧 여인숙을 떠났다. 잔치를 연 날 밤에 들여온 쌀도 아직 남아 있었지만, 슈젠이 준 돈도 절반을 여인숙 주인에게 맡기면서 또 비가 내리거나 어려운 손님이 있으면 보살펴달라고 부탁했다. 두 사람이 짚신을 신는데 오로쿠라는 여자가 다가왔다. 병적으로 야위고 앙상한 얼굴을 슬프게 실룩이며 "이걸 받아주세요."라고 해진 약봉지 세 첩을 내밀었다.

"담뱃재지만 걷다 물집이 잡혔을 때 바르면 좋아요. 침으로 개서 바르면 잘 들어요. 더 좋은 걸 드리고 싶지만, 마음뿐이네요. 변변치 않은 거지만……."

"아니에요. 너무 고마워요."

오타요는 다정한 말투로 인사를 하고 진심으로 기쁜 듯 품속에 넣었다.

갈림목까지 여인숙 사람들의 배웅을 받으며 온 뒤, 오른편으로 꺾어져 고갯마루로 향했다. 이헤는 좀처럼 낙담에서 벗어나지 못하는 듯했으나 오타요는 굳이 위로하려 들지 않았다.

─그토록 뛰어난 실력을 지녔음에도 출세할 수 없다니 얼마나 기구한 운명인가요. 얼마나 이상한 세상인가요.

그녀는 이렇게 생각하면서도 한편으로는 불쑥 웃음이 새어나왔다.

─하지만 전 이대로도 좋아요. 남을 밀어내지 않고 남의 자리

도 빼앗지 않고 가난하지만 진실한 사람들 속에 섞여서, 기회가 생기면 모두에게 기쁨과 희망을 주시는 이대로의 당신도 훌륭해요.

이렇게 말하고 싶은 심정이었지만 입 밖에는 내지 않은 채 이따금 남편의 얼굴을 훔쳐보면서 그녀는 가벼운 발걸음으로 걸었다.

이헤도 점차 기운을 회복하는 듯했다. 실망하는 데에는 익숙하고 습관적으로 감정을 전환하는 방법에도 익숙해져 있었다. 단지 아내를 생각해서 갑자기 기분을 바꾸는 건 좋지 않다고 생각하는 듯했다.

하지만 그런 걱정조차 까맣게 잊을 때가 왔다. 고갯마루 위로 나와 장막이 걷힌 듯 돌연 눈 아래로 다른 지방의 산과 들이 펼쳐지고 상쾌한 바람이 불어오자 그는 환한 얼굴로 "와." 하고 소리치기 시작했다.

"야, 이건 정말 대단하군. 저기 봐. 경치가 정말 아름다워."

"어머, 정말. 정말 아름답네요."

"온몸에서 힘이 솟는 거 같지 않소?"

그는 동그란 얼굴에 싱긋싱긋 웃음을 띠고 눈은 소년처럼 반짝반짝 빛나고 있었다. 어느새 펼쳐진 풍경 속에서 새로운 생활과 새로운 희망을 떠올리고 있는 듯 보였다.

"그만 힘을 내구려. 힘을 냅시다."

아내를 바라보며 달래듯 이렇게 말했다.

"저기 성 아래로 보이는 게 십만오천 석 마을이오. 토지는 번창하고 유명한데, 누가 뭐래도 십만오천 석이나 되니 말이오.
이번에는 반드시, 라고 말해도 좋을 듯하오. 자, 힘을 내서 갑시
다."

"저는 힘이 넘치는걸요."

오타요는 밝게 웃고 남편을 위로하듯 올려다보며 그의 말투
를 똑같이 흉내 냈다.

"라고 말해도 좋을 듯해요."

이백십일

나쓰메 소세키

나쓰메 소세키(夏目漱石, 1867~1916)

도쿄 명문가의 막내로 태어났다. 본명은 긴노스케(欽之助). 당시 어머니는 고령으로 '면목 없다'며 노산을 부끄러워했다고 한다. 12세에 도쿄 제1중학교 정규과에 입학했지만 한학·문학에 뜻을 두고 2학년 때 중퇴, 한학사숙에 입학해 이후 소설에서 볼 수 있는 유교적 윤리관, 동양적 미의식, 에도(江戶)적 감성을 기른다. 22세 때, 문학적·인간적으로 커다란 영향을 준 마사오카 시키(正岡子規)와 만나게 되지만, 잇따른 가족의 죽음으로 염세주의, 신경쇠약에 빠진다. 대학 졸업 후 도쿄에서 영어 교사로 있다가 1895년 고등사범학교를 사퇴하고 아이치(愛知) 현의 중학교로 도망치듯 부임해 간다. 그곳에서 얻은 경험이 소설 『도련님』의 소재가 되었다. 이후 런던으로 유학을 떠나지만 영문학 연구에 거부감을 느껴 신경쇠약에 걸리게 된다.

귀국 후 도쿄 제국대학 강사생활을 하다 또 다시 신경쇠약에 걸리자 강사를 그만두고 집필에만 전념하던 소세키는 1907년 아사히(朝日)신문사에 입사, 직업 작가의 길을 걷기 시작한다. 이후 계속되는 신경쇠약, 위궤양에 시달리다 1916년 12월 9일에 대량의 내출혈이 일어나 『명암』 집필 중에 사망했다. 마지막 말은 '죽으면 안 되는데'였다고 한다.

나쓰메 소세키상

1946년 오키쿠쇼인(桜菊書院) 출판사가 나쓰메 소세키 사후 30주년과 나쓰메 소세키 전집 간행을 기념으로 제정한 공모 신인문학상. 1947년 1회와 1950년 2회를 끝으로 출판사가 도산하여 폐지되었다.

1

두 손을 힘없이 늘어뜨린 채 게이(圭)가 어디에선가 돌아온다.

"어디 갔었어?"

"잠깐, 마을을 걸어 다니다 왔어."

"뭐 볼 만한 거라도 있어?"

"절이 하나 있더군."

"그리고?"

"은행나무가 한 그루 문 앞에 있었어."

"그리고?"

"은행나무에서 본당까지 백오십 미터쯤 돌이 깔려 있었어. 아주 좁고 긴 절이더군."

"들어가 봤어?"

"그냥 왔어."

"그 외에 다른 건 없어?"

"딱히 별다른 건 없어. 근데 절이란 게 대부분 마을마다 다 있더군."

"그렇지. 인간이 죽는 곳에는 반드시 있기 마련 아닐까?"

"정말 그렇겠군."하며 게이는 고개를 갸웃한다. 게이는 때때로 묘한 일에 감탄한다. 잠시 후 게이는 갸웃했던 고개를 똑바로 하더니 이렇게 말했다.

"그리고 대장간 앞에서 말편자 갈아 끼우는 걸 봤는데 정말 솜씨가 좋더군."

"어쩐지 절만 보고 온 것 치곤 시간이 좀 길다 했더니, 말편자가 그렇게 신기했어?"

"신기해서라기보다 그냥 구경했어. 자넨 거기에 사용하는 도구가 몇 개인 줄 알아?"

"몇 개지."

"맞혀봐."

"난 맞히지 않아도 상관없으니 그냥 가르쳐줘."

"무려 일곱 개나 돼."

"그렇게 많아? 뭐하고 뭔데?"

"뭐하고 뭐라니, 아무튼 많아. 먼저 말굽을 뽑는 끌이랑 끌을 두드리는 망치랑 그리고 말굽을 깎는 작은칼과 말굽을 도려내는 이상한 연장, 그리고……."

"그리고 또 뭐가 있는데?"

"그러고도 이상한 연장이 여러 가지 있더군. 무엇보다 말이 얌전한 데 놀랐어. 그렇게 깎아내고 도려내는데도 가만히 있더군."

"발톱인걸. 인간도 아무렇지 않게 발톱을 깎잖아."

"인간은 그렇지만 이건 말이잖아."

"말이든 인간이든 다 똑같은 발톱인걸. 자넨 꽤나 태평하군."

"태평하니 보고 있던 거지. 그런데 어둑어둑한 곳에서 빨갛게 달아오른 철을 두드리니 아름답더군. 탁탁 불꽃이 튀던걸."

"튀고말고. 도쿄 한복판에서도 튈걸."

"도쿄 한복판에서도 튀긴 튀겠지만 느낌이 달라. 이런 산속 대장간은 우선 소리부터 달라. 저 봐, 여기까지 들리잖아."

초가을 스산한 햇살은 아득히 서편으로 기울고 적막한 산촌 공기가 쓸쓸한 황혼을 재촉하는 가운데 쾅쾅 쇠 두드리는 소리가 들린다.

"들리지?"

게이가 말한다.

"응."

로쿠(礫)는 대답한 채 아무 말도 하지 않는다. 옆방에서 두 사람이 연신 무슨 이야기를 하고 있다.

"그래서 상대가 죽도를 놓친 거야. 그래서 바로 탁 하고 손목을 친 거야."

"흐음, 결국 손목치기를 당한 거구나."

"결국 손목치기를 당한 거야. 탁 손목을 쳤는데 그게 그러니까 죽도를 놓쳤으니 이러지도 저러지도 못한 거야."

"흐음, 죽도를 놓친 건가?"

"그니까 죽도는 그 전에 놓쳐버린 거야."

"죽도를 놓쳐버렸는데 손목치기를 당하면 곤란하잖아?"

"곤란할 거야. 죽도도 놓치고 손목치기도 당했으니."

두 사람의 대화는 쳇바퀴 돌듯 죽도와 손목치기에서 좀처럼 벗어날 줄 모른다. 아무 말 없이 마주앉아 있던 게이와 로쿠는 서로 얼굴을 바라보며 씽긋 웃었다.

쾅쾅 쇠 두드리는 소리가 고즈넉한 마을에 울려 퍼진다. 소리는 날카로우면서도 어딘지 불안감이 묻어난다.

"아직도 말편자를 두드리는군. 좀 춥지 않아?"

흰 욕의를 입은 게이가 몸을 움츠린다. 로쿠도 똑같이 흰 홑옷의 옷깃을 여미며 볼품없는 무릎을 단정히 모은다. 이윽고 게이가 말했다.

"내가 어릴 때 살던 마을 한복판에 두붓집이 하나 있었는데."

"두붓집이 있었다고?"

"두붓집이 있었는데, 그 두붓집 모퉁이에서 팔십 미터쯤 완만한 비탈길을 올라가면 한경사(寒磬寺)라는 절이 있고."

"한경사라는 절이 있어?"

"있어. 지금도 있을걸. 절문 앞에서 보면 그저 대나무 숲만 보이고 본당이나 부엌도 없는 거 같았어. 그 절에서 매일 새벽 네 시 무렵이면 누군가 징을 쳐."

"누군가 징을 치다니, 중이 치겠지."

"중인지 누군지 몰라. 그저 대나무 숲 너머에서 징징 하고 아련하게 치는 거야. 서리가 새하얗게 내린 겨울아침에 한두 치 두께 이불 속에서 세상의 추위를 막고 듣고 있으면 대나무 숲 속에서 징징 울려와. 누가 치는지는 몰라. 나는 절 앞을 지날 때마다 긴 포석과 금방이라도 쓰러질 것 같은 산문과 산문을 전부 뒤덮을 정도의 대나무 숲을 보곤 했지만 한 번도 산문 안을 들여다본 적은 없어. 그저 대나무 숲 속에서 치는 징소리만 듣고선 이불 속에서 새우가 되는 거지."

"새우가 된다니?"

"응, 새우처럼 몸을 웅크리고 입으로 징징, 징징 하고 말하는 거야."

"묘하군."

"그러면 문 앞의 두부장수가 어김없이 일어나 덧문을 열어. 드르륵드르륵 콩을 가는 맷돌 소리가 들리고 좍좍 두부에 물을 뿌리는 소리도 들려."

"자네 집은 대체 마을 어디쯤에 있는 거야?"

"우리 집은 그러니까 그런 소리가 들리는 곳에 있는 거지."

"그러니까 대체 어디에 있느냐고?"

"바로 근처."

"두붓집 맞은편이야, 옆이야?"

"바로 이층."

"어디의?"

"두붓집의 이층."

"진짜? 정말로?"

로쿠는 놀랐다.

"난 두붓집 아들이야."

"와, 두붓집이구나."

로쿠는 다시 놀랐다.

"그리고 울타리의 나팔꽃이 갈색으로 말라 잡아당기면 바스락바스락 소리가 날 무렵, 일대에 하얀 안개가 끼고 마을 외곽의 가스등에 불이 깜빡거리면 또다시 징이 울려. 징징 대나무 안쪽에서 맑게 울려. 그러면 절문 앞 두붓집은 그 징소리를 신호로 해서 머름을 댄 미닫이를 닫아."

"절문 앞 두붓집이라고 남의 집처럼 말하는데 그건 자네 집이잖아."

"우리 집, 그러니까 절문 앞 두붓집이 머름을 댄 미닫이를 닫아. 징징 하는 소리를 들으면서 나는 이층으로 올라가 이불을 깔고 자……. 우리 집 요시와라아게(吉原揚)[1]는 맛있었어. 근처에서 유명했어."

옆방의 손목과 죽도는 모두 잠잠해졌고 맞은편 툇마루에서는 예순이 넘은 살찐 할아버지가 둥근 등을 기둥에 기대고 책상다리를 한 채 족집게로 턱수염을 하나씩 뽑고 있다. 수염뿌리를 꽉 누르고 단숨에 홱 뽑으면 족집게는 기세 좋게 아래로 내려가고 턱은 위로 젖혀지는데 마치 기계처럼 보인다.

"저건 며칠이나 해야 다 뽑을까?"

로쿠가 게이에게 질문한다.

"열심히 하면 반나절 정도면 끝날걸."

"어림없을걸."

로쿠가 반박한다.

"그런가? 그럼 하루 정도?"

"하루나 이틀 만에 완전히 뽑힐 리가 없어."

---

1) 에도 시대 유곽으로 유명했던 요시와라에서 손님의 아침식사에 내던 둥글게 자른 두부튀김.

"그렇군. 어쩌면 일주일은 걸릴지도. 저 봐, 저렇게 꼼꼼하게 턱을 쓰다듬으며 뽑고 있는 걸."

"저렇게 하면 오래된 수염을 다 뽑기도 전에 새 수염이 날지 모르겠군."

"어쨌든 아플 거야."

게이가 말머리를 돌렸다.

"분명 아플 거야. 충고해줄까?"

"뭐라고?"

"그만두라고."

"쓸데없는 짓이야. 그보다 며칠 걸려야 전부 뽑을 수 있는지 물어보자."

"응, 좋아. 자네가 물어봐."

"난 싫어. 자네가 물어봐."

"물어볼 순 있지만 너무 실없지 않을까?"

"그럼 뭐, 관두자."

게이는 자신의 제안을 순순히 철회했다.

잠시 끊겼던 마을 대장간 소리는 이날 산촌에 찾아온 가을을 몇 차례의 번개로 쫓아낼 작정인지 청아한 하늘가에 끊임없이 쾅쾅 울려 퍼진다.

"저 소리를 들으면 하릴없이 두붓집 소리가 떠올라."

게이가 팔짱을 끼며 말한다.

"대체 두부장수 아들이 어쩌다 그렇게 된 거지?"

"두부장수 아들이 어떻게 됐는데?"

"그게 두부장수답지 않잖아."

"두부장수든 생선장수든……, 되려고 마음만 먹으면 무엇이든 될 수 있어."

"그렇지. 결국 문제는 머리니까."

"머리가 전부는 아니야. 세상에는 머리 좋은 두부장수가 얼마든지 있는걸. 그런데도 결국 평생 두부장수니 안된 일이지."

"그럼 뭔데?"

로쿠가 어린애처럼 질문한다.

"뭔데, 라니 바로 되려고 하는 생각이지."

"되려고 생각해도 세상이 허용하지 않는 일이 많잖아."

"그러니 안됐다고 한 거야. 불공평한 세상에서 태어나면 달리 도리가 없으니, 세상이 허용하지 않아도 무엇이든 스스로 되려고 생각해야 해."

"생각해도 되지 못하면?"

"되지 못해도 무엇이든 생각하는 거야. 생각하는 동안에 세상은 허용하게 되어 있어."

게이가 한가한 소리를 한다.

"그렇게 말대로 되면 좋지. 하하하."

"뭐, 난 지금까지 그렇게 해왔는걸."

"그래서 자넨 두부장수답지 않다고 한 거야."

"어쩜 앞으로 다시 두부장수다워질지도 모르니 성가시군. 하하하."

"그렇게 되면 어쩔 생각이야?"

"그렇게 되면 세상이 나쁜 거지. 불공평한 세상을 공평하게 만들자고 하는데 세상이 들어주지 않으면 상대편이 나쁜 거잖아."

"하지만 세상도 뭐랄까, 그게 두부장수가 대단한 사람이 될 양이면 자연히 대단한 사람이 두부장수가 된다는 거잖아."

"대단한 사람은 어떤 사람인데?"

"대단한 사람이란 건 뭐랄까. 가령 귀족이나 부자를 말하는 거지."

로쿠는 즉각 대단한 사람에 대해 설명한다.

"흠, 귀족이나 부자 말이지. 근데 그들은 지금도 두부장수잖아."

"그 두부장수들이 마차를 타거나 별장을 세우거나 하며 마치 자기들 세상인 양 우쭐대고 있으니 글러먹었어."

"그러니 그런 족속들은 정말로 두부장수로 만들어버리는 거지."

"이쪽이 그럴 마음이라도 그들이 되려 할 리 없잖아."

"되지 않으려는 걸 그렇게 만드는 거니 세상이 공평해지는 거야."

"공평해질 수 있다면 좋아. 어디 마음껏 해보게."

"해보게, 라니 자네도 함께해야지. 그저 마차를 타거나 별장을 세우기만 하면 괜찮은데 그런 두부장수들은 자기도 두부장수인 주제에 함부로 사람을 억압해."

게이는 슬슬 분개하기 시작한다.

"자넨 그런 일을 당한 적이 있어?"

게이는 팔짱을 낀 채 흐음 하고 뇌까렸다. 마을 대장간 소리는 여전히 쾅쾅 울린다.

"아직도 쾅쾅거리고 있어. 어이, 내 팔뚝 두껍지?"

게이는 갑자기 소매를 걷어붙이더니 거무스름한 팔을 로쿠 앞으로 들이밀었다.

"자네 팔뚝은 옛날부터 두꺼웠어. 게다가 이상하리만치 검어. 콩을 간 적이 있어?"

"콩도 갈고 물도 길었지. 어이, 실수로 사람의 발을 밟으면 어느 쪽이 사과해야 하지?"

"밟은 쪽이 사과하는 게 상식인 것 같은데."

"갑자기 사람의 머리를 후려치면?"

"그건 미친놈이지."

"미친놈이면 사과하지 않아도 괜찮은 걸까?"

"글쎄, 사과하게 할 수 있으면 사과하게 하는 편이 좋지."

"그런데 오히려 미친놈 쪽에서 사과하라고 하는 건 놀랍지 않아?"

"그런 미친놈이 어디 있어."

"지금 두부장수들은 모두 그런 미친놈들뿐이야. 사람을 억압하는 것도 모자라 머리를 숙이게 만들려고 해. 본래 인간이라면 그들이 미안해해야 하잖아. 안 그래?"

"물론 그게 인간이지. 그러나 미친 두부장수라면 그냥 내버려두는 수밖에 방법이 없을걸."

게이는 다시 흐음 하더니 잠시 후 혼잣말처럼 뇌까렸다.

"그런 미친놈이 거들먹거리는 걸 그냥 내버려둔다면 세상에 태어나지 않는 편이 나아."

대장간 소리는 대화가 끊길 때마다 조용한 마을 구석구석까지 쾅쾅 울린다.

"끊임없이 쾅쾅거리는군. 어딘지 저 소리는 한경사 징소리와 닮았어."

"묘하게 신경이 쓰이는군. 그 한경사 징소리와 미친 두부장수 사이에 무슨 관계라도 있어? 자네가 두부장수 아들에서 오늘날 이렇게 변한 데에는 대체 어떤 내력이 있는 거지? 좀 이야기해주지 않을래?"

"얘기해도 상관없지만 좀 춥지 않아? 저녁 먹기 전에 잠깐 온천에 들어가자. 자넨 안 가?"

"응, 들어가자."

게이와 로쿠는 수건을 들고 정원으로 내려간다. 종려나무로 만든 나막신에는 도회지답게 숙소의 낙인이 찍혀 있다.

2

"이 온천수는 어디에 효능이 있을까?" 두붓집 게이가 욕탕 속에서 첨벙거리며 묻는다.

"어디에 효능이 있을까. 분석표를 보면 어디에든 효능이 있는 것 같아. 자네 그렇게 배꼽만 박박 닦은들 툭 튀어나온 배꼽은

들어가지 않을걸."

"정말 투명하군." 참외배꼽 선생은 두 손으로 온천물을 떠서 입에 넣어보더니 곧 "아무 맛도 없네."라고 말하며 배수로에 뱉었다.

"마셔도 돼."하고 로쿠는 벌컥벌컥 마신다.

게이는 배꼽 닦는 걸 그만두고 욕탕 가장자리에 팔꿈치를 걸친 채 멍하니 유리 너머로 밖을 바라보고 있다. 로쿠는 온천물에 머리만 내밀고 상대의 배꼽 위를 올려다보았다.

"체격이 정말 좋군. 완전 야생 그대로야."

"두붓집 출신이니까. 체격이 안 좋으면 귀족이나 부자와 싸움을 할 수 없거든. 이쪽은 한 명인데 저쪽은 수가 많으니까."

"자못 싸움 상대가 있는 것 같은 말투네. 대체 적은 누군데?"

"누구라도 상관없어."

"하하하, 태평하군. 싸움도 잘할 것 같지만, 다리가 튼튼한 데는 놀랐어. 자네가 없었다면 어제 여기까지 올 엄두도 못 냈을 걸. 실은 도중에 말하고 돌아갈까 생각했거든."

"실제로 좀 걱정스러웠어. 그래도 내 딴에는 꽤 보폭을 조절하며 걸었는걸."

"정말? 그게 정말이면 대단하군. 흐음, 어쩐지 수상한데. 툭하면 잘난 체 으스대니 말이야."

"하하하, 으스댄다고. 잘난 체 으스대는 건 귀족과 부자뿐이야."

"또 귀족과 부자 얘기. 눈엣가시구나."

"돈은 없어도 이쪽은 천하의 두부장수거든."

"맞아. 적어도 천하의 두부장수이고 야생의 완력가지."

"저기 창밖에 핀 노란색 꽃은 무슨 꽃일까?"

로쿠는 물속에서 고개를 돌려 바라본다.

"호박이네."

"바보 같은 소리. 호박은 땅 위를 기며 뻗잖아. 근데 저건 대나무를 타고 목욕탕 지붕 위로 올라갔잖아."

"지붕에 올라가면 호박이 될 수 없나?"

"좀 이상하지 않아? 지금 꽃이 피는 건?"

"상관있어? 이상하더라도 지붕에도 호박꽃은 피기 마련인 걸."

"그거 노래야?"

"글쎄, 처음엔 노래 생각은 없었는데 나중엔 저절로 노래가 되어버린 듯하네."

"지붕에서 호박이 열릴 정도니 두부장수가 마차 따윌 타는 거야. 어처구니없는 세상이야."

"또 분개하는군. 이런 산속에 와서 분개해봤자 소용없어. 그보다 빨리 아소산(阿蘇山)[2]에 올라 분화구에서 붉은 바위가 튀어나오는 거라도 보자. 그런데 뛰어들면 곤란해. 왠지 좀 걱정되는걸."

"실제 분화구는 맹렬할 거야. 잘은 모르지만 단무지 절일 때

---

[2] 세계 최대 칼데라로 이루어진 활화산으로 규슈(九州) 지방의 구마모토(熊本) 현 동부에 있다.

쓰는 누름돌 같은 시뻘건 바위가 공중으로 솟구친다는데, 그게 사방 삼사백 미터 일대에서 솟아난다니 분명 장관일 거야. 내일은 일찍 일어나야 해. 알았지?"

"응, 일어나긴 일어나는데 산을 오를 때 너무 빨리 걸으면 안 돼."

로쿠는 미리 다짐을 두었다.

"아무튼 여섯 시에 일어나서……."

"여섯 시에 일어나?"

"여섯 시에 일어나서 일곱 시 반에 온천을 끝내고 여덟 시에 밥을 먹고 여덟 시 반에 변소에 다녀와서, 그리고 숙소를 나서서 열한 시에 아소 신사를 참배하고 열두 시부터 오르는 거야."

"뭐, 누가?"

"나하고 자네가."

"어쩐지 자네 혼자 오르는 거 같은데."

"뭐, 상관은 없어."

"듣던 중 반가운 소리군. 이건 마치 수행원 같아."

"흐음. 그런데 점심은 뭘 먹지? 역시 우동으로 할까?"

게이가 내일 점심을 의논한다.

"우동은 싫어. 여기 우동은 꼭 삼나무 젓가락을 먹는 것 같아서 배가 땅겨 견딜 수가 없어."

"그럼 메밀국수는?"

"메밀국수도 싫어. 난 면 종류와는 전혀 맞지 않는 사내라."

"그럼 뭘 먹을 생각인데?"

"뭐든 맛있는 걸 먹고 싶어."

"아소 산속에 맛있는 음식이 있을 리가 없잖아. 그러니까 이 럴 때 아무튼 우동으로 일단 때우고……."

"이럴 때란 건 좀 이상한데. 이럴 때란 대체 어떤 때지?"

"강건한 취미를 양성하기 위한 여행이니까……."

"그런 여행이었다고? 전혀 몰랐네. 강건은 좋지만 우동은 절 대 찬성할 수 없어. 이래봬도 난 신분이 좋으니까 말이야."

"그러니 연약해서 안 돼. 난 학비가 궁했을 때 하루에 쌀 두 홉으로 지낸 적도 있다고."

"말랐었겠군."

로쿠가 멋쩍은 걸 묻는다.

"그다지 마르지는 않았는데 단지 이가 들끓어서 고생했어. 자넨, 이 때문에 고생한 적 있어?"

"난 없어. 신분이 다르잖아."

"한번 경험해봐. 그게 쉽사리 잡아 없앨 수 있는 게 아니야."

"끓는 물에 빨면 되지 않아?"

"끓는 물? 끓는 물이라면 좋을지도 모르겠군. 하지만 빨래도 공짜로는 할 수 없으니까."

"그렇군. 돈이 한 푼도 없으니."

"한 푼도 없었지."

"그래서 어떻게 했어?"

"어쩔 수 없이 셔츠를 바닥에 펼쳐놓고 적당히 둥근 돌을 주워 와서 톡톡 때렸지. 그랬더니 이가 죽기 전에 셔츠가 찢어져버렸어."

"저런 저런."

"게다가 그걸 하숙집 아줌마가 보더니 나보고 나가라고 하더군."

"정말 곤란했겠군."

"곤란할 게 뭐가 있어. 그런 일로 곤란해 했다면 여태까지 어떻게 살아 있었겠어. 앞으로 차츰 귀족과 부자를 두부장수로 만들어야 하니, 여간한 일로 곤란해 하면 안 되지."

"그럼 나도 머지않아 두부, 유부, 간모토키(雁擬き)3) 있어요, 하고 외치며 돌아다녀야 하는 거야?"

"귀족도 아니면서."

"아직 귀족은 아니지만 돈은 꽤 많아."

"있어도 그 정도론 어림없어."

"나 정도론 두부 있어요, 하고 외칠 자격도 없다는 거야? 내 재산을 너무 얕잡아보는데."

"근데 자네 등 좀 밀어주지 않을래?"

"내 등도 밀어줄 거야?"

"밀어줄게. 옆방 사람들도 서로 등을 밀어주던데."

"옆방 사람들 등은 서로 비슷해서 공평하지만 자네 등과 내 등은 면적이 완전히 다르니 내가 손해야."

"그런 걸 일일이 따지고 들면 늘 혼자 씻을 수밖에 없을걸."

게이는 욕탕 안에서 두 발에 잔뜩 힘을 주고 서서 수건 한쪽

---

3) 두부를 으깬 후 당근이나 다시마 등을 넣고 둥글납작하게 튀긴 것.

끝을 삽고 힘껏 잡아 빼더니 다시 양쪽 끝을 쥔 채 철썩 소리가
나도록 번들거리는 등에 비스듬히 갖다 댔다. 이윽고 팔죽지에
알통이 불끈 솟더니 물을 머금은 수건이 언덕처럼 살이 오른
등을 쓱쓱 밀기 시작한다.

수건이 움직일 때마다 게이의 굵은 눈썹이 꿈틀대며 좁혀진
다. 콧구멍이 삼각형으로 팽창하고 콧방울은 팽팽하게 양옆으
로 부풀어 오른다. 입은 할복을 할 때처럼 잔뜩 앙다문 채 양쪽
귀까지 올라간다.

"꼭 인왕(仁王) 같군. 인왕이 등을 미는 것 같아. 어떻게 그리
험상궂은 표정을 지을 수 있지? 정말 신기하군. 눈을 그렇게
부릅뜨지 않아도 등은 씻을 수 있을 거 같은데 말이야."

게이는 아무 말도 하지 않은 채 열심히 박박 민다. 등을 밀다
가는 가끔 수건을 물에 담가 충분히 적신다. 물에 적실 때마다
로쿠의 얼굴로 땀과 기름기와 때가 뒤섞인 온천물이 열대여섯
방울씩 날아온다.

"그만 항복, 항복. 미안하지만 잠깐 몸을 씻는 데로 나갈게."

로쿠는 욕탕에서 튀어나왔다. 튀어나오기는 했으나 감탄한
나머지 몸 씻는 곳에 우뚝 선 채 등을 미는 인왕을 망연히 바라
보고 있다.

"그 옆방 손님은 대체 뭐하는 사람들일까?"

게이가 욕탕 안에서 물어본다.

"옆방 손님 신경 쓸 때가 아니야. 자네 얼굴 너무 이상해."

"다 밀었어. 아아, 기분 좋다."

게이는 수건 한쪽 끝을 놓자마자 바위처럼 커다란 등짝을 온천물에 첨벙 담근다. 욕탕에 가득하던 물이 순식간에 바닥부터 요동치더니 쏴아 소리를 내며 몸 씻는 곳으로 흘러넘친다.

"아아, 기분 좋다."

게이가 물결 속에서 말했다.

"나 참, 그렇게 마음대로 행동하면 분명 기분은 좋을 거야. 자넨 호걸이야."

"그 옆방 손님은 죽도와 손목 얘기만 하던데, 대체 뭐하는 사람들이지."

게이가 태평스레 묻는다.

"자네가 귀족과 부자에만 신경 쓰는 것과 같을걸."

"나는 그럴만한 연유가 있지만 그 손님들은 무슨 영문인지 도통 모르겠어."

"뭐, 난 알아듣겠는걸. 그래서 그 손목치기를 당한 거야."하고 로쿠가 옆방 흉내를 낸다.

"하하하. 아, 그래서 죽도를 떨어트린 거구나. 하하하. 정말 태평한 사람들이야." 게이도 흉내를 내본다.

"저래 봬도 실은 비분강개파일지 몰라. 왜, 구사조시(草双紙)4)에 흔히 나오잖아. 나는 어디의 누구누구다, 라고. 그런데 실은 해적 두목인 게조리 규에몬(毛剃九右衛門)5)인 거지."

"해적 같지도 않아. 아까 욕탕으로 올 때 살짝 들여다봤더니

---

4) 에도 시대 삽화가 있는 통속소설의 총칭.
5) 샤미센 반주에 맞추어 가락을 붙여 이야기를 풀어가는 조루리(浄瑠璃) 작품인 「하카타 고조로 나미마쿠라(博多小女郎波枕)」에 나오는 해적 두목.

둘 다 목침을 베고 쿨쿨 자고 있더군."

"목침을 베고 잘 수 있을 정도의 머리니까, 거봐 그래서 그 손목치기를 당하는 거야."

로쿠가 또 흉내를 낸다.

"죽도도 놓치는 거로군. 하하하. 확실치 않지만 표지가 빨간 책을 가슴에 올려놓은 채 자고 있더군."

"그 빨간 책 때문에, 확실치 않지만 그, 죽도를 놓치거나 손목 치기를 당하는 거로군."

로쿠의 흉내는 끝날 줄 모른다.

"그 책은 뭘까?"

"이가(伊賀)의 스이게쓰(水月)6)야."

로쿠가 주저 없이 대답했다.

"이가의 스이게쓰? 그게 뭔데?"

"이가의 스이게쓰를 몰라?"

"몰라. 모르면 창피한 거야?"

게이는 머리를 조금 갸웃했다.

"그렇진 않지만 대화가 안 되지."

---

6) 가락을 붙여 이야기하는 야담인 강담(講談)의 제목으로 와타나베 가즈마(渡辺 数馬)가 매형인 아라키 마타에몬(荒木又右衛門)의 도움을 받아 동생의 원수인 가와이 마타고로(河合又五郎)를 이가고에(伊賀越)에서 죽인 복수극. '이가 고에 복수' 또는 '가기야 네거리 결투'라고 한다. 이 결투에서 마타에몬 쪽은 4명 중 1명이 죽고 3명이 부상을 당한 반면 마타고로 쪽은 11명 중 4명이 죽고 2명은 부상, 5명은 도주했다고 한다. 강담에서는 『아라키 무용전(荒木武勇 伝)』 또는 『아라키 마타에몬』이라고도 한다. 참고로 이 '아라키 마타에몬의 이 가고에 복수'와 '아코(赤穂) 낭인이 주군의 원수를 갚은 충신장(忠臣蔵)', '소 가(曽我) 형제의 후지산(富士山) 기슭 복수'를 일본 삼대 복수극이라고 한다.

"대화가 안 된다고? 왜?"

"왜라니. 자네 아라키 마타에몬7) 모르지?"

"응, 마타에몬?"

"알아?" 하며 로쿠가 다시 욕탕으로 들어오자 게이는 다시 욕탕 안에서 일어섰다.

"이제 등은 그만 사양이야."

"걱정 마. 등은 안 밀 테니. 너무 오래 물에 들어가 있으면 현기증이 나서 이렇게 가끔 일어서는 거야."

"그냥 서 있기만 한다면 안심이군. 그래서 그 아라키 마타에몬은 알고 있어?"

"마타에몬? 글쎄, 어디서 들은 거 같아. 도요토미 히데요시의 가신 아니야?" 게이가 황당무계한 말을 한다.

"하하하, 정말 어이가 없군. 귀족과 부자를 두부장수로 만들 겠다고 대단한 척하더니 이거 아무것도 모르는군."

"잠깐 기다려. 잠시 생각할 테니. 마타에몬 말이지. 마타에몬, 아라키 마타에몬 말이지. 기다려. 아라키 마타에몬이라면……아, 알았다."

"누구야?"

"스모 선수다."

"하하하 아라키, 하하하 아라키, 마타, 하하하 마타에몬이 스모 선수라고? 정말 어처구니가 없군. 정말 무식하구나. 하하하."

---

7) 1599~1638년 10월 5일. 에도 시대 초기의 무사이자 검술 사범으로 '이가고에 복수'로 유명하다.

로쿠는 우스워 죽으려고 한다.

"그렇게 우스워?"

"우습고말고. 누가 들어도 웃을걸."

"그렇게 유명한 사람이야?"

"그럼, 아라키 마타에몬이잖아."

"그러니까 나도 어디선가 들은 적 있는 거 같아."

"왜 흔히 '도망갈 곳은 규슈(九州) 사가라(相良)8)'라고 하잖아."

"그럴지 몰라도 그 말은 들어본 적 없는 거 같아."

"난감한 사내군."

"전혀 난감할 거 없어. 아라키 마타에몬을 몰라도 내 인격과는 조금도 상관없으니까. 그보다 오 리(일본의 1리는 우리의 10리. 약 4㎞ ─ 편집자 주) 산길이 힘들어 대놓고 불평을 늘어놓는 게 더 난감한 사람이지."

"팔 힘이나 다리 힘 얘기를 꺼내면 할 말이 없군. 도저히 당해낼 재간이 없어. 그렇게 따지면 좌우지간 두부장수 출신들 천하야. 나도 두붓집에서 더부살이 하며 몇 년간 일했으면 좋았을 텐데."

"자넨 평소에 나약하고 게을러서 안 돼. 의지가 전혀 없어."

"난 꽤 있다고 생각하는데. 다만 내가 생각해도 우동만 보면

─────────────

8) 전통 인형극인 조루리(浄瑠璃)에 나오는 유명한 대사로 아라키 마타에몬의 처남을 죽인 가와이 마타고로가 신변의 위험을 느끼고 어디로 도망갈지 고민할 때 이 '도망갈 곳은 규슈(九州) 사가라(相良)'라는 대사가 나온다. 당시 사가라 번은 일본의 삼대 급류인 다마가와를 거슬러 올라가야 해서 추격자도 쉽게 쫓아오지 못했다고 한다.

의지가 완전히 꺾이고 말아."

"하하하, 말도 안 되는 소리 하고 있어."

"그런데 두부장수 출신치고 자네 몸은 너무 깨끗해."

"이렇게 검은데도?"

"검고 희고는 별개로 하더라도 두부장수는 대부분 문신이 있지 않아?"

"왜?"

"왜인지는 몰라도 문신이 있기 마련이야. 자네는 왜 안 했어?"

"바보 같은 소리 마. 나처럼 고상한 남자가 그런 어리석은 짓을 하겠어? 귀족이나 부자가 하면 어울릴지 몰라도 나한테 그런 건 맞지 않아. 아라키 마타에몬도 안 할걸."

"아라키 마타에몬 말이지. 이거 곤란한걸. 아직 거기까진 조사하지 않았으니 말이야."

"그건 아무래도 상관없지만, 아무튼 내일은 여섯 시에 일어나야 해."

"그래서 아무튼 우동을 먹을 거지? 난 의지가 약해서 곤란하지만 자네 의지가 완고한 데에는 두 손 다 들었어. 집에서 나온 뒤부터 내 말은 하나도 통하지 않으니 말이야. 뭐든 말하는 대로 명령에 복종하고만 있으니, 두부장수주의(主義)는 정말 엄격한 거 같아."

"뭐 이렇게 강경하지 않으면 기어올라서 안 돼."

"내가?"

"아니, 세상 놈들 말야. 부자나 귀족처럼 이러쿵저러쿵 건방지게 잘난 체하는 놈들 말야."

"그렇다면 이건 번지수가 틀렸잖아. 그런 자들 대신 내가 두부장수주의에게 복종하는 건 참을 수 없어. 정말 놀랐어. 앞으로 자네와 여행하는 건 사양이야."

"뭐 상관없어."

"자넨 상관없어도 나한텐 큰 상관이 있다고. 게다가 여행 경비도 내가 죄다 부담하니 어리석기 짝이 없군."

"그래도 내 덕분에 천하장관인 아소 분화구를 볼 수 있잖아."

"딱하긴. 나 혼자도 아소산 정도는 오를 수 있다고."

"하지만 귀족이나 부자는 의외로 기개가 없는 자들이어서……."

"또 엉뚱한 나한테. 엉뚱한 나는 내버려두고 진짜 귀족과 부자한테 가서 말하는 게 어때?"

"언젠가, 머잖아 그럴 생각이야. 기개가 없고 사리분별도 못하니 개개인으로는 아무 짝에도 쓸모없는 자들이야."

"그러니까 죄다 두부장수로 만들어버리라고."

"머잖아 그럴 생각이야."

"생각만 하는 건 위험한 거야."

"아니, 일 년 내내 끊임없이 생각하면 어떻게든 되기 마련이야."

"참 느긋하군. 하긴, 내가 아는 사람 중에 말야, 계속 콜레라에 걸린다고 생각했더니 결국 콜레라에 걸린 사람이 있긴 해.

자네도 그렇게 잘 풀리면 좋겠지만."

"어, 아까 수염을 뽑던 할아버지가 수건을 들고 왔는데."

"마침 잘됐네. 어서 한번 물어봐."

"난 이제 현기증이 날 것 같아서 그만 나갈게."

"뭐, 안 나가도 괜찮아. 자네가 싫다면 내가 물어볼 테니 조금만 더 안에 있어."

"어, 뒤편에 죽도와 손목도 같이 왔어."

"어디? 정말, 같이 왔네. 뒤에 또 누가 오는데. 와, 할머니가 왔다. 할머니도 이 욕탕에 들어올까?"

"아무튼 난 나갈래."

"할머니가 들어오면 나도 아무튼 나가야지."

목욕탕에서 나오니 싸늘한 가을바람이 쓰윽 소맷부리로 들어와 배꼽 부근의 맨살까지 훑고 빠져나갔다. 참외배꼽 게이가 한바탕 에취 하고 거침없이 재채기를 한다. 가을 저물녘 계단 입구에 흰 부용꽃 대여섯 송이가 쓸쓸히 피어 있다. 하늘을 올려다보니 저편에서 아소산이 우우웅 울고 있다.

"저곳을 오르는 거지?"

로쿠가 묻자 게이가 대답한다.

"울고 있어. 유쾌하군."

3

"아가씨, 이 사람 살쪘지?"

"살이 많이 찌셨는데요."

"살 쪘다고? 난 이래봬도 두부장수야."

"호호호."

"두부장수라니 우스운가?"

"두부장수 주제에 사이고 다카모리(西鄕隆盛)9) 같은 얼굴을 하고 있으니 우스운 거야. 거기에 이런 정진요리(精進料理)10)라니, 아마 내일 산에 못 오를 거 같아."

"또 맛있는 걸 먹고 싶어 하는군."

"먹고 싶어 하다니? 이대로라면 영양실조에 걸릴 거야."

"이렇게 맛있는 게 많은데 무슨 소리야. 두부껍질, 표고버섯, 고구마, 두부까지 많잖아."

"여러 가지 많기는 많네. 그렇게 따지면 자네가 파는 음식까지 있군……. 난감하군. 어제는 우동만 먹이더니 오늘은 두부껍질에 표고버섯뿐이야. 아아아."

"이 고구마 먹어 봐. 금방 캐서 굉장히 맛있어."

"굉장히 강건한 맛이 나진 않아? 저기 아가씨, 다른 건 없나?"

"공교롭게도 아무것도 없습니다."

"아무것도 없다니 어쩔 수 없군. 그럼 계란은 있지?"

"계란은 있습니다."

---

9) 도쿠가와 막부를 무너트리고 근대화를 이룬 메이지 유신 지도자 중 한 명으로 규슈의 가고시마(鹿児島) 출신이다. 키가 큰 거구였으며 사무라이가 지녀야 할 용기나 관용, 검술 등의 덕목을 갖추고 있어 동료나 추종자들이 많았다. 한국에 서는 정한론(征韓論)을 주장한 인물로 알려져 있다.

10) 불교의 계율에 따라 살생을 하지 않고 자극을 피하기 위해 채소를 위주로 한 요리. 한국의 사찰음식과 같다고 할 수 있다.

"계란을 반숙으로 갖다 줘."

"어떻게 해드릴까요?"

"반숙으로."

"삶아 드릴까요?"

"삶긴 삶는데 반만 삶아줘. 반숙 몰라?"

"아니요."

"모른다고?"

"모릅니다."

"이거 두 손 들었네."

"왜 그러시는지요?"

"아무것도 아니니 계란을 가져 오게. 그리고 저기 잠깐만. 자네 맥주 마실 텐가?"

"마셔도 돼."

게이가 태연히 대답을 했다.

"마셔도 돼, 라고? 그럼 안 마셔도 되겠군. 그만 둬?"

"그만 두지 않아도 돼. 아무튼 조금 마시지 뭐."

"아무튼이라고, 하하하. 자네만큼 아무튼을 좋아하는 사내도 없을 거야. 그리고 내일이 되면 아무튼 우동을 먹자고 할 거지? 아가씨, 오는 김에 맥주 가져와. 계란과 맥주, 알았지?"

"맥주는 없습니다."

"맥주가 없다고? 어이, 맥주가 없다는데. 왠지 일본 땅이 아닌 거 같아. 한심한 곳이군."

"없으면 안 마셔도 돼."

게이가 다시 태연히 말한다.

"맥주는 없습니다만 에비스(惠比壽)[11]는 있습니다."

"하하하, 이거 정말 갈수록 가관이군. 어이, 자네 맥주가 아닌 에비스는 있다는데 그 에비스라도 마셔볼 텐가?"

"응, 마셔도 돼. 아가씨, 그 에비스는 병에 들어 있겠지?"

게이는 이때 비로소 하녀에게 말을 걸었다.

"네에."

하녀는 히고(肥後)[12] 사투리로 대답을 한다.

"자, 아무튼 뚜껑을 따서 병째 이리 가져오게."

"네에."

하녀는 짐짓 알아들었다는 얼굴로 일어나 간다. 엉덩이 위쪽에 폭이 좁은 모슬린을 단정히 묶고 비백(飛白) 무늬 통소매를 깡똥하게 입었는데 머리만은 이상한 속발(束髮)[13]이어서 로쿠와 게이는 어쩐지 오싹한 기분이 드는 듯했다.

"저 하녀 좀 이채롭지 않아?"

로쿠가 말하자 게이는 태연한 얼굴로 "그렇네."하고 무덤덤하게 대답하더니 "단순하고 착한 여자야."라고 나중에 생뚱맞

---

11) 삿포로맥주 전신인 일본맥주양조회사가 독일인 기술자 칼 카이저를 초빙하여 1890년에 발매한 맥아 100% 맥주로 일본을 대표하는 맥주 브랜드이다. 도쿄 시부야에 있는 '에비스 가든 플레이스'는 관광명소로 유명하며 에비스 맥주 기념관도 있다. 에비스란 일본신화의 칠복신(七福神) 중 어부와 상인의 수호신으로 에비스 맥주 상표에도 등장한다.

12) 규슈 지방 구마모토 현의 옛 지명. 본래는 히젠노구니(肥前国)와 합쳐 불의 나라라는 뜻의 히노구니(火国=肥国)라고 했는데, 이는 아소산의 활발한 분화 활동에서 유래한다고 한다.

13) 메이지 시대 이후 유행한 여성의 머리 모양으로 머리를 뒤로 빗어 넘겨 한데 묶은 형태를 말한다.

게 덧붙였다.

"강건한 취미가 있지 않을까?"

"응, 실제로 시골 사람의 정신에 문명의 교육을 가르치면 훌륭한 인물이 나올 텐데. 안타까운 일이야."

"그렇게 안타까우면 저 여자를 도쿄로 데리고 가서 가르치면 되잖아."

"응, 그것도 좋지. 하지만 그 전에 문명의 껍질을 벗겨내지 않으면 안 돼."

"껍질이 두꺼워서 꽤나 힘이 들걸."

로쿠는 마치 수박처럼 말한다.

"힘이 들어도 어쨌든 벗겨낼 거야. 예쁜 얼굴로 천한 일만 하고 있어. 그게 돈이 없는 자라면 본인의 문제로 끝날 테지만 신분이 좋으면 큰일이야. 사회 전체에 천한 근성을 만연시키니까. 큰 해악이야. 게다가 신분이 좋거나 돈이 있는 자들 중에 흔히 그런 나쁜 근성을 가진 자가 있기 마련이지."

"게다가 그런 자에 한해서 껍질이 굉장히 두껍지?"

"겉모습은 꽤나 멋있지만 속마음은 저 하녀보다 훨씬 더 닳고 닳아서 질려버려."

"그럴까? 자, 그럼 나도 이제부터 어디 강건당(剛健黨) 대열에 합류해볼까?"

"당연한 일이지. 그러니까 우선 제일 먼저 내일 여섯 시에 일어나서……."

"점심에 우동을 먹으라고?"

"아소 분화구를 보고……."

"불끈해서 뛰어들지 않도록 조심하면서?"

"오롯이 숭고한 천지간 활력 현상을 보며 웅대한 기상을 배양해서 악착같은 세상사를 초월하는 거야."

"지나치게 초월하면 나중에 세상이 싫어져 오히려 곤란할걸. 그러니 이번엔 적당히 초월하는 걸로 하는 게 어때? 내 다리론 도저히 그렇게 높이 초월할 수 있을 것 같지 않으니 말야."

"약해 빠진 사내로군."

통소매의 하녀가 쟁반 위에 맥주 한 병, 맥주잔 두 개, 계란 네 개를 나란히 올려서 가져 온다.

"자, 에비스가 왔다. 이 에비스가 맥주가 아니라니 재미있군. 한 잔 마실래?" 로쿠가 상대에게 잔을 건넨다.

"응. 마시는 김에 그 계란 두 개도 먹어볼까."

게이가 말한다.

"계란은 내가 주문한 건데."

"네 개 다 먹을 셈이야?"

"내일 우동을 먹을 테니 이중 두 개는 가지고 가려고."

"그래? 그럼 됐어."

게이는 이내 단념한다.

"됐다니까 미안하니, 자 줄게. 본래 강건당이 계란 따위를 먹는 건 좀 사치지만 불쌍하니……. 자, 먹어. 아가씨, 이 에비스는 어디서 만든 거지?"

"아마 구마모토일 겁니다."

"흠, 구마모토 에비스군. 꽤 맛있는걸. 자넨 어때? 구마모토 에비스는?"

"응, 역시 도쿄 거랑 똑같은 거 같아. 저기, 아가씨 에비스는 좋은데 이 계란은 날것인데."

계란을 깬 게이가 눈썹을 조금 찡그렸다.

"네에."

"날 거라니까."

"네에."

"뭔가 요령부득이군. 자네, 반숙으로 해달라지 않았어? 자네 것도 날 거야?" 게이는 하녀를 포기하고 로쿠에게 물어 본다.

"반숙을 달랬더니 날것이 나왔군. 어디 내 것도 하나 깨볼까. 이런, 이거 안 되겠군……."

"삶은 계란이야?"

게이가 고개를 내밀어 상대의 상 위를 본다.

"완숙이야. 이건 어떨지. 흠, 이것도 완숙이군. 아가씨, 이건 삶은 계란이잖아."

이번엔 로쿠가 하녀에게 묻는다.

"네에."

"그렇다고?"

"네에."

"어쩐지 말이 통하지 않는 나라에 온 거 같군. 저 손님 건 날계란이고 내 건 삶은 계란이라고?"

"네에."

"왜 이렇게 한 거지?"

"반만 삶아서 가져왔습니다."

"정말이군. 이거 주문한 그대로인걸. 하하하, 자네 반숙이 무슨 말인지 이제 알겠지?"

로쿠가 손뼉을 친다.

"하하하, 단순한 사람 같으니."

"마치 만담을 본 거 같아."

"뭐가 잘못됐습니까? 손님 것도 삶아올까요?"

"아니, 이걸로 됐네. 아가씨, 여기서 아소까지 몇 리나 되지?"

게이가 말머리를 계란과 관계없는 데로 돌렸다.

"여기가 아소입니다."

"여기가 아소면 내일 여섯 시에 일어날 필요도 없겠군. 여기서 이삼일 머물다가 바로 구마모토로 돌아가세."

로쿠가 재빨리 말한다.

"네에, 며칠이고 편히 머무십시오."

"아가씨도 애써 저리 권하니 어때? 그렇게 하는 게?"

로쿠가 게이 쪽을 바라봐도 게이는 상대하지 않고 하녀에게 묻는다.

"여기도 아소라니 아소 군(郡)이겠군."

"네에."

"그럼 아소 신사까지는 얼마나 되지?"

"신사까지는 삼 리입니다."

"산 위까지는?"

"신사에서 이 리입니다."

"산 위는 대단하겠지?"

로쿠가 갑자기 끼어든다.

"네에."

"아가씨도 오른 적이 있나?"

"아니요."

"그럼 모르겠네."

"아니요. 모릅니다."

"모른다니 어쩔 수 없군. 기왕에 이야기나 들어보려 했더니."

"산에 오르십니까?"

"응, 빨리 오르고 싶어 몸이 근질근질하네." 게이가 말하자 "나는 오르기 싫어서 몸이 근질근질하네." 로쿠가 방해했다.

"호호호, 그럼 손님만 여기에 머무르십시오."

"응, 여기서 뒹굴며 저 우우웅 하는 소리를 듣는 게 편할 거 같군. 그러고 보니 소리가 아까보다 훨씬 심해진 거 같은데?"

"맞아. 상당히 드세졌어. 밤인 탓이겠지"

"산이 좀 사나워졌습니다."

"사나워지면 드세게 우는가?"

"네에. 그리고 재가 많이 내립니다."

"재라니?"

"화산재 말입니다."

하녀는 미닫이를 열고 검지로 툇마루를 문지르면서 "보십시오."하고 검게 변한 손가락 끝을 내민다.

"그렇군. 시도 때도 없이 내리는군. 어제는 이러지 않았는데."

게이가 감탄한다.

"네에. 산이 좀 사나워졌습니다."

"어이, 아무리 사나워도 오를 생각이야? 사나우면 좀 연기하는 게 어때?"

"사나워지면 더 유쾌해. 사나운 모습은 좀체 볼 수 있는 게 아니거든. 사나울 때와 잠잠할 때는 용암 불 자체가 완전히 다르다더군. 아가씨, 맞지?"

"네에. 오늘밤은 굉장히 붉게 보입니다. 잠시 나가서 보십시오."

어디, 하고 게이가 바로 툇마루로 튀어나간다.

"와, 정말 굉장하군. 어이, 자네도 빨리 나와 봐. 난리 났어."

"난리? 난리라니 어디 나가 볼까. 이야, 이거 정말 굉장하군……. 저 상태라면 도저히 안 되겠군."

"뭐가?"

"뭐라니? 오르는 도중에 불에 타 죽을걸."

"바보 같은 소리. 밤이니까 저리 보이는 거라고. 실제는 낮부터 저 정도였어. 아가씨, 맞지?"

"네에."

"네에, 일지 몰라도 위험해. 여기 이렇게 있어도 어쩐지 얼굴이 화끈거리는 거 같아."

로쿠는 손바닥으로 자신의 뺨을 어루만진다.

"허풍이 심한 사내군."

"봐, 자네 얼굴도 붉게 보이는걸. 저기 울타리 밖에 널찍한 논이 있지? 거기 파란 잎이 온통 환하게 비치잖아."

"거짓말, 저건 별빛 때문에 그렇게 보이는 거야."

"별빛과 불빛은 풍취가 달라."

"아무래도 자넨 꽤나 무식한 거 같아. 저 불빛은 오륙 리 앞에 있는 거야."

"몇 리 앞이라도 건너편 하늘 일대가 새빨갛잖아."

로쿠는 건너편을 가리키며 손가락으로 커다란 원을 그려 보인다.

"밤인걸."

"밤이라도……."

"자넨 무식해. 아라키 마타에몬은 몰라도 괜찮지만 이런 것도 모른다는 건 부끄러운 일이야."

게이는 옆에서 상대의 얼굴을 바라봤다.

"인격에 관련된 거야? 인격에 관련된 거라면 참겠지만 목숨과 관련된 거라면 항복이야."

"또 그런 말을 하는군. 뭐, 아가씨에게 물어보자. 저기, 아가씨 불이 저 정도로 솟아도 산은 오를 수 있지?"

"네에."

"괜찮을까?"

로쿠가 여자의 얼굴을 들여다본다.

"네에. 여자도 오릅니다."

"여자도 오르니 남자라면 당연히 올라야 한다는 말이군. 이거 일이 우습게 됐군."

"아무튼 내일은 여섯 시에 일어나서……."

"그만 알았다고."

이렇게 내뱉고 방으로 들어가 벌렁 드러누운 로쿠가 사라진 뒤, 게이는 묵연히 눈썹을 치켜세우고 나락에서 중천을 향해 곧게 치솟는 불기둥을 응시하고 있었다.

4

"어이, 여기를 돌면 드디어 오르막이겠지?"

게이가 돌아본다.

"여기를 도는 걸까?"

"잘은 모르지만 막다른 곳에서 절의 돌계단이 보일 테니 문으로 들어가지 말고 왼쪽으로 돌아가라고 가르쳐줬잖아."

"우동집 할아버지가?"하며 로쿠는 연신 가슴을 문지른다.

"그래."

"그 할아버지가 뭐라 했든 내 알 바 아니야."

"왜?"

"왜라니? 세상에 장사거리도 많은데 하필 우동집을 하다니, 그것부터가 잘못된 생각이야."

"우동집도 어엿한 직업이야. 돈을 쌓아두고 가난한 사람을 억압하는 걸 취미로 삼는 인간보다 훨씬 고귀할걸."

"고귀할지 몰라도 우동집은 내 취향에 영 맞지 않아. 그래도 결국 우동을 먹고 난 지금, 우동집 주인을 아무리 원망해봤자 소용없으니 참고 여기서 꺾어져야지."

"돌층계는 보이는데 저게 절인가? 본당이고 뭐고 아무것도 없는걸."

"아소산 불에 타버렸겠지. 그러니까 내가 뭐랬어. 어이, 날씨가 조금 험악해지기 시작했는걸."

"아니, 괜찮아. 천우(天佑)가 있으니 말야."

"어디에?"

"어디에나 있는걸. 뜻이 있는 곳에는 천우가 데굴데굴 굴러다니기 마련이야."

"아무래도 자넨 너무 자신만만해. 강건당인가 싶다가도 어느 순간 천우파 같기도 하고. 다음에는 덴주구미(天誅組)¹⁴⁾라도 되어 쓰쿠바산(筑波山)¹⁵⁾에 틀어박힐 심사겠군."

"웬걸, 두부장수 시절부터 덴주구미인걸. 두부장수도 인간인데, 가난한 사람을 아무런 이유 없이 단지 취미로 괴롭히는 데에는 놀랐어."

"언제 그런 일을 당했는데?"

"언제나 있었지. 걸주(桀紂)는 옛날부터 악인으로 통하는 왕들인데, 그런 걸주가 이십세기에도 넘쳐나고 있어. 게다가 두꺼운 문명의 껍질을 뒤집어쓰고 있으니 더 얄미워."

---

14) 1863년 막부 타도를 목표로 교토의 귀족인 나카야마 다다미쓰(中山忠光)가 주도하여 군사를 일으킨 존왕양이파(尊王洋夷派) 조직 중 하나.
15) 1864년 존왕양이를 주장하는 미토(水戸) 번의 급진파인 덴구도(天狗党)가 군사를 일으킨 산이며, 이를 '덴구도의 난'이라고 한다. 현재의 이바라키 현 남서부에 있다.

"껍질만 있고 속은 빈 게 나은 걸까? 역시 돈은 너무 많은데 따분하면 그런 흉내를 내고 싶어지기 마련이야. 대개 바보에게 돈을 쥐어주면 걸주가 되고 싶어 하잖아. 나처럼 덕이 있는 군자는 가난하고 그들처럼 용렬한 자들은 사람을 괴롭히기 위해 돈을 사용하니 정말 난감한 세상이야. 이럼 어때? 그런 나쁜 놈들을 몽땅 싸잡아 아소 분화구에 거꾸로 매달아 지옥 아래로 떨어트리면?"

"곧 떨어트릴 거야."

게이는 거무스름하게 소용돌이치는 연기를 올려다보며 짚신 신은 발에 꾹 힘을 줬다.

"서슬이 시퍼렇군. 자네 괜찮아? 싸잡아 처넣기 전에 자네가 뛰어들면 안 돼."

"저 소린 장렬하군."

"발밑이 흔들리는 거 같아. 어이, 잠깐 지면에 귀를 대고 들어봐."

"어때?"

"소리가 굉장해. 분명 땅이 울리고 있어."

"그런데도 연기는 불어오지 않네."

"바람 탓이야. 북풍이니 오른쪽으로 불잖아."

"나무가 많아서 방향을 모르겠어. 조금 더 올라가면 알 수 있겠지."

한동안 잡목숲 사이를 걷는다. 길의 폭은 채 일 미터가 안 된다. 아무리 사이가 좋더라도 나란히 걸을 수는 없다. 게이는 커다란 발을 유유히 옮기며 앞서간다. 로쿠는 작은 몸집을 옴츠리고 종종걸음으로 뒤에서 따라간다. 따라가면서 게이의 커다란 발자국에 감탄한다. 감탄하면서 걸어가자 점점 뒤쳐져버린다.

길이 구불구불한 오르막인 탓에 채 삼십 분도 안 돼 게이의 모습을 잃어버렸다. 나무 사이를 건너다봐도 어디에도 보이지 않는다. 산을 내려오는 사람은 한 명도 없다. 올라가는 사람도 전혀 만날 수 없다. 단지 여기저기 말 발자국이 있다. 이따금 짚신 조각이 가시나무에 걸려 있다. 그밖에 사람의 기척은 일절 없다. 우동으로 배를 채운 로쿠는 조금 불안해졌다.

어제 쾌청했던 하늘과는 달리 오늘 아침 숙소를 나올 때부터 안개가 껴서 다소 걱정스러웠지만 걷힐 거라고 안일하게 생각하고 결국 아소 신사에까지 이르렀다. 백골나무로 지은 신사의 신관이 손바닥을 마주치는 소리가 괴괴한 삼나무 우듬지 위로 울려 하늘을 올려다보자 뭔가 이마에 톡 떨어졌다. 우동을 삶는 하얀 훈김이 찢어진 장지문에서 새어나와 오른편으로 나부낄 무렵부터 낮결에는 비가 내리리라 예감했다.

잡목숲을 사분의 일 리쯤 오니 결국 수상쩍던 하늘이 더 이상 버티지 못한 듯 우듬지로 떨어지는 쏴 하는 빗소리가 북쪽으로 내달린다. 뒤이어 이내 또 다른 빗소리가 귀를 스치더니 물결치는 나뭇잎과 함께 다시 북쪽으로 내달린다. 로쿠는 목을 움츠리며 앗 하고 혀를 찼다.

한 시간 가량 걸으면 숲은 끝난다. 끝난다기보다 순식간에 사라진다는 편이 적당할 듯하다. 뒤를 돌아본다. 뒤쪽은 자신도 모르는 사이에 오롯이 걸어온 한 줄기 외길 외에 동쪽이나 서쪽이나 몇 겹인 줄 모르게 이어진 망망한 푸른 풀들이 물결치는 너머로 검은 연기가 뭉게뭉게 피어오른다. 분화구는 보이지 않지만 연기가 나는 곳은 바로 코앞이다.

숲이 끝나고 푸른 초원을 채 오십 미터도 가지 않은 곳에 몸집이 큰 까까머리 게이가 하늘을 올려다보며 서 있다. 박쥐우산은 접고 모자도 쓰지 않은 채 까까머리를 불쑥 풀들 위로 내밀어 지형을 둘러보고 있는 모양이다.

"어이, 잠깐 기다려."

"어이, 험해지기 시작했어. 험해지기 시작했다고! 정신 바짝 차려."

"바짝 차릴 테니 잠깐 기다려줘!"

로쿠는 열심히 풀 사이를 기어서 올라간다. 간신히 따라잡은 로쿠를 기다리던 게이가 타박을 준다.

"어이, 왜 그리 꾸물댄 거야."

"그러니까 우동은 안 된다고 했잖아. 아아, 힘들어. 근데 자네 얼굴은 왜 그래? 시꺼멓잖아."

"그래? 자네 얼굴도 시꺼먼데."

게이는 대수롭지 않게 흰색 욕의의 한쪽 소매로 머리부터 얼굴을 닦는다. 로쿠는 허리에서 손수건을 꺼낸다.

"이런, 닦으니 옷이 거무칙칙해지네."

"내 손수건도 이렇게 됐어."

"정말 지독하군."

게이는 빗속에 까까머리를 그대로 드러내놓고 하늘 상태를 살핀다.

"재다. 재가 비에 녹아서 내리는군. 저기, 참억새 위를 봐."

로쿠가 손가락으로 가리킨다. 온통 재로 뒤덮인 기다란 참억새 잎이 비에 젖어 흔들린다.

"그렇군."

"이거 난감한데."

"뭐, 괜찮아. 바로 지척이야. 저기 연기가 나는 곳을 목표로 가면 되니 간단해."

"간단해 보이지만 이래선 길을 알 수 없잖아."

"그래서 아까부터 기다리고 있었던 거야. 여기서 왼편으로 갈까, 오른편으로 갈까 하고. 꼭 사람의 가랑이에 해당하는 부분이야."

"정말, 양쪽 다 길이 있네. 그런데 연기를 감안하면 왼편으로 돌아가는 게 좋을 거 같아."

"자넨 그렇게 생각해? 난 오른편으로 갈 생각인데."

"왜?"

"왜라니, 오른편에는 말 발자국이 있는데 왼편에는 전혀 없어."

"정말?"

로쿠가 몸을 앞으로 구부려 무성한 풀들을 헤치며 대여섯 걸음 왼편으로 갔다가 이내 되돌아와 말했다.

"아닌 거 같아. 사람 발자국은 하나도 보이지 않아."

"없지?"

"그쪽은 있어?"

"응, 딱 두 개 있어."

"두 개뿐이야?"

"응, 딱 두 개야. 봐, 여기랑 저기랑."

게이는 수자(繻子) 천을 댄 박쥐우산 끝으로 참억새에 뒤덮여 희미하게 남아 있는 말 발자국을 보여준다.

"이것뿐이야? 불안한데."

"뭐, 괜찮아."

"천우라면서? 자네 천우는 미덥지 못한 구석이 너무 많아."

"이게 바로 천우야."

게이가 채 말을 끝내기도 전에 갑자기 거센 바람이 한바탕 비를 흩뿌리며 일더니 사정없이 로쿠의 밀짚모자를 십 미터 앞으로 날려버린다. 눈앞 가득히 펼쳐진 푸른 풀들이 바람을 받아 일제히 반대편으로 누워 점차 색깔이 변하는가 싶더니 다시 일어서서 본래 상태로 돌아온다.

"통쾌하군. 바람이 불어가는 흔적이 풀 위로 보여. 저걸 봐."

게이가 겹겹이 기복을 이루며 펼쳐진 푸른 풀의 바다를 가리킨다.

"전혀 통쾌하지 않아. 모자가 날아가버린걸."

"모자가 날아갔어? 모자가 날아간 게 대순가. 집어 오면 되지. 집어다 줄까?"

게이는 갑자기 자기 모자 위에 박쥐우산을 단단히 얹더니 휙 하고 참억새 속으로 뛰어들었다.

　"어이, 이쯤이야?"

　"좀 더 왼편이야."

　게이의 모습이 점점 파란 풀 속으로 깊이 들어가더니 이윽고 머리만 보였다. 뒤에 남은 로쿠는 또 걱정이 된다.

　"어이, 괜찮아?"

　"뭐라고?"

　저편으로 보이는 머리가 소리친다.

　"괜찮으냐고?"

　이윽고 게이의 머리가 보이지 않는다.

　"어이!"

　코앞에서 나는 검은 연기는 회색 원기둥들이 끊임없이 서로 연동하는 듯 뭉게뭉게 솟아올라 공중에서 대기에 스며들어 비와 함께 로쿠의 머리 위로 가차 없이 떨어진다. 로쿠는 풀이 죽은 모습으로 머리가 사라진 쪽을 응시하고 있다.

　얼마 지난 후 전혀 예상하지 못했던 오십 미터 가량 앞쪽에서 홀연 게이의 머리가 나타났다.

　"모자가 없어."

　"모잔 필요 없으니 빨리 돌아와."

　게이는 까까머리를 꼿꼿이 세운 채 참억새 사이를 헤엄쳐 온다.

　"대체 어디로 날아간 거야?"

"어딘지, 나도 모르는 사이에 날아가버렸어. 모자는 괜찮은데 걷는 게 싫어졌어."

"벌써 지쳤어? 아직 더 걸어야 하는데?"

"연기랑 비가 너무 심해서 왠지 걸을 힘이 나지 않아."

"이제 와서 떼를 써도 소용없어. 장쾌하지 않아? 저렇게 뭉게뭉게 연기가 솟아나는 게?"

"그 뭉게뭉게가 기분 나쁘다고."

"농담은 그만. 저 연기 옆에 가서 그 안을 들여다보자."

"아무리 생각해도 쓸데없는 짓이야. 그렇게 들여다보다 뛰어들어도 난 몰라."

"아무튼 걷자."

"하하하, 또 아무튼이군. 자네가 아무튼이라고 하면 꼭 낚인다니까. 아까도 아무튼이라고 해서 결국 우동을 먹어버렸지. 그러다 설사라도 하면 전부 아무튼 때문이야."

"괜찮아. 내가 책임질 테니."

"내 병을 책임진다니 어쩔 셈인데? 내 대신 병에 걸릴 수도 없으면서."

"뭐, 내가 간병하고, 내가 전염돼서, 자넨 살 수 있도록 해줄게."

"그래? 그럼 안심이군. 그럼 좀 걸어볼까."

"저 봐, 날씨도 상당히 좋아졌어. 역시 천우는 있군."

"듣던 중 반가운 소리군. 걷기는 걷는데 오늘밤엔 맛있는 음식을 먹게 해주지 않으면 안 돼."

"또 맛있는 음식 타령이군. 걷기만 하면 꼭 먹게 해주지."

"그리고……."

"아직 주문할 게 더 있어?"

"응."

"뭔데?"

"자네 이력을 들려줘."

"내 이력은 자네가 알고 있는 대로야."

"내가 알고 있는 이전 말이야. 자네가 두붓집 심부름꾼이었던 시절부터……."

"심부름꾼이 아니야. 이래봬도 두붓집 아들이야."

"아들이었을 때, 한경사 징소리를 듣고 갑자기 부자가 미워진 사연 말이야."

"하하하, 그렇게 듣고 싶으면 얘기할게. 그 대신 강건당이 돼야 해. 자넨, 부자 악당을 상대한 적이 없으니 그렇게 태평한 거야. 자네, 찰스 디킨스의 『두 도시 이야기』라는 책을 읽은 적 있어?"

"없어. 『이가의 스이게쓰』는 읽었지만 디킨스는 안 읽었어."

"그러니까 가난한 사람에게 더 동정심이 없는 거야. 그 책 마지막 부분에 의사가 지옥에서 쓴 일기가 있는데, 너무 비참해."

"흠, 어떤 내용인데?"

"그건 프랑스 혁명이 일어나기 전에 귀족이 폭력을 휘둘러 빈민을 괴롭힌 내용이 쓰여 있는데……. 그것도 오늘밤 자면서 이야기해줄게."

"응."

"뭐, 프랑스 혁명이란 것도 당연한 현상이지. 그렇게 부자와 귀족이 폭력을 휘두르면 그리 되는 건 자연의 섭리니까 말이야. 저기 요란한 소리를 내며 분출하는 것과 똑같은 거야."

게이는 제자리에 멈춰 서서 검은 연기가 피어오르는 쪽을 바라본다.

천지를 자욱하게 뒤덮은 가을비를 꿰뚫고 백 리 끝에서 끓어오르는 수백 톤의 짙은 물체가 끊임없이 소용돌이치며 솟아오른다. 그 수백 톤 연기의 분자 하나하나가 모두 진동하여 폭발하는 게 아닌가 싶은 소리가 깊은 심연에서 짙은 물체와 함께 머리 위로 솟아오른다. 비바람 속에서 송충이 같은 눈썹을 찡그리고 하염없이 바라보던 게이가 더없이 침착한 모습으로 말했다.

"웅대하지?"

"정말 웅대해."

로쿠도 진지하게 대답했다.

"무서울 정도야."

잠시 시간을 두고 로쿠가 이렇게 덧붙였다.

"바로 저게 내 정신이야"

게이가 말한다.

"혁명이군."

"응, 문명의 혁명이지."

"문명의 혁명이라니?"

"피를 흘리지 않는 거야."

"칼을 사용하지 않으면 무엇을 사용하는데?"

게이는 아무 말도 하지 않은 채 손바닥으로 자신의 까까머리를 탁탁 두 번 때렸다.

"머리군."

"응, 상대도 머리를 쓰니 이쪽도 머리를 쓰는 거지."

"상대는 누군데?"

"돈과 힘으로 의지할 데 없는 동포를 괴롭히는 놈들이지."

"응."

"사회의 악덕을 공공연히 사고파는 놈들이지."

"응."

"사고파는 거라면 먹고살기 위해서라는 핑계도 성립하지."

"응."

"사회의 악덕을 공공연히 취미로 삼고 있는 놈들은 반드시 척결해야만 해."

"응."

"자네도 해."

"응, 하겠어."

게이는 천천히 발길을 돌렸다. 로쿠는 아무 말 없이 뒤를 따라간다. 하늘에는 연기와 비와 바람과 구름뿐이며, 땅에는 푸른 참억새와 마타리와 쓸쓸히 여기저기 섞여 있는 도라지뿐이다. 두 사람은 외로이 무인지경을 걸어간다.

참억새는 허리가 잠길 만큼 크게 자라 폭이 채 삼십 센티미터도 되지 않는 길을 양옆에서 뒤덮고 있다. 몸을 모로 돌려도 풀에 닿지 않고 나아갈 수는 없다. 몸에 닿으면 비에 젖은 재가 묻는다. 게이와 로쿠는 흰색 욕의와 통이 좁은 바지에 감색 버선과 각반을 하고서 젖은 참억새를 바스락거리며 나아간다. 허리 아래는 시궁쥐처럼 거무튀튀하게 물들었다. 허리 위도 내리는 비에 튀어 오른 재를 온통 뒤집어써서 흡사 하수구에 빠진 것 같은 몰골이다.

그렇지 않아도 구불구불한 길인 탓에 풀이 없어도 어디로 어떻게 이어져 있는지 짐작조차 할 수 없다. 풀 사이에서는 더욱 그렇다. 땅에 남아 있는 말 발자국조차 간신히 발견할 정도이니 운은 하늘에 맡기고 걷고 있다고 할 수밖에 없다.

처음에는 피어오르는 연기를 정면으로 보며 나가던 길이 어느 순간부터 구부러지더니 점차 옆에서 재를 맞는다. 옆으로 보이던 분화구가 이번에는 자연스레 뒤편으로 보이기 시작한 순간, 게이는 발길을 우뚝 멈췄다.

"아무래도 이 길이 아닌 거 같아."

"응."

로쿠는 원망스러운 표정으로 똑같이 멈춰 섰다.

"어딘지 한심하다는 표정을 짓고 있군. 힘들어?"

"실제로 한심스러워."

"어디 아파?"

"온통 물집이 잡혀 힘들어."

"큰일이군. 많이 아파? 내 어깨를 붙잡는 게 어때? 조금은 걷기 편할지도 몰라."

"응."

로쿠는 건성으로 대답한 채 움직이지 않는다.

"숙소에 도착하면 내가 재미있는 얘기를 해줄게."

"대체 숙소엔 언제 돌아갈 건데?"

"다섯 시에는 온천에 닿을 예정이었는데, 아무래도 저 연기는 이상해. 오른편으로 가도 왼편으로 가도 코앞에만 있을 뿐, 멀어지거나 가까워지지도 않아."

"오르막 초입부터 코앞에 있었어."

"맞아. 조금만 더 이 길로 가보자."

"응."

"아니면 잠깐 쉴래?"

"응."

"어쩐지 갑자기 진이 빠진 거 같아."

"순전히 우동 때문이야."

"하하하, 대신 숙소에 도착하면 내가 이야기 성찬을 대접할게."

"얘기도 듣고 싶지 않아졌어."

"그럼 또 맥주가 아닌 에비스라도 마시지 뭐."

"흐음, 이 상태라면 도저히 숙소까지 갈 수 없을 거 같아."

"무슨 소리. 괜찮아."

"벌써 어두워지기 시작했는걸."

"어디 볼까."

게이가 회중시계를 꺼낸다.

"네 시 오 분 전이야. 어두운 건 날씨 때문이야. 하지만 이렇게 방향이 수시로 변하면 좀 난감하군. 산에 오르고 나서 벌써 이삼 리는 걸었지?"

"물집이 잡힌 걸 보면 십 리는 걸은 거 같아."

"하하하, 연기가 앞에 있었는데 이젠 저 뒤편으로 보이네. 그러면 우린 구마모토 쪽으로 이삼 리 가까워진 건가."

"말하자면 산에서 그만큼 멀어진 거지."

"그러고 보니 그렇군. 어이, 저 연기 옆쪽에서 새로운 연기가 보이기 시작했어. 아마 저건 새로운 분화구겠지. 뭉게뭉게 피어오르는 걸 보면 바로 앞에 있는 것 같은데, 왜 갈 수 없는 걸까? 분명 이 산 바로 뒤편인데 길이 없으니 곤란하군."

"길이 있어도 글렀어."

"봐, 구름인지 연기인지 분간 못할 새까만 게 이쪽으로 오고 있어. 장관이군. 그치?"

"응."

"어때? 이런 굉장한 풍경은 이런 때 아니면 좀체 볼 수 없어. 흠, 시커먼 게 내리는데. 자네 머리가 큰일이군. 내 모자를 빌려 줄게. 이렇게 쓰고서 수건 있지? 날아가면 안 되니 위로 단단히 묶어. 내가 묶어 줄게. 우산은 접는 게 좋겠어. 어차피 바람을 거스르기만 할 테니, 그리고 지팡이로 삼는 거야. 지팡이가 있으면 조금 걷기 편할 거야."

"좀 걷기 편해졌어. 비바람이 점점 심해지는 거 같아."

"그래. 아깐 갤 거 같았는데. 비바람은 이제 괜찮은데 발은 아직 아파?"

"아파. 올라올 땐 물집이 세 개였는데 이젠 온통 물집투성이야."

"이따 밤에 내가 담배꽁초를 밥풀로 개서 고약을 만들어 줄게."

"숙소에 도착하면 어떻게든 될 텐데⋯⋯."

"걸을 때가 문제군."

"응."

"큰일이군. 어디 높은 데 오르면 사람이 다니는 길이 보일 텐데. 아, 저기 풀이 난 높은 언덕이 보이지?"

"저기 오른쪽 말이야?"

"응. 저 위에 올라가면 틀림없이 분화구가 한눈에 보일 거야. 그러면 길도 알 수 있어."

"그렇지만 저곳에 가기 전에 날이 저물어버릴 거야."

"잠깐만, 시계 좀 보고. 네 시 팔 분이니 아직 저물진 않을 거야. 자넨 여기서 기다리고 있어. 내가 잠깐 살피고 올 테니."

"그러다 돌아오는 길을 헤매면 그게 더 큰일이야. 서로 떨어져버리니 말야."

"괜찮아. 어찌되더라도 죽을 염려는 없어. 혹 무슨 일이 있으면 큰소리로 부를 게."

"응, 꼭 불러야 돼."

게이는 자욱하게 떠다니는 구름과 연기 속으로 거침없이 나아간다. 로쿠는 불안한 모습으로 혼자 참억새 속에 서서 믿음직한 벗의 뒷모습을 바라보고 있다. 얼마 지나지 않아 게이의 모습이 풀 속으로 사라졌다.

거대한 산은 오 분쯤 지날 때마다 한 번씩 평소보다 격렬하게 울부짖는다. 그럴 때마다 비와 연기가 일순 흔들리더니 여세를 몰아 힘없이 서 있는 로쿠의 몸 옆으로 사정없이 휘몰아치곤 한다. 풀은 눈길이 가닿는 전부를 뒤덮고 연기 속에서 일제히 흔들리는데 그 위를 쏴아 하고 비가 내달린다. 거대한 구름은 풀과 비 사이를 거침없이 떠다닌다. 로쿠는 건너편 풀 언덕을 응시하며 몸을 떨고 있다. 재가 스민 물방울이 로쿠의 아랫배까지 스며든다.

독을 품은 듯한 검은 연기가 일곱 번 길게 소용돌이치다 돌연 하늘로 치솟은 순간, 로쿠가 밟고 있는 땅이 지진처럼 흔들린 듯하더니 산울림이 다소 잦아들었다.

"어어이!"

그러자 아래쪽에서 부르는 소리가 들린다. 로쿠는 두 손을 귀 뒤에 갖다댔다.

"어어이!"

분명 부르는 소리였다. 신기하게도 목소리는 묘하게 발밑에서 솟아나고 있었다.

"어어이!"

로쿠는 저도 모르게 소리를 길라잡이 삼아 튀어나갔다.

"어어이!"하고 폐가 쪼그라들 만큼 새된 목소리를 쥐어짜내자 굵은 목소리가 풀 아래쪽에서 "어어이!"하고 대답한다. 게이가 분명하다.

　로쿠는 가슴팍까지 오는 참억새를 무턱대고 헤치며 목소리가 들리는 쪽으로 성큼성큼 나아간다.

　"어어이!"

　"어어이, 어디야?"

　"어어이, 여기야!"

　"어디냐고!"

　"여기라고. 무턱대고 오면 위험해. 떨어져."

　"어디로 떨어졌어?"

　"여기로 떨어졌어. 조심해!"

　"조심하는데, 어디로 떨어진 거야?"

　"떨어지면 발의 물집이 아플 거야."

　"괜찮아. 어디로 떨어진 거야."

　"여기야. 거기서 더 앞으로 나오지 마. 내가 그쪽으로 갈 테니, 거기서 기다리고 있어."

　게이의 굵고 탁한 목소리가 땅속을 뚫고 점점 가까워진다.

　"어이, 떨어졌어."

　"어디로 떨어졌는데?"

　"안 보여?"

　"안 보여."

　"그럼 조금 더 앞으로 와."

"아니, 이건 뭐야?"

"풀 속에 이런 게 있으니 위험해."

"어떻게 이런 골짜기가 있지."

"용암이 흐른 흔적이야. 봐, 안쪽은 갈색이고 풀 한 포기도 자라지 않아."

"그렇군. 성가신 게 다 있군. 자네, 올라올 수 있어?"

"어떻게 올라가. 높이가 사 미터나 되는데."

"큰일이군. 어떻게 하지."

"내 머리가 보여?"

"까까머리 한쪽이 조금 보여."

"저기."

"응."

"참억새 위에 엎드려서 얼굴만 골짜기 위로 내밀어봐."

"알았어. 지금 얼굴을 내밀 테니 기다리고 있어."

"응, 기다릴게. 여기야."

게이는 박쥐우산으로 벼랑 안쪽을 탁탁 친다. 로쿠는 소리를 가늠하더니 젖은 참억새 위에 넙죽 배를 대고 조심조심 목만 벼랑 위로 내밀어 소리친다.

"어이."

"어이, 물집은 어때? 아파?"

"물집 따위 상관 말고 빨리 올라와."

"하하하, 걱정 마. 바람이 불지 않아서 아래쪽이 오히려 편안해."

"편안해도 곧 날이 저물 테니 빨리 올라와."

"저기."

"응."

"손수건 있어?"

"있어. 뭐 하려고?"

"떨어질 때 돌에 채어 비틀거리다 발톱이 벗겨졌어."

"발톱이? 아파?"

"조금 아파."

"걸을 수 있어?"

"걸을 수 있고말고. 손수건 있으면 던져줘."

"찢어서 줄까?"

"아니, 내가 찢을 테니 둥글게 말아서 던져줘. 바람에 날아가면 안 되니 단단히 말아서 던져야 돼."

"흠뻑 젖었으니 괜찮아. 날아갈 염려는 없어. 됐어? 던진다. 받아."

"꽤 어두워졌군. 연기는 여전히 피어오르고 있어?"

"응, 하늘이 온통 연기투성이야."

"심하게 울리지는 않아?"

"아까보다 더 심해진 거 같아. 손수건은 찢었어?"

"응, 찢어서 붕대로 만들었어."

"괜찮아? 피가 나진 않아?"

"버선 위에 비와 함께 배어 있어."

"아프겠다."

"뭐, 아프지만 아프다는 건 살아 있다는 증거야."

"나는 배가 아파졌어."

"젖은 풀 위에 배를 대고 있으니까 그래. 그만 됐으니 일어서."

"일어서면 자네 얼굴이 안 보여."

"난감하군. 차라리 이리로 뛰어내리지 않을래?"

"뛰어내려서 어떻게 하려고?"

"못 뛰어내려?"

"못 뛰어내릴 것도 없지만……, 뛰어내려서 어떻게 하려고?"

"같이 걷는 거지."

"그러고 어디로 갈 생각인데?"

"어차피 분화구에서 산기슭까지 흘러내린 용암 길이니 이 구멍 안을 걸어가면 어딘가로 나갈 거야."

"하지만."

"하지만 싫다고? 싫으면 어쩔 수 없지."

"싫진 않지만……, 그보다 자네가 올라올 수 있으면 좋은데 말야. 자네가 어떻게든 올라오지 않을래?"

"그럼 자네는 이 구멍 가장자리를 따라서 걸어. 나는 구멍 아래에서 걸을 테니. 그렇게 하면 위아래에서 얘기할 수 있으니 괜찮지?"

"가장자리에 길이 있을 리 없잖아."

"풀뿐이야?"

"응. 풀이 말이지……."

"응."

"가슴께까지 자라 있어."

"아무튼 난 못 올라가."

"못 올라온다니, 그럼 어쩔 수 없군. 어이……, 어이……, 어이 하고 부르는데 어이, 왜 잠자코 있어?"

"으응."

"괜찮아?"

"뭐가?"

"말은 할 수 있어?"

"할 수 있지."

"근데 왜 잠자코 있는 거야?"

"삼깐 생각 좀 하느라고."

"뭘?"

"구멍에서 나갈 방법을."

"근데 대체 어쩌다 그런 곳에 떨어진 거야?"

"자네를 빨리 안심시키려고 풀 언덕만 바라보고 있다가 그만 발밑을 못 보고 떨어져버렸어."

"그럼 나 때문에 떨어진 거나 다름없군. 미안하니, 어떻게든 올라올 순 없어?"

"글쎄…… 뭐, 난 상관없어. 그보다 자네나 빨리 일어서. 그렇게 차가운 풀 위에 엎드려 있으면 배에 안 좋아."

"배 따윈 어찌되든 괜찮아."

"아프지 않아?"

"이프긴 아파."

"그러니까 아무튼 일어나. 그동안 난 여기서 나갈 방법을 생각해볼 테니."

"생각나면 불러. 나도 생각할 테니."

"알았어."

한동안 대화는 끊긴다. 풀 속에 서서 로쿠가 불안하게 사방을 둘러보자 맞은편 풀 언덕에 부딪힌 검은 구름이 봉우리 중턱에서 와르르 무너져 내리더니 바다처럼 탁한 구름이 머리에서 이 미터 떨어진 곳까지 몰려온다. 시간은 어느새 다섯 시가 다 됐다. 안 그래도 산속은 어둑어둑해질 무렵이다. 끊임없이 휙휙 불어대는 바람은 불어올 때마다 먼 곳에서 어두운 밤을 싣고 온다. 시시각각 닥쳐오는 저물녘 어스름 속에서 폭풍이 만(卍) 자로 휘몰아친다. 분화구에서 불어나오는 무수한 연기는 모조리 만 안으로 휩쓸려 들어가 폭풍과 한몸이 되어 세상을 온통 거무스름한 빛으로 물들인다.

"어이, 거기 있어?"

"있어. 뭔가 생각났어?"

"아니. 산의 상황은 어때?"

"점점 험악해지기만 해."

"오늘이 며칠이지?"

"오늘은 9월 2일이야."

"어쩌면 이백십일16)일지 모르겠군."

---

16) 24절기 이외의 절기 중 하나로 입춘부터 210일째 되는 날을 말하며, 날짜는

대화는 다시 끊긴다. 이백십일의 바람과 비와 연기가 눈에 보이는 풀들을 전부 뒤덮어 백 미터 앞에서 일렁이는 모습마저 잘 보이지 않는다.

"곧 날이 저물어. 어이, 거기 있어?"

골짜기 안의 사람은 이백십일의 바람에 날아가버렸는지 아무런 대답이 없다. 아소산은 당장 무너질 듯 우우웅 울부짖는다.

로쿠는 얼굴이 새파래져서 작대기처럼 다시 풀 위에 배를 대고 엎드렸다.

"어어이, 거기 없어?"

"어어이, 이쪽이야."

어둑어둑한 골짜기 바닥의 오십 미터쯤 올라간 곳에서 하얀 물체가 흐릿하게 움직이고 있다. 손짓을 하고 있는 듯하다.

"왜, 그런 곳에 있어?"

"여기서 올라가려고."

"올라올 수 있어?"

"올라갈 수 있으니 빨리 와."

로쿠는 배가 아픈 것도 발의 물집도 잊고 도망 나온 토끼처럼 튀어나갔다.

"어이, 이쪽이야?"

"거기야. 거기서 머리를 좀 내밀고 봐줘."

대략 9월 1일이나 2일쯤이다. 음력 팔월 초하루(팔삭), 이백이십일과 더불어 농가의 삼대 액일인 이날은 태풍이 오거나 바람이 강하게 불어 일본 각지에서 풍진제(風鎭祭)를 올린다. 또 소세키가 작품을 발표한 1906년의 이백십일은 9월 2일로 소설에서도 9월 2일이 이백십일이지만, 소세키가 실제로 아소산을 오른 1899년의 이백십일은 9월 1일이었다.

"이렇게? 정말, 여긴 상당히 낮군. 이 정도면 내가 박쥐우산을 위에서 내밀 테니 그걸 붙잡고 올라올 수 있을 거야."

"우산 가지곤 안 돼. 저기, 미안한데."

"전혀 미안할 거 없어. 어떻게 할까?"

"허리띠를 풀어 끝을 우산 손잡이에 묶어. 자네 우산 손잡이는 구부러졌지?"

"구부러졌지. 그것도 아주 많이 구부러졌어."

"그 구부러진 곳에 묶어줘."

"묶을 게. 바로 묶을 게."

"다 묶으면 허리띠 끝을 아래로 내려줘."

"내려줄게. 식은 죽 먹기야. 걱정 말고 기다려……. 자, 긴 동아줄이 하늘에서 내려왔지?"

"우산을 단단히 붙잡고 있어야 해. 내 몸무게는 육십육 킬로나 되니까 말야."

"몇 킬로든 괜찮아. 안심하고 올라와."

"준비됐어?"

"준비됐어."

"자, 올라간다……. 아, 위험해. 그렇게 끌려 내려오면……."

"이번엔 괜찮을 거야. 이번 건 시험해본 거야. 자, 괜찮으니 올라와."

"자네가 미끄러지면 둘 다 떨어진다고."

"이젠 괜찮다니까. 방금은 우산을 잘못 잡아서 그래."

"발을 참억새 밑동에 대고 버티고 있어. 너무 앞쪽에서 버티면 벼랑이 무너져 발이 미끄러질 거야."

"알았어. 됐어. 자, 올라와."

"발에 힘을 주고 버티고 있어? 아무래도 이번에도 위험한 거 같은데."

"어이."

"왜?"

"자네, 내가 힘이 없을까봐 걱정하는 거지?"

"응."

"나도 어엿한 사내야."

"당연하지."

"당연하면 안심하고 나를 믿으면 돼. 몸집은 작지만 친구 한 명쯤은 골짜기 밑바닥에서 구출할 수 있어."

"자, 올라간다. 으쌰⋯⋯."

"영차⋯⋯, 조금만 더."

물집으로 온통 부풀어 오른 양발을 참억새 밑동에 대고 버티는 로쿠는 이백십일의 비를 맨몸으로 맞으며 새우처럼 허리를 구부린 채 안간힘을 다해 우산 손잡이를 붙들고 있다. 수건으로 동여맨 밀짚모자 아래의, 잔뜩 힘을 주어 시뻘게진 얼굴로 아소산에서 불어오는 바람이 그대로 휘몰아치고 이를 악다문 뻐드렁니 위로는 사정없이 재가 떨어진다.

다행히 게주스(毛繻子)[17]를 댄 팔각 박쥐우산 손잡이는 굵은 옹이들이 박힌 튼튼한 자연목이어서 부러질 염려는 없다.

---

17) 날실은 면사, 씨실은 모사로 짠 매끈하고 윤이 나는 직물.

활 모양으로 휜 자연목 한쪽 끝에 묶은 나루미시보리(鳴海絞
り)18) 허리띠는 흡사 사쓰마(薩摩) 강궁(強弓)19)에 새로 건
활시위처럼 참억새를 헤치고 팽팽하게 골짜기 안까지 뻗어 있
다. 얼마 지나지 않아 그 뻗어 있는 부근에서 커다란 까까머리가
불쑥 나타났다.

영차 하는 소리와 함께 두 손이 벼랑 끝을 붙잡는가 싶더니
까까머리의 상체가 허리춤에 비스듬히 찔러 넣은 박쥐우산과
함께 골짜기 위로 솟아올랐다. 그와 동시에 로쿠는 참억새 바닥
에 벌렁 뒤로 자빠졌다.

5

"어이, 밥 먹을 시간이야. 안 일어나?"

"응, 안 일어나."

"배 아픈 건 나았어?"

"거의 나았는데 이런 상태라면 언제 다시 아플지 모를 거
같아. 아무튼 우동의 저주이니 쉽게 나을 거 같지는 않아."

"그 정도로 말을 할 수 있는 걸 보니 다 나은 게 분명하군.
어때, 슬슬 나가지 않을래?"

"어디를?"

---

18) 나고야(名古屋) 지방의 나루미에서 홀치기(絞り) 염색으로 만드는 전통 모직
물.
19) 사쓰마는 규슈 가고시마 현의 옛 지명. 사쓰마의 기리시마(霧島)에서 만드는
활은 내습성이 뛰어나고 빠르고 관통력이 좋아 실전에 최적이라고 한다. 특히
메이지 시대부터 다이쇼 시대에는 대부분 사쓰마 활을 사용했다고 한다.

"아소산에."

"아소산에 또 가려고?"

"물론이지. 아소에 가려고 온 건데 안 갈 순 없잖아."

"그랬었나. 그런데 유감스럽게도 물집 때문에 어쩔 수가 없어."

"물집은 아파?"

"물집이 문제가 아니라 이렇게 누워만 있어도 머리가 지끈지끈거려."

"담배꽁초를 그렇게 대줬는데 왜 효과가 전혀 없지."

"담배꽁초로 효과가 있으면 더 큰일이지."

"그래도 붙여줄 땐 아주 고마워했으면서."

"나을 줄 알았으니까."

"근데 자네 어제 화났지?"

"언제?"

"알몸으로 박쥐우산을 잡아당길 때 말야."

"사람을 너무 무시하니까."

"하하하, 그래도 덕분에 골짜기에서 나올 수 있었어. 자네가 화내지 않았으면 난 지금쯤 골짜기 바닥에서 죽어버렸을지도 몰라."

"물집이 터지는 것도 개의치 않고 잡아당기는 것도 모자라 알몸으로 참억새 속에 자빠졌는데도 자넨 고맙다는 말은커녕 아무 말도 하지 않았어. 자넨 인정머리 없는 사내야."

"그 대신 이곳까지 업고 왔잖아."

"업고 오다니? 내 발로 걸어왔는데."

"그럼 여기가 어딘지 알아?"

"사람을 너무 놀리는군. 여기가 어디냐니, 아소마치(阿蘇町)[20]지. 게다가 아무튼 억지로 우동을 먹었던 데서 맞은편으로 세 집 건너 마차 여관 아냐. 산속에서 반나절이나 돌아다니다 간신히 내려왔는데 제자리라니, 얼마나 바보 같던지. 앞으로 자네의 천우는 안 믿을 거야."

"이백십일인 줄도 모르고, 미안해."

"그렇게 산속에서 연극 대사 같은 말만 하고."

"하하하, 하지만 그때는 정말 감동해서 응, 응, 했잖아."

"그땐 감동했지만 지금 생각해보면 내가 멍청했어. 자넨 그때 진심이었어?"

"흐음."

"농담이었지?"

"어느 쪽이라고 생각해?"

"어느 쪽이든 상관없지만 진심이라면 충고하고 싶군."

"그때 내 이력을 들려달라며 울었던 건 누구지?"

"울긴 누가. 발이 아파서 불안해졌던 거야."

"그래도 오늘은 아침부터 너무 팔팔한데. 어제와는 완전히 다른 사람을 보는 거 같아."

"발이 아픈데도 말이지? 하하하. 실은 너무 바보 같아서 화를

---

20) 구마모토 현 아소 군에 있던 마을(町)로 아소산 북동쪽 산기슭에 있었으나, 2005년 2월 이치노미야마치(一の宮町), 나미노손(波野村)과 합쳐져 아소 시로 새로 태어났다.

좀 내본 거야."

"나한테?"

"달리 화를 낼 사람이 없으니 어쩔 수 없잖아."

"핑계 대긴. 어쨌든 죽을 먹을 거면 주문해줄까?"

"죽도 죽이지만, 먼저 마차가 몇 시에 출발하는지 물어봐줘."

"마차로 어딜 가려고?"

"어디라니, 구마모토지."

"돌아갈 거야?"

"돌아가지 않으면 어쩌려고? 이런 곳에서 말과 동거하다간 얼마 못 살걸. 어젯밤, 머리맡에서 판자벽을 쿵쿵 차는 데는 정말이지 질려버렸어."

"그랬어? 나는 전혀 몰랐는데. 그렇게 소리가 심했어?"

"그 소리를 못 들었다니 강건당이 분명해. 자네는 정말 얄미우리만치 잠을 잘 자는 사내야. 이력을 들려준다느니 의사의 일기를 얘기한다느니, 나한테 그렇게 굳게 약속해놓고 막상 때가 되니 정신없이 잠만 자더군. 게다가 코까지 심하게 골면서……."

"그랬어? 이거 실례를 범했군. 너무 피곤했었어."

"근데 날씨는 어때?"

"아주 좋아."

"날씨도 도움이 안 되는군. 어제 갔으면 좋았을 것을. 그런데 세수는 했어?"

"세수는 벌써 했지. 아무튼 안 일어나?"

"일어나라고? 이대론 못 일어나. 알몸으로 잤으니 말이야."

"나는 알몸으로 일어났어."

"제멋대로군. 아무리 두붓집에서 자랐다지만 너무 심해."

"뒤편에 가서 찬물로 목욕하고 있는데 주인아줌마가 옷을 가져다줬어. 다 말랐는데 온통 쥐색이더군."

"말랐으면 가져다달라고 해야지."

로쿠는 힘차게 짝짝 손뼉을 친다. 부엌 쪽에서 대답을 한다. 남자 목소리다.

"저건 마부야?"

"주인일지도 몰라."

"그런가. 누워서 점을 쳐봐야지."

"점을 쳐서 뭘 하려고?"

"점을 친 다음 자네와 내기를 하는 거지."

"난 내기 따윈 안 해."

"자, 마부일까, 주인일까."

"어느 쪽일까."

"자, 빨리 정해. 오고 있잖아."

"그럼, 주인으로 할게."

"자넨 주인, 난 마부야. 진 사람이 오늘 하루 종일 명령에 복종하는 거야."

"난 그렇게 정한 적 없어."

"잘 주무셨는지요. 부르셨습니까?"

"응, 불렀네. 내 옷 좀 가져다주게. 다 말랐나?"

"예에."

"그리고 속이 안 좋으니 죽을 끓여다주게."

"예에. 두 분 모두……."

"난 그냥 밥이면 충분하네."

"그럼 한 분만."

"맞네. 그리고 마차는 몇 시 몇 시에 출발하는가?"

"구마모토 왕복은 여덟 시와 한 시에 출발합니다."

"그럼 여덟 시에 출발하는 걸로 할 테니."

"예에."

"자네 기어코 구마모토로 돌아가려고? 기껏 여기까지 와서 아소에 오르지 않으면 온 보람이 없지 않아?"

"어쩔 수 없잖아."

"기껏 여기까지 왔는데."

"기껏 자네 명령 때문에, 기껏 여기까지 온 건 틀림없지만, 물집이 이러니 이럴 수도 저럴 수도……, 천우를 헛되이 하는 수밖에 달리 도리가 없잖아."

"발이 아프면 어쩔 수 없지만……. 아쉽군, 기껏 작정을 하고 왔는데……. 봐, 날씨가 정말 좋아."

"그러니 자네도 같이 돌아가. 기껏 같이 왔는데 같이 돌아가지 않는 건 이상하잖아."

"하지만 아소에 오르려고 왔는데 오르지 않고 돌아가버리면 미안하잖아."

"누구한테 미안한데?"

"내 주의(主義)한테 미안해."

"또 주의 타령. 융통성 없는 주의군. 그럼 일단 구마모토로 돌아갔다가 다시 오세."

"다시 오는 건 미안한 마음이 들어서."

"미안할 것도 참 많군. 자넨 너무 고집이 세."

"그렇지도 않아."

"지금까지 단 한 번도 내 말을 들은 적이 없잖아."

"몇 번 있어."

"무슨, 한 번도 없어."

"어제도 들었잖아. 골짜기에서 올라온 뒤 내가 산에 오르자고 주장한 걸 자네가 계속 내려가자고 해서 여기까지 돌아왔잖아."

"어제는 특별했잖아. 이백십일이었는걸. 그 대신 난 우동을 몇 그릇이나 먹었잖아."

"하하하, 아무튼……."

"뭐, 됐어. 담판은 나중에 짓고 지금은 사람이 기다리고 있으니……."

"그렇군."

"어이, 자네."

"응."

"자네 말고. 어이, 자네 여관 선생."

"예에."

"자넨 마부인가?"

"아니요."

"그럼 주인인가?"

"아니요."

"그럼 뭔가?"

"일꾼입니다……."

"이런 이런, 둘 다 틀렸군. 어이, 저 사내는 마부도 주인도 아니라는데."

"응, 근데 그게 뭐?"

"뭐라니……. 뭐, 아무튼 됐어. 자넨 그만 가도 되네."

"예에. 그럼 두 분 모두 마차로 나가시는지요?"

"지금 그걸로 옥신각신 중이네."

"헤헤헤. 여덟 시 마차는 곧 채비가 끝날 겁니다."

"응, 여덟 시 선에 담판을 지을 테니 일단은 나가 있세."

"헤헤헤, 그럼 쉬십시오."

"어이, 가버렸네."

"가는 게 당연하지. 자네가 가라가라 재촉했으니."

"하하하, 저 사낸 마부도 주인도 아니라는데, 곤란하군."

"뭐가 곤란해?"

"뭐라니. 난 이렇게 생각했거든. 저 사내가 마부라고 말하면 내가 내기에 이기는 거니 자네는 무조건 내 명령에 복종하지 않으면 안 된다고."

"복종은 무슨, 난 그런 약속한 적 없어."

"뭐, 한 것으로 간주한 거지."

"자기 마음대로?"

"애매모호하게 말이야. 그래서 자넨 나와 함께 구마모토로 돌아가야 한다는 이야기지."

"이야기가 그렇게 되나?"

"그리 생각해서 기뻐하고 있었는데 일꾼이라니 어쩔 수 없군."

"그야 본인이 일꾼이라고 주장하니 어쩔 수 없잖아."

"만일 마부입니다 하고 말했다면 난 그자에게 삼십 전을 줄 심사였는데 바보 같은 사람."

"아무것도 한 게 없는데 삼십 전이나 줄 필요는 없어."

"근데 자넨 그저께 밤에 속발 하녀에게 이십 전이나 줬잖아."

"잘도 아는군. 그 하녀는 단순해서 마음에 들었는걸. 귀족이나 부자보다 존경할 만한 자격이 있어."

"또 나왔군. 귀족이나 부자 얘기를 하지 않는 날이 없군."

"그야 하루에 몇 번 말해도 부족할 정도로 악독하고 뻔뻔한 자들이니까."

"자네가?"

"무슨, 귀족과 부자 말이야."

"그런가."

"가령 오늘 나쁜 짓을 했는데 성공하지 못했다."

"성공하지 못하는 게 당연하지."

"그러면 똑같은 나쁜 짓을 내일도 하는 거야. 그래도 성공하지 못하면 내일모레 또 똑같은 짓을 하는 거지. 성공할 때까지 매일매일 똑같은 짓을 하는 거야. 삼백육십오일, 칠백오십일

계속 나쁜 짓을 똑같이 반복하는 거야. 반복하다 보면 나쁜 짓이 언젠가 좋은 짓으로 뒤바뀐다고 생각하고 있는 거지. 언어도단이야."

"언어도단이군."

"그런 자들이 성공하게 내버려둔다면 사회는 엉망진창이 될 거야. 그렇지 않아?"

"사회는 엉망진창이야."

"우리가 세상을 살아가는 첫 번째 목적은 그런 문명의 괴물을 타도해서 돈도 힘도 없는 평민에게 다소나마 위안을 주는 데 있잖아?"

"있어. 응, 있어."

"있다고 생각하면 나와 함께해."

"응. 하겠어."

"꼭 할 거지? 정말?"

"꼭 할게."

"그럼 아무튼 아소에 오르자."

"응, 아무튼 아소에 오르는 게 좋겠군."

두 사람의 머리 위에서는 이백십일일의 아소가 우우웅 하고 백년의 불평을 끝없이 펼쳐진 푸른 하늘에 토해내고 있다.

외 과 실
이즈미 교카

이즈미 교카(泉鏡花, 1873~1939)

    가나자와 출생. 본명은 교타로. 아버지는 솜씨 좋은 조금사(彫金師)였고 어머니 스즈는 고수(藏手)의 딸이었다. 교카 문학에는 아버지에게서 물려받은 장인의 피와 어머니에게서 물려받은 예능의 피가 하나로 흐르고 있다. 가나자와의 미션스쿨에서 수학했다. 1890년에 소설가가 되기 위해 상경, 1891년에 오자키 고요의 문하생이 되었다. 1893년 교토 『일출신문』에 「간무리 야자에몬」을, 1894년 『요미우리신문』에 「의혈협객」을 연재했고, 1895년에 「야행순사」, 「외과실」을 당시 최대의 문예지 중 하나였던 『문예구락부』에 발표하기에 이르러 관념소설이라 불리게 되었으며 신진작가로 각광을 받았다.

이즈미 교카문학상

    가나자와 시 출생인 이즈미 교카의 탄생 백 년을 기념하여 1973년 가나자와 시에서 제정한 문학상. 가나자와 시와 지연이 있는 작가를 대상으로 소설과 희곡 등 단행본 중에서 연 1회 선정한다.

상

순전히 호기심 때문에, 나는 내가 화가인 점을 들어 이런저런 구실과 함께 형제나 다름없는 의사 다카미네(高峰)에게 억지를 부려 그날 도쿄의 한 병원에서 그가 집도를 맡은 기후네(貴船) 백작부인의 수술에 참관하게 되었다.

그날 오전 아홉 시가 넘었을 무렵 집에서 나와 인력거를 타고 병원으로 향했다. 곧장 외과실 쪽으로 향했는데 맞은편에서 문을 밀고 나오는, 귀족의 하녀로 보이는 예쁜 여자 두세 명과 복도 중간에서 마주쳤다.

여자들은 사이에 히후(被布)[1]를 입은 일고여덟 살 소녀를 데리고 있었는데 바라보는 사이에 시야에서 멀어졌다. 그뿐 아니라 현관에서 외과실, 외과실에서 이층 병실을 오가는 긴 복도에는 프록코트를 입은 신사, 제복을 입은 무관, 하오리(羽織)와 하카마(袴)[2] 복장을 갖춰 입은 사람 외에도 귀부인과 아가씨 등 한결같이 기품 있는 사람들이 이쪽저쪽에서 서로 스치듯 걸어다니거나 무리를 지어 서 있었는데 흡사 베틀로 피륙을 짜는 듯 분주한 모습이었다. 나는 방금 병원 문 앞에서 보았던

---

1) 두루마기와 비슷한 부인이나 아이들의 외출용 의복으로 옷섶이 깊고 깃이 둥글다.
2) 하오리는 기모노 위에 입는 짧은 겉옷이며, 하카마는 하오리와 같이 입는 주름이 잡힌 넓은 치마 형태의 바지. 모두 격식을 차리는 예장용으로 입는다.

마사들을 떠올리곤 내심 고개를 끄덕였다. 그들은 하나같이 편치 않은 안색으로 침통해하거나 근심하고 안절부절못하고 있었는데, 적막한 병원의 높은 천장과 넓은 창호와 긴 복도 사이는 종종걸음으로 오가는 그들의 조급한 구두나 짚신 소리가 울려퍼져 한층 음산한 분위기를 자아내고 있었다.

나는 잠시 후 외과실로 들어갔다.

마침 나와 눈이 마주친 다카미네는 입가에 미소를 지으며 양손을 깍지 낀 채 몸을 약간 뒤로 젖혀 의자에 기댔다. 새삼스러울 것도 없는 일이지만, 일본 상류사회 전체의 희비가 달려있다고 해도 좋을 만큼 막중한 책임을 짊어지고 있는 몸임에도 마치 만찬 자리에 임하는 것처럼 태연하고 침착한 이는 아마 그 말고는 없을 것이다. 조수 세 명과 입회자인 의학박사 한 명 외에 적십자 간호사 다섯 명이 있었다. 간호사들은 가슴에 훈장 같은 것을 달고 있었는데 어떤 지체 높은 분에게 특별히 하사받은 것도 있는 듯했다. 이들 외에 여자는 없었다. 입회한 이들은 아무개 공작, 아무개 후작, 아무개 백작이었는데 모두 친족이었다. 그리고 뭐라 형용할 수 없는 근심어린 안색을 하고 서 있는 이가 바로 병자의 남편인 백작이었다.

이렇듯 실내외에서 많은 이들이 근심스럽게 지켜보는 가운데 먼지조차 헤아릴 수 있을 듯 환하게 불을 밝힌, 게다가 어쩐지 결코 범접해서는 안 될 것처럼 느껴지는 외과실 중앙의 수술대 위에 백작부인이 있었다. 그녀는 순결한 백의를 걸치고 시체처럼 누워 있었는데 얼굴빛은 백지처럼 새하얗고 코는 오뚝하고 아래턱은 가냘팠으며 손발은 비단마저 버거워하는 듯 보였다. 창백한 입술 사이로 구슬 같은 앞니가 어렴풋이 보이고 눈은 지그시 감고 있었지만 어쩐지 눈썹은 찌푸리고 있는 것처럼 보였다. 힘없이 묶은 머리카락은 치렁치렁 머리맡에 흐트러져 수술대 위로 흘러넘쳤다.

나는 그 연약하면서 기품 있고 순수하며 고귀한 병자의 아름다운 모습을 보자마자 오싹 한기를 느꼈다.

문득 다카미네를 바라보니 그는 한 방울 감정의 동요도 없는 듯 무심하고 태연한 모습이었는데 실내에서 의자에 앉아 있는 건 오직 그뿐이었다. 그 더없이 침착한, 이를 믿음직하다고 할 수 있겠으나, 백작부인의 그런 용태를 본 내 눈에는 오히려 얄밉게만 보였다.

때마침 아까 복도에서 마주쳤던 세 명의 하녀 중 유달리 눈에 띄었던 여자가 조심스레 문을 밀고 조용히 안으로 들어오더니 기후네 백작에게 가라앉은 목소리로 고했다.

"나리, 아가씨는 간신히 울음을 그치시고 별실에 얌전히 계십니다."

백작은 아무 말도 하지 않고 고개를 끄덕였다. 간호사가 다카미네 앞으로 가서 말했다.

"선생님, 그럼 이제."

"알았네."

이렇게 말하는 다카미네의 목소리가 다소 떨리는 듯 내 귀에 들렸는데 어찌된 일인지 그의 얼굴빛이 갑자기 조금 변한 듯했다.

결국 아무리 의사라고 해도 지금과 같은 상황에 임하면 걱정되기 마련이라는 생각이 들어 나는 동정을 표했다. 간호사는 다카미네의 의사를 확인한 후 하녀에게 말했다.

"이제 준비가 되었으니, 그 일에 대해 말씀을……."

그 말을 들은 하녀가 수술대로 다가가서 두 손이 무릎께까지 닿도록 정숙하게 인사를 하고 고했다.

"마님, 이제 약을 올리겠습니다. 모쪼록 그걸 드시고 숫자든 무엇이든 헤아려주십시오."

백작부인이 대답을 하지 않자 하녀는 황송해하며 다시 말했다.

"제 말을 들으셨는지요?"

"아아."

부인이 신음하듯 말하자 하녀가 다시 확인했다.

"그럼 허락하신 걸로 알겠습니다."

"무엇을, 마취제 말이냐?"

"예, 수술이 끝날 때까지 잠깐 동안이지만 주무시지 않으면 안 된다고 합니다."

부인은 잠자코 생각하더니 명료한 목소리로 말했다.

"아니, 그만두어라."

모두들 서로의 얼굴을 쳐다보았다. 하녀가 타이르듯 말했다.

"마님, 그럼 치료를 할 수 없습니다."

"아, 못 해도 괜찮아."

하녀가 할 말을 잃고 뒤를 돌아 백작의 안색을 살피자 백작이 앞으로 나왔다.

"부인, 어찌 그런 말을 하시오. 못해도 괜찮다니 그런 말이 어디 있소. 억지를 부리면 안 되오."

옆에 있던 후작이 거들었다.

"너무 억지를 부리면 따님을 데리고 와서 보여주는 게 좋겠군. 빨리 낫지 않으면 어쩔 셈인지."

"네."

"그러면 허락하시는 것인지요?"

하녀가 사이에서 중재를 해도 부인은 무거운 머리를 흔든다. 간호사 한 명이 다정한 목소리로 말했다.

"왜 그렇게 싫어하시는지요? 절대 이상한 게 아닙니다. 잠깐 잠이 드시면 금방 끝이 납니다."

이때 부인의 눈썹이 꿈틀거리고 입술이 일그러지며 순간 고통을 참는 듯하더니 눈을 반쯤 뜨고 말했다.

"그렇게 강요하니 어쩔 수 없군요. 내겐 마음속에 비밀 하나가 있는데 마취제는 헛소리를 하게 만든다니 그것이 너무 무서워요. 잠들지 않고는 치료하지 못한다면 낫지 않아도 괜찮으니 그만둬요."

들은 대로라면 백작부인은 마음속 비밀을 잠결에 다른 이에게 털어놓는 것이 두려워 죽기를 각오하고 비밀을 지키려는 것인 듯했다. 그 말을 들은 남편의 심정은 어떠할까. 만일 평소에 그런 말을 했다면 분명 큰 분란이 일어났을 테지만 병자를 돌봐야 하는 입장이니 어떤 일이라도 불문에 부칠 수밖에 없을 것이다. 하물며 본인의 입으로 다른 사람에 말할 수 없는 비밀이 있다고 단호히 말하는 부인의 심중을 헤아린다면 더욱 그럴 것이다. 백작이 온화하게 말했다.

"내게도 말할 수 없는 것이오. 부인?"

"네, 그 누구에게도 말할 수 없습니다."

부인의 모습은 결연했다.

"마취를 한다고 다 헛소리를 하는 건 아니라고 하오."

"아니요. 이토록 가슴속에 품고 있으니 틀림없이 말할 거예요."

"어찌 그런, 또 억지를 부리는구려."

"부디 용서해주세요."

백작부인은 내뱉듯 이렇게 말하고 몸을 움직여 돌아누우려 했으나 아픈 몸을 마음대로 할 수 없어 이를 악무는 신음소리만 들려왔다. 얼굴빛이 변하지 않는 이는 오직 다카미네 한 명뿐이었다. 그는 무슨 영문인지 조금 전에 잠시 평정심을 잃었으나 지금은 다시 침착해져 있었다. 후작이 못마땅한 표정을 지으며 말했다.

"기후네, 이거 아무래도 딸을 데리고 와서 보여주어야겠군. 자식을 이기는 부모는 없으니 말이야."

백작이 고개를 끄덕이며 "흠, 아야(綾)."하고 부르자 "네."하고 하녀가 돌아본다.

"어서 딸을 데리고 오너라."

부인이 참지 못하고 만류한다.

"아야, 데려오지 마. 왜, 잠들지 않으면 치료를 못하죠?"

간호사가 궁색한 미소를 지으며 말했다.

"가슴을 조금 갈라야 하는데 움직이시면 위험하기 때문입니다."

"난 가만히 있을 테니, 움직이지 않을 테니 가르도록 해요."

나는 백작부인의 한없는 순진함에 그만 경악을 금할 수 없었다. 분명 오늘의 절개수술을 눈뜨고 지켜볼 수 있는 사람은 아무도 없을 테니 말이다. 간호사가 다시 말했다.

"부인, 아무리 그래도 다소나마 통증이 있습니다. 손톱을 깎는 것과는 다르니 말입니다."

그러자 부인이 눈을 번쩍 뜨디니 온전치 않은 정신과 달리 매서운 목소리로 말했다.

"집도하시는 분은 다카미네 선생님이시죠!"

"네, 외과과장이십니다. 아무리 다카미네 선생님이라 해도 아프지 않게 하실 수는 없습니다."

"괜찮아요. 아프지 않아요."

"부인, 부인의 병은 그리 가벼운 게 아닙니다. 살을 째고 뼈를 깎아내야 합니다. 잠시 동안만 참으십시오."

이때 입회한 의학박사가 처음으로 이렇게 말했다. 이 수술은 설령 관운장이라고 해도 도저히 참을 수 있는 것이 아니었다. 그러나 부인은 놀란 기색도 없이 말했다.

"그것은 알고 있습니다. 하지만 아무 상관없습니다."

"병이 너무 깊어 어떻게 된 듯하군."

백작이 걱정하자 옆에 있던 후작이 말했다.

"어쨌거나 오늘은 보류하는 게 어떻겠나? 나중에 천천히 설득하는 게 좋을 듯하네."

백작은 이의가 없는 듯했으며 다른 사람들도 모두 후작의 말에 동조하는 것을 본 의학박사가 반대했다.

"한시라도 지체하면 돌이킬 수 없습니다. 여러분들은 병을 너무 가벼이 여기고 계시는 게 문제입니다. 감정적으로 이러쿵저러쿵 말하는 건 임시방편에 불과합니다. 간호사, 부인을 붙잡도록 하게."

위엄 있는 명령에 부인을 둘러싼 다섯 명의 간호사가 팔과 다리를 누르려고 했다. 그들에게는 복종이 곧 책임이다. 단지 의사의 명령에 따르면 될 뿐 굳이 다른 이들의 감정을 고려할 필요는 없다.

"아야! 이리 와. 어서!"

부인이 숨이 넘어갈 듯 하녀를 불렀다.

"잠깐만 기다려주십시오. 마님, 제발 진정하십시오."

하녀가 황망히 간호사를 만류하며 울먹이는 목소리로 말하자 부인이 새파래진 얼굴로 말했다.

"제 말을 전혀 듣지 않는군요. 그렇다면 병이 나아도 전 죽어버릴 겁니다. 괜찮으니 이대로 수술을 하라고 하는데도……."

부인은 가늘고 새하얀 손으로 힘겹게 옷섶을 조금 풀더니 구슬 같은 가슴을 보였다.

"자, 죽는 한이 있어도 아프지 않아. 조금도 움직이지 않을 테니 괜찮아요. 갈라도 돼요."

이렇게 결연히 말하고 미동조차 하지 않았다. 지체 높은 몸으로 위엄 있게 주위를 물리자 모두들 일제히 숨을 삼키고 기침소리도 새어나오지 않았다. 정적이 흐르던 그 순간, 아까부터 전혀 미동도 하지 않고 어두운 얼굴로 지켜보고 있던 다카미네가 의자에서 가볍게 몸을 일으키며 말했다.

"간호사, 메스."

"네?"

간호사 한 명이 눈을 동그랗게 뜨고 망설였다. 모두들 일제히 아연실색하여 다카미네의 얼굴을 바라보고 있는데 다른 간호사 한 명이 조금 떨면서 소독한 메스를 집어 다카미네에게 건네주었다.

메스를 건네받은 다카미네는 그대로 뚜벅뚜벅 걸음을 옮겨 수술대로 다가갔다. 간호사가 주저하며 말했다.

"선생님, 이대로 괜찮으십니까?"

"음, 괜찮네."

"그럼 붙잡도록 하겠습니다."

다카미네는 손을 조금 들어 가볍게 만류했다.

"그럴 필요 없네."

이렇게 말했을 때, 그의 손은 이미 병자의 가슴을 풀어헤치고 있었다. 부인은 두 손이 어깨를 향하도록 팔짱을 낀 채 미동도 하지 않았다. 이윽고 다카미네가 맹세를 하듯 진중하고 엄숙한 목소리로 밀했다.

"부인, 책임을 지고 수술하겠습니다."

이때 다카미네의 모습은 너무나도 신성하여 범접할 수 없는 기이한 존재처럼 보였다.

"알겠습니다."

이렇게 말하는 부인의 창백한 두 뺨은 수줍은 듯 붉은빛으로 물들었다. 가만히 다카미네를 응시한 채 메스가 가슴을 향해 다가와도 눈을 감으려 하지 않았다. 어느새 눈 속에 핀 홍매화 같은 선혈이 가슴을 타고 흘러내려 백의를 물들이자 부인의 얼굴은 처음처럼 다소 창백해졌으나 정말로 태연히 발끝조차 움직이지 않았다.

상황이 여기에 이르기까지 다카미네의 움직임이 너무나 신속하여 시간이 얼마 걸리지 않았기 때문에 사람들은 물론이고 의학박사까지 백작부인의 가슴을 가르는 것을 만류할 틈이 없었다. 그제야 사람들은 저마다 와들와들 떨거나 얼굴을 감싸거나 등을 돌리거나 혹은 고개를 떨구었는데 나와 같은 이는 그만 심장까지 얼어붙을 것 같았다.

삼 초가 지나 수술이 점입가경에 접어들어 메스가 뼈에 닿았다 싶었을 때였다.

"아!"

지난 이십 일 동안 몸도 제대로 움직이지 못했다던 부인이 아연실색 깊은 신음을 쥐어짜며 흡사 기계처럼 윗몸을 벌떡 일으키더니 메스를 쥐고 있는 다카미네의 오른팔을 두 손으로 꽉 붙잡았다.

"아프십니까?"

"아니요. 당신이니까, 당신이니까요."

백작부인은 이렇게 말하고 힘없이 쓰러지면서 한없이 서글픈 마지막 눈으로 다카미네를 물끄러미 바라보았다.

"하지만 당신은, 당신은, 저를 모르시겠지요!"

그러나 이때는 이미 다카미네가 손에 든 메스에 다른 한손을 대고 가슴 아래를 깊숙이 가른 뒤였다. 다카미네는 새파래진 얼굴로 떨면서 말했다.

"잊지 않았습니다."

그 목소리, 그 숨결, 그 모습, 그 목소리, 그 숨결, 그 모습. 백작부인은 기쁜 듯 천진난만한 미소를 지으며 다카미네의 손을 놓고 베개에 머리를 푹 떨구더니 입술색이 변하였다.

이때 두 사람의 모습은 마치 두 사람 주위에 하늘도 땅도 없고 사회도 없으며 사람도 전혀 없는 듯했다.

하

헤아리자면 어느덧 구 년 전이다. 그 무렵 다카미네는 아직 의과대학 학생 신분이었다. 어느 날 나는 그와 함께 고이시카와 (小石川)3)의 식물원으로 산책을 나갔다. 오월 오일 철쭉이 만

---

3) 도쿄 분쿄(文京) 구에 있는 지명으로 인쇄나 제본공장을 비롯해 절과 학교가 입지한 지구. 도쿄 인근에서 가장 오래된 역사를 자랑하는 도쿄 대학 이학부 부속인 '고이시카와 식물원'과 공원인 고라쿠엔(後楽園) 등이 유명하다.

개한 날이었다. 그와 함께 향기로운 풀 사이를 거닐다 식물원 안의 공원인 연못을 둘러싸고 흐드러지게 핀 등꽃을 보았다.

발길을 돌려 저편 철쭉 언덕 위에 오르려 연못을 따라 걷고 있을 때, 맞은편에서 한 무리의 사람들이 걸어왔다.

양복차림에 비단모자를 쓰고 수염을 기른 남자 한 명이 앞에 서고 가운데 세 명의 여자를 호위하듯 뒤쪽에서도 똑같은 차림의 남자가 걸어왔다. 그들은 귀족이었는데 가운데 세 명의 여자들은 하나같이 차양이 깊은 양산을 받치고 기모노 자락 스치는 소리가 청명하게 들리는 걸음걸이로 미끄러지듯 천천히 걸어왔다. 그들과 스쳐 지나는 순간 다카미네는 저도 모르게 뒤를 돌아보았다.

"봤어?"

다카미네는 고개를 끄덕였다.

"으응."

이렇게 언덕에 올라 철쭉을 보았다. 철쭉은 아름다웠으나 단지 붉을 뿐이었다. 옆 벤치에는 장사꾼처럼 보이는 장정 둘이 앉아 있었다.

"요시(吉), 오늘 정말 좋은 구경했지?"

"그러게. 가끔은 네 말을 듣는 것도 좋은 거 같아. 아사쿠사(淺草)에 갔다가 여기 오지 않았다면 못 볼 뻔했어."

"아무튼 세 명이 함께 있으니 누가 복숭아꽃이고 벚꽃인지."

"한 명은 머리가 마루마게(丸髷)[4]잖아."

---

4) 기혼 여성의 머리 형태 중 하나로, 약간 평평한 쪽(髷)을 타원형으로 붙인 형태.

"어차피 곧 혼담이 성사될 테니 마루마게든 속발5)이든 아님 곱슬머리든 상관없어."

"그런데 그 머리 모양을 보면 분명 분킨6)으로 해야 하는데 이초(銀杏)7)로 한 거 같지 않아?"

"이초? 왜 납득이 안 돼?"

"응, 좀 이상해."

"그건 사람들 눈에 띄지 않도록 하기 위한 속셈이야. 그들 중 한가운데 여자가 도드라져 보였지? 바로 그 여자가 가짜 주인공이야."

"그럼 옷차림은 어땠는데?"

"연보라색이었던 듯해."

"쳇, 단지 연보라색이라니, 그것만 가지고는 알 수가 없잖아. 자네답지 않은데."

"너무 눈이 부셔서 고개를 숙이고 말았는데 도무지 고개를 들 수가 없었어."

"그래서 허리 아래에 눈독을 들인 거지?"

"바보 같은 소리, 불경스럽게. 봐도 뭔지 모를 만큼 찰라였어. 아아, 너무 아쉬워. 거기다 걷는 모습도 이렇게 살포시 구름을 타고 가는 듯했어. 걸음걸이나 몸동작을 감탄하며 본 건 오늘이

---

5) 메이지 시대 이후 유행한 여성의 머리 모양으로 머리를 뒤로 빗어 넘겨 한데 묶은 형태를 말한다.

6) 분킨타카시마다(文金高島田)의 줄임말. '시마다마게(島田髷)' 머리 형태 중에서 가장 우아한 머리 모양으로 혼례를 올릴 때 튼다. '시마다마게'란 앞머리와 옆머리를 밖으로 튀어나오게 하고 쪽의 중간 부분을 술대 모양으로 한 미혼 여성의 머리형을 말하며, 주로 혼례 때 트는데 여러 방법이 있다.

7) 이초마게(髷)의 준말로 시마다마게를 은행잎 모양으로 쪽진 머리 형태.

처음이야. 아무렴 사란 환경이 또 완전히 다르니, 이선 뭐 자연스레 구름 위에 살게 된 거지. 아무리 비천한 자들이 흉내 내려 한들 될 리가 없지."

"말이 너무 심하군."

"사실, 자네도 아는 대로 난 금비라(金毘羅)[8]님께 삼 년 동안 유곽을 끊겠다고 약조한 몸이야. 그런데 아무 탈도 없더군. 부적을 지니고 한밤중에 거길 가도 벌을 받지 않는 게 이상할 정도야. 그런데 오늘부로 완전히 불심이 생겼어. 저기 추녀들 행동을 보라고. 어때, 여기저기 힐끗힐끗 붉은 게 어른거리지? 저건 마치 먼지나 구더기가 우글거리고 있는 것처럼 보이지 않나? 참으로 한심해."

"그건 좀 심하군."

"농담이 아니야. 손도 있고 두 다리로 서서 기모노와 하오리를 입은 채 똑같이 양산을 받치고 있는걸 봐. 미안한 말이지만 저게 인간의 여자야. 게다가 새로 온 유녀야. 새로 유녀가 된 게 분명하지만 방금 본 귀족과 비교하면 어때? 뭐라고 할까, 때 묻은 거 같고 불결하기만 해. 저래도 같은 여자라니, 나 참 어이가 없어서."

"어이, 큰일 날 소리를 하는군. 하지만 맞는 말이야. 나도 이제까지 뭐 여자만 보면 바로 마음이 동했거든. 같이 다니는 자네에게도 꽤 신세를 졌지만 조금 전 그걸 보곤 속이 후련해졌어.

---

8) 천축국 영취산에 있다는 불법을 수호하는 약사십이지신 중 하나. 일본에서는 항해의 안전을 지키는 신으로 받든다.

왠지 기분이 상쾌해. 앞으로 여자는 싹 끊겠어."

"그럼 평생 장가는 못 갈걸. 저런 귀족 아가씨들이 자네에게 먼저 말을 걸 일은 없을 테니 말야."

"당치 않은 소리, 벌 받으려고."

"그래도 혹시 저기요, 하고 말을 걸면 어쩔 텐가?"

"솔직히 난 도망칠 거야."

"자네도?"

"그럼 자네는?"

"나도 도망칠 거야."

두 사람은 서로 눈을 마주보며 한동안 말이 없었다.

"다카미네, 좀 걸을까?"

나는 다카미네와 함께 일어섰다. 젊은이들과 멀리 떨어졌을 때, 다카미네가 자못 진지한 얼굴로 말했다.

"아아, 사람의 마음을 움직이는 진정한 아름다움이란 바로 그런 거야. 자네의 길이지. 공부하게."

나는 화가였기에 마음이 움직였다. 몇 백 걸음쯤 걸었을까. 저 멀리 커다랗고 울창한 녹나무 그늘이 드리운 어둑어둑한 곳을 걸어가는 연보라색 비단자락이 얼핏 보였다. 공원을 나오니 키가 크고 살찐 말 두 마리가 끄는 젖빛유리 마차에서 마부세 명이 쉬고 있었다.

그 후 구년이 흘러 병원에서 이와 같은 일이 있기까지 다카미네는 부인에 대해 나에게조차 한 마디 말도 하지 않았다. 나이로 보나, 지위로 보나 응당 아내가 있어야 할 몸인데도 가정을 돌볼

아내도 없고, 게다가 그는 학생 시절보다 한층 품행이 근엄했다. 나는 많은 것을 말할 수는 없다.

아오야마(靑山)⁹⁾의 묘지와 야나카(谷中)¹⁰⁾의 묘지, 장소만 다를 뿐 두 사람은 같은 날을 전후로 해서 세상을 떠났다.

세상 종교인에게 묻노니, 이 두 사람은 죄악이 있어 천국에 들지 못하는가.

9) 도쿄 미나토(港) 구 서부 지역에서 시부야(渋谷) 구 동부에 걸쳐 있는 지명.
10) 도쿄 다이토(台東) 구 북서단의 지명. 서민의 정취를 간직한 집이나 상점이 많고 절이나 사적도 많다.

달려라 메로스

다자이 오사무

다자이 오사무(太宰治, 1909~1948)

일본에서는 물론 우리나라에서까지 많은 독자층을 확보하고 있는 작가다.

아오모리 현 쓰가루에서 태어났는데 그의 집안은 신흥 지주였다. 도쿄 제국대학 불문과에 입학했으나 중퇴했다. 문학적으로는 아쿠타가와의 영향을 받아 출발했으나 고교 시절에는 좌익문학에도 관심을 보였다.

1933년, 동인지 『해표(海豹)』에 「어복기(魚服記)」, 「추억(思ひ出)」을 발표하여 주목받기 시작했다. 1935년에 대학 졸업에 대한 가망이 없는 상태에서 신문사 입사시험에 응시했으나 떨어져 두 번째 자살을 시도했다. 이후 복막염에 걸려 중태에 빠졌는데 그 치료과정에서 진통제인 파비날 중독에 걸린다. 그러는 동안 제1회 아쿠타가와 상 후보에 오르나 낙선하고 만다. 첫 번째 작품집인 『만년』에 수록된 이 시기의 작품들은 여러 소설 작법을 시험한 다채로운 것들이었다. 단편집 『여생도(女生徒)』로 기타무라 도코쿠 상을 받았으며 전쟁 중에는 고전 및 그 외의 것에서 재료를 얻은 것이 많았고 순문학을 고독하게 지켰다.

고향에서 패전을 맞았으며 「판도라의 상자」 등의 작품에서 시국에 편승하는 자유사상에 반발하고 참된 인간혁명을 기원했다. 상경 후 저널리즘의 각광을 받았으며 「비용의 아내」, 「사양」, 「인간실격」을 써서 무뢰파라 불렸다. 1948년 강물로 뛰어들어 세상을 떠났다.

다자이 오사무상

1964년 출판사 치쿠마쇼보가 제정한 공모 신인상. 1978년 중단되었다가 1998년 다자이 오사무 사후 50주년을 기념하여 미타카 시와 공동주관으로 부활하였다. 연 1회 선정한다.

메로스는 격노했다. 반드시 저 사악하고 포악한 왕을 제거하지 않으면 안 되겠다고 결심했다. 메로스는 정치를 모른다. 메로스는 시골 양치기다. 피리를 불고 양떼를 돌보며 살아왔다. 하지만 사악함에는 다른 사람보다 몇 배나 더 민감했다. 오늘 새벽 메로스는 마을을 출발하여 들판을 건너고 산을 넘어 십 리 떨어진 이곳 시라쿠스 시에 왔다. 메로스는 아버지도 어머니도 없다. 아내도 없다. 열여섯 된 수줍음 많은 여동생과 단둘이 살고 있다. 여동생은 곧 마을의 한 성실한 양치기를 남편으로 맞이하게 되어 있었다. 결혼식도 머지않았다. 그래서 메로스는 신부 의상과 피로연 음식들을 사러 멀리 이곳까지 온 것이다. 먼저 물건들을 산 뒤 도시의 대로를 어슬렁어슬렁 걸어 다녔다. 메로스에게는 죽마고우가 있었다. 세리눈티우스라는 친구인데 지금은 이곳 시라쿠스에서 석공 일을 하고 있다. 지금부터 그 친구를 찾아갈 요량이다. 오랫동안 만나지 못한 탓에 찾아가는 길이 즐거웠다. 메로스는 걷는 동안 도시 분위기가 이상하게 여겨졌다. 쥐 죽은 듯 조용했다. 어느덧 날도 저물어 거리가 어두운 건 당연했으나, 그래도 꼭 저녁이어서가 아니라 왠지 온 도시가 지나치게 괴괴했다. 매사에 태평한 메로스도 차츰 불안해지기 시작했다. 길에서 만난 젊은이를 붙잡고 무슨 일이 있는지, 이 년 전 여기에 왔을 때는 밤에도 모두 노래를 부르고 거리는 활기에 넘쳤었는데, 라고 물었다. 젊은이는 고개를 저으며 대답하지 않았다. 얼마간 걷다가 노인을 만나자 이번에는 더 강한 말투로 물었다. 노인 역시 대답하지 않았다. 메로스는 양손으로 노인의 몸을 흔들며 다시 물었다. 노인이 주위를 살피며 낮은 목소리로 겨우 대답했다.

"왕이 사람을 죽이네."

"왜 죽이죠?"

"악심을 품고 있다는데, 아무도 그런 악심을 품고 있지 않다네."

"사람을 많이 죽였나요?"

"그렇다네. 처음에는 왕의 매제를, 그리고 세자를, 또 누이동생과 그분의 아드님도. 그리고 다시 황후님과 어진 신하인 알렉스님을……."

"놀랍군. 국왕이 미쳤군요."

"아니네. 미친 게 아니라네. 사람을 믿을 수가 없다고 하네. 요즘은 신하들의 마음까지 의심하여 조금이라도 호화로운 생활을 하는 이가 있으면 볼모를 한 명씩 바치라고 명하신다네. 명을 거역하면 십자가에 매달아 죽이는데 오늘은 여섯 명을 죽였다네."

그 말을 들은 메로스는 격노했다.

"어처구니없는 왕이군. 살려두면 안 되겠어."

메로스는 단순한 사내였다. 산 물건을 등에 진 채 어슬렁어슬렁 왕의 성으로 들어갔다. 메로스는 이내 경비병에게 붙잡혔다.

조사를 하는데 메로스의 품속에서 단검이 나오자 일이 커졌다. 메로스는 왕의 앞으로 끌려갔다.

"이 단검으로 무엇을 할 심사였느냐? 말하거라!"

폭군 디오니스가 조용하지만 위엄 있게 물었다. 왕의 얼굴은 창백했고 미간에는 주름이 깊게 파여 있었다.

"도시를 폭군의 손에서 구할 작정이었소."

메로스는 기죽지 않고 대답했다.

"네놈이?"

왕은 어처구니없는 웃음을 지었다.

"어이없는 놈이군. 네놈이 나의 고독을 알 턱이 없다."

"닥치시오!"

메로스가 격분해서 반박했다.

"사람의 마음을 의심하는 것은 가장 부끄러워해야 할 악덕이오. 왕은 백성의 충성심까지 의심하고 있소."

"의심하는 건 정당한 마음가짐이라고 내게 가르쳐준 것은 너희들이다. 사람의 마음은 믿을 수 없다. 인간은 본래 사욕덩어리니라. 믿어서는 안 된다."

폭군은 침착하게 이렇게 중얼거리더니 후유 하고 한숨을 내쉬었다.

"나 역시 평화를 원하고 있으나……."

"무엇을 위한 평화요. 자신의 자리를 지키기 위해서요?"

이번에는 메로스가 조롱하듯 웃었다.

"죄 없는 사람을 죽이면서 무엇이 평화란 말이오."

"닥쳐라. 천한 놈이."

왕이 얼굴을 휙 들며 소리쳤다.

"입으로는 온갖 미사여구를 늘어놓을 수 있으나, 내게는 사람의 속마음이 훤히 들여다보인다. 네놈 역시 책형을 당하고서 아무리 울며 용서를 빌어도 소용없다."

"아아, 참으로 똑똑한 왕이구려. 허나 너무 자만하지 마시오. 나는 이미 죽을 각오를 하고 있으니 결코 목숨을 구걸하는 일 따윈 없을 것이오. 다만……." 메로스는 말을 하다말고 발밑으로 시선을 떨구더니 잠시 주저하다 "다만 내게 아량을 베풀 마음이 있다면 처형까지 삼 일의 기한을 주시오. 하나뿐인 여동생에게 배필을 맺어주고 싶소. 삼 일 동안 나는 마을에서 결혼식을 올려주고 반드시 이곳으로 돌아오겠소."

"바보 같은 소리." 폭군은 쉰 목소리로 낮게 웃었다. "해괴망측한 거짓말을 하는구나. 한번 도망친 새가 다시 돌아오는 법이 있더냐?"

"그렇소. 돌아오겠소." 메로스가 필사적으로 외쳤다. "나는 약속은 지키오. 나를 삼 일간만 용서해주시오. 여동생은 내가 돌아오길 기다리고 있소. 나를 그토록 믿지 못하겠다면 좋소, 이 도시에 세리눈티우스라는 석공이 있소. 내 둘도 없는 친구요. 그를 볼모로 남겨두고 가겠소. 내가 도망쳐서 삼 일 후 해질녘까지 이곳으로 돌아오지 않는다면 그를 교수형에 처하시오. 부탁하오. 그리 해주시오."

그 말을 들은 왕은 내심 잔인하게 미소 지었다. 건방진 놈.

어차피 돌아오지 않을 게 뻔해. 아 거짓말쟁이에게 속아 넘어간 척 풀어주는 것도 재미있겠군. 그리고 대신 볼모로 잡은 자를 삼 일째 되는 날 죽이는 것도 기분 좋겠군. 나는 슬픈 얼굴을 하고 이래서 사람은 믿을 수 없다며 볼모로 잡은 자를 책형에 처하는 거야. 자신은 정직하다고 말하는 세상 녀석들에게 똑똑히 보여주고 싶군.

"네 청을 들어주겠다. 볼모로 삼을 자를 부르거라. 삼 일 후 해질녘까지 돌아와야 한다. 늦으면 볼모로 잡은 자를 반드시 죽일 것이다. 조금 늦게 오는 편이 좋을 게다. 그럼 네 죄는 영원히 용서해주마."

"그, 그게 무슨 말이오?"

"하하하, 목숨이 아깝거든 늦게 오너라. 네 속마음은 잘 알고 있느니라."

메로스는 분한 듯 발을 동동거렸으나 더 이상 아무 말도 하고 싶지 않았다.

한밤중에 죽마고우인 세리눈티우스가 성으로 불려왔다. 절친한 두 사람은 이 년 만에 폭군 디오니스 앞에서 재회했다. 메로스는 친구에게 모든 사정을 이야기했다. 세리눈티우스는 아무 말 없이 고개를 끄덕이더니 메로스를 꽉 껴안았다. 친구 사이는 그것만으로 충분했다. 세리눈티우스는 포박 당했다. 메로스는 바로 출발했다. 초여름 밤하늘에는 별들이 총총했다.

그날 밤 한숨도 자지 않고 십 리 길을 재촉한 메로스가 마을에 도착한 때는 해가 중천에 뜬 다음날 오전이어서 마을사람들은 들에 나와 일을 하고 있었다. 열여섯 살인 메로스의 여동생도 이날은 오빠를 대신해 양떼를 돌보고 있었다. 녹초가 되어 비틀거리며 걸어오는 오빠의 모습을 발견하고 깜짝 놀란 여동생이 메로스에게 질문세례를 퍼부었다.

"아무 일도 아니다." 메로스는 억지웃음을 지어 보였다. "도시에 아직 볼일이 남아 바로 다시 가봐야 하니, 내일 네 결혼식을 올리도록 하자. 빠를수록 좋겠지."

여동생은 얼굴을 붉혔다.

"좋은가 보구나. 예쁜 옷도 사왔다. 자, 어서 가서 마을사람들에게 알리고 오너라. 결혼식은 내일이라고."

메로스는 다시 비틀비틀 걸어서 집으로 돌아가 신단을 꾸미고 피로연 자리를 마련한 뒤 이내 쓰러지듯 바닥에 엎어져 숨도 쉬지 못할 만큼 깊은 잠에 빠져들었다.

눈을 뜬 것은 밤중이었다. 메로스는 일어나서 바로 신랑의 집을 찾아갔다. 그리고 사정이 있으니 내일 결혼식을 올리자고 부탁했다. 신랑인 양치기는 놀라며 그건 안 된다, 이쪽은 아직 아무런 준비도 하지 못했으니 포도 수확 철까지 기다려 달라고 했다. 메로스는 기다릴 수 없으니 제발 내일 결혼식을 올리자며 한층 간곡히 부탁했다. 신랑인 양치기도 완강했다. 좀처럼 받아들이지 않았다. 새벽녘까지 신랑을 어르고 달래며 의논을 계속한 끝에 간신히 설득시킬 수 있었다. 결혼식은 한낮에 치러졌다. 신랑신부가 신들에게 혼인서약을 마칠 즈음 먹구름이 하늘을 뒤덮고 빗방울이 후드득후드득 떨어지기 시작하더니 이윽고 비가 억수같이 쏟아졌다. 피로연에 참석한 마을사람들은 왠지 불길한 예감이 들었지만 비좁은 집 안의 후텁지근한 열기를 견디며 서로 흥을 돋우면서 즐겁게 손뼉을 치고 노래를 불러댔다. 메로스도 만면에 희색을 띤 채 한동안 왕과의 약속도 잊고 있었다. 밤이 되어 피로연이 최고조에 이르자 사람들은 밖에서 내리는 큰비도 전혀 신경 쓰지 않았다. 메로스는 평생 이대로 여기에 있고 싶다고 생각했다. 이 좋은 사람들과 평생 함께 살기를 바랐지만 지금 그의 몸은 그의 것이 아니었다. 자기 마음대로 할 수 없었다. 메로스는 스스로를 채찍질하여 마침내 출발하기로 결심했다. 내일 해질녘까지 아직 시간은 충분했다. 잠시 한숨 자고 나서 바로 출발하자. 그 즈음에는 비도 잦아들 것이라고 생각했다. 머뭇머뭇하며 조금이라도 오래 집에 머물고 싶었다. 메로스와 같은 사내에게도 역시 석별의 정이란 게 있는 듯 이날 밤 한없이 기쁨에 겨워 보이는 신부에게 다가갔다.

"축하한다. 나는 피곤하여 그만 자야겠으니 이해해다오. 자고 일어나면 바로 도시로 가야 한다. 중요한 볼일이 있어서 말이다. 내가 없더라도 이제 네겐 다정한 남편이 있으니 절대로 외롭진 않을 게다. 이 오빠가 가장 싫어하는 건 사람을 의심하는 일, 그리고 거짓말을 하는 것이다. 너도 그건 알고 있겠지? 남편에겐 어떤 비밀도 있어서는 안 된다. 네게 하고 싶은 말은 그뿐이다. 이 오빠는 스스로 대단한 사람이라고 자부하고 있으니 너도 그런 긍지를 갖도록 해라."

신부는 꿈을 꾸는 듯한 심경으로 고개를 끄덕였다. 그리고 메로스는 신랑의 어깨를 두드리며 "혼수준비를 제대로 못한 건 매한가지일세. 우리 집 가보라고 할 수 있는 건 여동생과 양뿐일세. 다른 건 아무것도 없네. 모두 주겠네. 하나 더, 이 메로스의 매제가 된 걸 자랑스럽게 생각해주게."

신랑은 두 손을 비비며 겸연쩍어했다. 메로스는 웃으며 마을 사람들에게도 인사를 하고 자리를 뜬 후 양우리로 들어가 죽은 듯 깊은 잠에 빠졌다.

눈을 뜬 것은 다음날 새벽녘이었다. 메로스는 아뿔싸, 벌떡 일어나 늦잠을 잔 건 아닐까. 아니야, 아직 괜찮아. 지금 바로 출발하면 약속 시간까지 충분히 도착할 수 있어. 오늘은 반드시 왕에게 사람의 신실(信實)함이란 게 무엇인지 보여주자. 그리고 웃으며 교수대에 올라가자, 라고 생각했다. 메로스는 유유히 채비를 하기 시작했다. 빗줄기도 꽤 가늘어진 모양이었다. 채비를 마쳤다. 마침내 메로스는 두 팔을 힘껏 내저으며 쏜살같이 빗속으로 달려 나갔다.

나는 오늘밤 죽는다. 죽기 위해 달리는 것이다. 나 대신 붙잡혀 있는 친구를 구하기 위해 달리는 것이다. 왕의 간교한 술수를 깨부수기 위해 달리는 것이다. 달리지 않으면 안 된다. 그리고 나는 죽는다. 젊은 날의 명예를 지키자. 잘 있어라, 고향이여. 젊은 메로스는 고통스러웠다. 몇 번인가 멈출 뻔했다. 에잇, 에 잇, 큰 소리로 스스로를 질책하며 달렸다. 마을을 벗어나 들판을 가로지르고 숲을 빠져나와 인근 마을에 이르렀을 때는 비도 그치고 해는 높이 솟아 점차 더워지기 시작했다. 메로스는 주먹으로 이마의 땀을 닦으며 여기까지 왔으니 이젠 괜찮아. 너 이상 고향에 미련은 없어. 둘은 분명 좋은 부부가 될 거야. 이제 아무 것도 마음에 걸리는 건 없어. 곧장 성으로 가면 되니 그리 서두를 필요도 없어. 천천히 걸어가자며 메로스는 타고난 태평함을 되찾아 좋아하는 노래를 멋들어지게 부르기 시작했다. 어슬렁 어슬렁 이삼 리를 걸어서 어느덧 십 리의 절반 정도 지나왔을 무렵, 느닷없는 재난에 메로스의 발길이 우뚝 멈췄다. 저것 봐, 앞쪽의 강을. 어제의 큰비로 산의 수원지가 범람하여 도도한 탁류가 사나운 기세로 하류로 몰려 일거에 다리를 파괴하고, 다리의 도리는 아우성치는 격류에 산산조각 나서 날아가 버린 것이다. 메로스는 우뚝 선 채 망연자실했다. 이쪽저쪽을 둘러보며 있는 힘껏 고함을 쳐보았으나 나룻배는 모두 물살에 휩쓸려 떠내려가 한 척도 보이지 않았고 사공의 모습 역시 보이지 않았다. 강물은 어느새 불어나 바다처럼 변해 있었다. 메로스는 강가에 주저앉아 손을 든 채 눈물을 흘리며 제우스에게 애원했다. "아아, 저 미쳐 날뛰는 사나운 강물을 진정시켜주소서! 시간은 시시각각 흐르고 있습니다. 태양도 벌써 높이 솟아 한낮입니다. 저 태양이 지기 전에 성에 도착하지 못하면 저로 인해 그 선량한 친구는 죽고 맙니다."

탁류는 메로스의 절규를 비웃듯 점점 더 격렬하게 미쳐 날뛰었다. 물결은 서로 뒤엉켜 소용돌이치고 출렁이는데 무심한 시간만 시시각각 흘러갔다. 메로스는 드디어 결심했다. 헤엄쳐 건너는 수밖에 없어. 아아, 신들이시여 굽어 살피소서! 지금이야말로 탁류에도 지지 않을 사랑과 진실의 위대한 힘을 보여줄 때야. 메로스는 첨벙 강물로 뛰어들어 흡사 수백 마리의 큰 뱀들이 아우성치며 꿈틀거리는 듯한 강물을 상대로 필사적으로 싸우기 시작했다. 온몸의 힘을 팔에 집중한 채 소용돌이치며 밀려들어 앞을 가로막는 강물을 헤치고 흡사 성난 사자처럼 무턱대고 헤엄쳐나가는 인간의 모습을 신도 가련히 여겼는지 마침내 연민의 손길을 내밀었다. 강물에 떠내려가면서도 무사히 강 건너편 나무줄기를 붙잡을 수 있었다. 고맙습니다. 메로스는 말처럼 한차례 몸을 부르르 떨더니 이내 다시 길을 재촉했다. 한시도 지체할 수 없었다. 해는 어느새 서쪽으로 기울기 시작했다. 헉헉거친 숨을 헐떡이며 고갯마루를 넘어 잠시 숨을 돌리고 있는데 갑자기 눈앞에 산적들이 튀어나왔다.

"멈춰라!"

"무슨 짓이냐! 나는 해가 지기 전에 성으로 가야만 한다. 비켜라!"

"어림없는 소리. 가지고 있는 걸 모두 내놓아라."

"난 목숨 말고 아무것도 가진 게 없다. 그 하나뿐인 목숨도 왕에게 줘야 한다."

"바로 그 목숨이 필요한 것이다."

"그럼 왕의 명으로 여기서 나를 기다리고 있었던 게로구나."

산적들은 다짜고짜 일제히 몽둥이를 쳐들었다. 슬쩍 몸을 구부린 메로스가 나는 새처럼 가까이에 있던 한 명에게 덤벼들어 몽둥이를 빼앗더니 "안됐지만 정의를 위해서다!"라며 일격을 가해 세 명을 쓰러트리고 나머지 한 명이 주춤 하는 사이에 재빨리 내달려 고갯마루를 내려왔다. 단숨에 고갯마루를 달려 내려와 지친 탓인지 오후의 작열하는 햇빛이 머리 위로 쨍쨍 비치자 메로스는 몇 번이고 현기증이 일었다. 정신을 차려야 한다고 마음을 다잡으며 비틀비틀 두세 걸음 걸었으나 그만 무릎이 휘청 꺾였다.

도저히 일어설 수가 없었다. 하늘을 우러르며 분한 눈물을 흘리기 시작했다. 아아, 탁류를 헤엄쳐 건너고 산적을 셋이나 때려눕히고 여기까지 달려온 메로스여. 진정한 용자, 메로스여. 지금 여기서 지쳐 움직이지 못하다니 한심하구나. 사랑하는 친구는 너를 믿은 탓에 머지않아 죽임을 당할 것이다. 너는 희대의 믿지 못할 인간, 바로 왕이 바라는 바이다, 라고 스스로를 꾸짖었지만 온몸에 힘이 빠져 더 이상 한 발짝도 움직일 수 없었다. 길가의 초원에 벌렁 드러누웠다. 몸이 지치면 정신도 함께 약해진다. 이젠 아무래도 좋다는 용자답지 않은 자포자기의 심정이 마음 한편에 깃들었다. 나는 이만큼 노력했다. 약속을 깰 마음은 추호도 없었다. 신도 보신 바와 같이 나는 최선을 다했다. 움직일 수 없을 때까지 달려왔다. 나는 믿지 못할 자가 아니다. 아아, 할 수만 있다면 내 가슴을 열어서 붉은 심장을 보여주고 싶다. 오직 사랑과 신실한 피가 팔딱이고 있는 이 심장을 보여주고 싶다. 하지만 나는 이 중요한 때에 기진맥진했다. 나는 참으로 불행한 자이다. 분명 모두 나를 비웃을 것이다. 내 일가도 웃음거리가 될 것이다. 나는 친구를 속였다. 중간에 포기하는 것은 처음부터 아무것도 하지 않은 것과 같다. 아아, 이젠 아무래도 상관없다. 이것이 내 운명일지 모른다. 세리눈티우스여, 용서해 다오. 너는 언제나 나를 믿었지. 나도 너를 속이지 않았어. 우리는 진정 좋은 친구였어. 단 한 번도 가슴에 서로를 의심하는 마음을 품은 적은 없었어. 지금도 너는 나를 오롯이 기다리고 있을 테지. 아아, 기다리고 있을 테지. 고마워, 세리눈티우스. 나를 믿어줘서. 그 생각을 하면 견딜 수가 없어. 친구와의 신의는 이 세상에서 가장 자랑스러워할 만한 보물이니 말이야. 세리눈티우스, 나는 달렸어. 너를 속일 생각은 조금도 없었어. 믿어줘! 나는 최선을 다해 여기까지 왔어. 탁류를 헤치고 산적의 포위도 뚫고 단숨에 고갯마루를 달려 내려왔어. 나였기에 가능한 일이었어. 아아, 더 이상은 내게 바라지 말아줘. 내버려둬. 아무래도 상관없어. 나는 지고 말았어. 한심해. 마음껏 비웃어. 왕은 내게 조금 늦게 오라고 속삭였어. 늦으면 볼모는 죽이고 나는 살려주겠다고 약속했어. 나는 왕의 비열함을 증오했어. 하지만 지금 나는 왕의 말처럼 되었어. 나는 늦을 거야. 왕은 내심 쾌재를 부르며 나를 비웃고는 아무 일도 없었다는 듯 나를 방면할 테지. 그렇게 되면 나는 죽는 것보다 괴로울 거야. 나는 영원히 배신자로 낙인 찍힐 거야. 지상에서 가장 불명예스러운 존재가 되겠지. 세리눈티우스여, 나도 죽을 거야. 너와 함께 죽게 해줘. 너만은 분명 나를 믿어주겠지. 아니야, 이것 역시 나 혼자만의 착각일까? 아아, 아니면 차라리 배덕자(背德者)가 되어 목숨을 연명할까? 고향에는 내 집이 있고 양도 있어. 설마

동생부부가 나를 마을에서 쫓아내지는 않을 거야. 정의니 신실이니 사랑이니, 생각해보면 하찮은 것들이야. 다른 사람을 죽이고 자신은 사는 게 인간세상의 정석이잖아. 아아, 모든 게 부질없어. 나는 추한 배신자야. 아무렴 될 대로 되라지. 어쩔 수 없어……. 메로스는 큰대자로 드러누워 꾸벅꾸벅 졸기 시작했다.

문득 귀에 졸졸 물 흐르는 소리가 들렸다. 살짝 머리를 들고 숨을 죽인 채 귀를 기울였다. 바로 발밑에서 물이 흐르고 있는 듯했다. 비틀비틀 일어나 바라보자 바위의 갈라진 틈에서 낮게 속삭이듯 샘물이 솟고 있었다. 메로스는 샘에 빨려들듯 몸을 구부렸다. 두 손으로 샘물을 떠서 한 모금 마셨다. 휴, 긴 한숨이 나오자 꿈에서 깬 것 같은 기분이 들었다. 걸을 수 있어. 가자. 몸의 피로가 가시자 희미하게나마 희망이 되살아났다. 약속을 지킬 수 있다는 희망이었다. 자신을 희생해서 명예를 지키겠다는 희망이었다. 붉은 노을빛이 나무들을 물들여 잎과 가지가 불타오르듯 빛나고 있었다. 해가 지기까지는 아직 시간이 있다. 나를 기다리는 사람이 있다. 일말의 의심도 하지 않고 조용히 기다리는 사람이 있다. 나를 믿고 있다. 내 목숨 따윈 문제가 아니다. 죽은 뒤에 만나 사죄를 하겠다는 한가한 소리를 할 때가 아니다. 나는 믿음에 보답하지 않으면 안 된다. 지금 해야 할 일은 단 한 가지뿐이다. 달려라, 메로스!

나를 믿고 있다. 나를 믿고 있다. 앞선 그 악마의 속삭임, 그것은 꿈이다. 악몽이다. 잊어버려! 온몸이 지쳤을 땐 그런 나쁜 꿈을 꾸기 마련인 거야. 메로스, 네 잘못이 아니야. 역시 너는 진정한 용자야. 다시금 일어서서 달릴 수 있게 됐잖아. 고마워! 나는 정의의 기사로 죽을 수 있어. 아아, 해가 저물고 있어. 너무 빨리 저물어. 기다려줘, 제우스여. 나는 태어날 때부터 정직한 사람이었어. 그런 정직한 사람으로 죽게 해줘.

길을 가는 사람을 밀치고 쓰러트리며 메로스는 질풍처럼 내달렸다. 초원에서 벌어진 술잔치 한가운데를 가로질러 사람들을 놀라게 하더니 개를 걷어차고 개울도 펄쩍 뛰어넘으며 조금씩 저물어가는 태양보다 열 배나 빨리 달렸다. 한 무리의 여행자들과 휙 스쳐 지난 순간, 얼핏 불길한 말을 들었다. "지금쯤은 그 사내도 교수대에 올랐을걸." 아아, 그 사내, 그 사내를 위해 나는 지금 이렇게 달리고 있는 거야. 그 사내를 죽게 해선 안돼. 서둘러, 메로스. 늦으면 안 돼. 지금이야말로 사랑과 진실의 힘을 보여줘야 해. 체면 따윈 상관없어. 지금 메로스는 거의 알몸이었다. 숨도 제대로 쉬지 못해 두어 번 입에서 피가 흘러나왔다. 보인다. 저 멀리 작게 시라쿠스 시의 성루가 보인다. 성루는 석양을 받아 반짝반짝 빛나고 있었다.

"아아, 메로스 님." 신음하는 듯한 목소리가 바람결에 들려왔다.

"누구요?" 메로스는 달리면서 물었다.

"피로스트라토스입니다. 친구이신 세리눈티우스 님의 제자입니다." 젊은 석공도 메로스의 뒤를 따라 달리며 외쳤다. "이젠 틀렸습니다. 소용없습니다. 그만 달리는 걸 멈추십시오. 이미 스승님을 살리기란 불가능합니다."

"아니네. 아직 해가 지지 않았네."

"바로 지금 스승님께선 사형에 처해질 참입니다. 아아, 당신은 늦고 말았습니다. 원망스럽습니다. 조금만, 조금만 더 빨랐더라면!"

"아니네. 아직 해가 지지 않았네." 메로스는 가슴이 찢어질 듯한 심정으로 커다란 붉은 석양만 바라보았다. 달리는 것 외에 달리 방법은 없다.

"그만 두십시오. 그만 달리십시오. 지금은 메로스 님의 목숨이 중요합니다. 스승님은 당신을 믿으셨습니다. 형장에 끌려 나가서도 침착함을 잃지 않으셨습니다. 왕이 아무리 스승님을 놀려대도 메로스는 옵니다, 라는 말만 하며 끝까지 믿음을 버리지 않으셨습니다."

"그래서 달리는 것이네. 믿고 있으니 달리는 것이네. 제때에 도착하고 말고 하는 문제가 아니네. 사람의 목숨도 문제가 아니네. 나는 그보다 훨씬 크고 중요한 것을 위해 달리는 것이네. 따라 오게! 피로스트라토스."

"아아, 당신은 미쳤군요. 그렇다면 힘껏 달리십시오. 어쩌면 제때에 도착할 수 있을지도 모르니. 달리십시오."

말할 것도 없이 해는 아직 저물지 않았다. 마지막 사력을 다해 메로스는 달렸다. 메로스의 머리는 텅 비어 있었다. 아무것도 생각하지 않았다. 단지 무언가 알 수 없는 커다란 힘에 이끌려 달렸다. 해가 일렁이며 지평선 너머로 지고 마지막 한 줄기 빛마저 사라지려는 순간, 메로스는 질풍처럼 형장으로 뛰어들었다.

제때 도착했다.

"잠깐, 그 사람을 죽이지 마시오. 메로스가 돌아왔소. 약속대로 지금 돌아왔소." 큰소리로 형장의 군중을 향해 외쳤으나 목이 막혀 새된 소리만 희미하게 새어나온 탓에 아무도 그가 도착했다는 사실을 알아차리지 못했다. 이미 높게 설치된 교수대 위로 목에 밧줄이 걸린 세리눈티우스가 서서히 끌려올라가고 있었다. 그것을 본 메로스는 앞서 탁류를 헤엄친 것처럼 마지막 힘을 다해 군중을 헤치며 "나다, 집행관! 죽어야 하는 건 나다. 메로스다. 그를 볼모로 삼았던 내가 여기 있다!"

메로스는 쉰 목소리로 있는 힘껏 외치면서 교수대 위로 올라가 끌려올라가는 친구의 두 다리에 매달렸다. 군중이 술렁이며 동요했다. 훌륭하다. 용서하라며 입을 모아 소리쳤다. 세리눈티우스의 목에 감겼던 밧줄은 풀렸다.

"세리눈티우스." 메로스가 눈물을 글썽이며 말했다. "나를 때리게. 힘껏 내 얼굴을 때리게. 나는 도중에 잠시 나쁜 꿈을 꾸었네. 만일 자네가 나를 때리지 않는다면 나는 자네와 포옹할 자격조차 없네. 때리게."

세리눈티우스는 모든 걸 헤아린 듯 고개를 끄덕이고 형장 가득 울려 퍼질 만큼 세게 메로스의 오른쪽 뺨을 쳤다. 그리고 다정하게 웃으며 "메로스, 나를 때리게. 똑같이 큰 소리가 나도록 내 얼굴을 때리게. 나는 삼 일 동안 꼭 한 번 자네를 잠시 의심했었네. 태어나서 처음으로 자네를 의심했었네. 자네가 나를 때리지 않는다면 나는 자네와 포옹할 수 없네."

메로스는 바람소리가 나도록 팔로 세리눈티우스의 뺨을 때렸다.

"고맙네, 친구여." 두 사람은 동시에 이렇게 말하며 서로 꼭 껴안더니 기쁨에 겨워 목을 놓아 엉엉 울었다.

군중들 속에서도 흐느끼는 소리가 들렸다. 폭군 디오니스는 군중의 뒤에서 두 사람의 모습을 물끄러미 바라보다가 이윽고 조용히 두 사람에게 다가가 얼굴을 붉히며 이렇게 말했다.

"그대들의 바람은 이루어졌네. 그대들이 내 마음을 이겼네. 신실함이란 결코 공허한 망상이 아니었네. 부디 나도 친구로 받아주지 않겠는가? 부디 나의 바람을 들어주게. 그대들의 친구 중 한 명이 되고 싶네."

군중들 사이에서 와 하고 환성이 일었다.

"만세, 국왕 만세."

한 소녀가 주홍빛 외투를 메로스에게 바쳤다. 메로스는 우물쭈물했다. 좋은 친구, 세리눈티우스가 친근하게 가르쳐주었다.

"메로스, 자네 지금 알몸이 아닌가. 빨리 그 외투를 입게나. 이 사랑스러운 소녀는 자네가 사람들 앞에 알몸인 게 몹시 안타까운 모양일세."

용자는 얼굴이 새빨개졌다.

(옛 전설과 실러의 시에서)

그림과 여행하는 남자

에도가와 란포

에도가와 란포(江戸川乱歩, 1894~1965)

　미에 현 출생. 본명은 히라이 다로. 필명은 미국의 작가 에드거 앨런 포에서
따온 것이다. 와세다 대학 졸업. 다채로운 직업을 경험한 후 집필한 「2전짜리 동
전」이 『신청년』의 편집장인 모리시타 우손에게 인정을 받아 문단에 데뷔. 이후
「D언덕의 살인사건」, 「인간의자」 등 기이하면서도 과학적 추리에 바탕을 둔 작
품을 차례로 발표. 또한 아동 소설로도 폭넓은 인기를 얻었다. 제2차 세계대전
후에는 국내외의 탐정소설 소개, 연구·평론, 에도가와 란포 상 창설 등 후진 교
육에도 힘썼다.

　에도가와 란포상

　1954년 에도가와 란포가 기부한 기금으로 일본추리작가협회가 탐정소설을 장
려하기 위해 제정한 문학상. 추리작가의 등용문으로 널리 알려져 있다.

이 이야기가 나의 꿈이나 나의 일시적인 광기의 환영이 아니었다면 그 압화(押花)[1]와 여행하던 남자는 광인이었음에 틀림없다. 그러나 꿈이 때때로 어딘가 이 세계와 어긋난 다른 세계를 얼핏 엿보게 해주듯, 또 광인이 우리가 전혀 감지하지 못하는 현상을 보고 듣는 것과 마찬가지로 이것은 내가 불가사의한 대기의 렌즈를 통해 일순간 이 세상의 시야 밖에 있는 다른 세계의 일각을 얼핏 들여다본 것이었는지도 모른다.

언제인지도 모를 어느 따스하고 흐린 날의 일이다. 그때 나는 일부러 우오즈(魚津)[2]에 신기루를 보러 갔다 돌아오는 길이었다. 내가 이 이야기를 하면 때론 친한 친구가 너는 우오즈에 간 적이 없지 않느냐며 따지곤 한다. 그러고 보면 나는 몇 월 며칠 우오즈에 갔다고 명확한 증거를 댈 수 없다. 그러니 역시 꿈이었던가. 하지만 나는 일찍이 그와 같이 농후한 색채를 띤 꿈을 꾼 적이 없다. 꿈속 풍경은 영화처럼 전혀 색채가·없음에도 그때의 기차 속 풍경만은, 그것도 음울한 압화 그림을 중심으로 한 강렬한 보라와 연지 색채가 흡사 뱀의 눈동자처럼 생생하게 내 기억에 각인되어 있다. 채색영화 꿈이라는 게 있을까?

---

1) 꽃·새·인물 등의 모양의 판지를 여러 가지 빛깔의 헝겊으로 싸고, 솜을 두어 높낮이를 나타나게 하여, 널빤지 따위에 붙인 것.
2) 도야마(富山) 현 북동부에 위치한 시로 도야마 만에 접해 있어 어업이 성행하며 신기루 등의 기이한 현상으로 유명하다.

나는 그때 태어나서 처음으로 신기루라는 걸 보았다. 조개의 숨결 속에 아름다운 용궁이 떠 있는 고풍스러운 그림을 상상하던 나는 실제 신기루를 보고 진땀이 날 것 같은 공포에 가까운 충격에 휩싸였다.

우오즈 해변의 소나무숲길에 콩알 같은 사람들이 우글우글 모여 숨을 죽인 채 눈앞 한가득 펼쳐진 넓은 하늘과 바다를 바라보고 있었다. 나는 벙어리처럼 아무런 소리도 내지 않는 그토록 고요한 바다를 본 적이 없다. 동해는 거친 바다라고 믿고 있던 내게는 그 역시 너무나 의외였다. 바다는 잿빛으로 잔물결 하나 일지 않아 무한한 저편으로 이어지는 늪과 같이 여겨졌다. 그리고 수평선이 없는 태평양처럼 바다와 하늘이 똑같은 잿빛으로 서로 녹아들어 끝 모를 안개에 휩싸인 느낌이었다. 하늘인 줄 알았던 위쪽의 안개 속을, 뜻밖에도 그곳이 해수면이어서 커다란 흰 돛이 유령처럼 둥실둥실 떠가기도 했다.

신기루는 우윳빛 필름 표면에 먹물을 떨어트려 서서히 자연스레 번지는 모습을 터무니없이 거대한 영화로 만들어 넓은 하늘에 투영한 것 같았다.

저 멀리 노토 반도(能登半島)의 숲이 눈앞 넓은 하늘에, 초점이 잘 맞지 않는 현미경 아래의 검은 벌레처럼, 어긋난 대기의 변형렌즈를 통해 애매모호하면서 엄청나게 확대되어 보는 사람의 머리 위를 뒤덮듯 밀려왔다. 그것은 묘한 형태의 먹구름을 닮았는데 먹구름이라면 그 소재를 분명히 알 수 있지만, 그에 반해 신기루는 기묘하게도 그것을 보고 있는 사람과의 거리가 너무나 애매했다. 먼 바다 위를 떠다니는 거대한 비구름 같기도 하다가, 한 치 눈앞으로 닥쳐오는 이상한 형체의 안개처럼도 보이고, 심지어는 보는 사람의 각막 표면에 톡 하고 맺힌 한 점 구름처럼도 느껴졌다. 그 애매한 거리감이 신기루에게 상상 이상으로 음침한 광기를 띤 느낌을 부여해주고 있었다.

애매한 형태의 새까맣고 거대한 삼각형이 탑처럼 겹겹이 쌓이다가 눈 깜짝할 사이에 흩어져내려 가로로 퍼져나가 긴 기차처럼 달리더니 다시 몇 갈래로 흩어져 나란히 늘어선 편백나무 가지처럼 보였다. 그리곤 한동안 가만히 움직이지 않는 듯하다가 어느새 전혀 다른 형태로 변해갔다.

신기루의 마력이 사람을 미치게 한 것이었다면 아마 나는 적어도 돌아오는 기차 안까지는 그 마력에서 벗어날 수 없었던 것이리라. 두 시간 넘게 서서 넓은 하늘의 기이한 현상을 바라보던 나는 그날 저녁 우오즈를 떠나 기차 안에서 하룻밤을 지낼 때까지 평소와는 완전히 다른 기분이었던 건 분명하다. 어쩌면 그것은 도오리마(通り魔)[3]처럼 스치듯 사람의 마음을 갉아먹는 일시적인 광기 같은 것 아니었을까.

우오즈 역에서 우에노(上野)[4]행 기차에 오른 건 저녁 여섯 시 무렵이었다. 불가사의한 우연인지 아니면 이 무렵의 기차는 늘 그런 건지 내가 탄 이등칸은 교회당처럼 텅 비어 나 말고 먼저 탄 단 한 명의 승객만이 맞은편 구석의 의자에 웅크리고

---

3) 길에서 만난 사람을 순식간에 스쳐지나가며 위해를 가한다는 마물.
4) 도쿄 다이토(台東) 구에 있는 철도 교통의 요지이자 서민적인 정취가 넘치는 곳.

있을 뿐이었다.

기차는 고적한 해안의 험준한 벼랑과 모래사장 위를 단조로운 기계음을 울리며 하염없이 달리고 있었다. 안개가 짙게 낀 늪과 같은 바다 위의 검은 핏빛 노을이 아련히 느껴졌고, 이상하리만치 커다랗게 보이는 흰 돛이 그 속을 꿈처럼 떠가고 있었다. 바람도 전혀 없는 습하고 무더운 날이어서 군데군데 열린 달리는 기차의 창으로 들어오는 바깥바람도 유령처럼 희미했다. 수많은 짧은 터널과 방설 기둥 행렬이 광막한 잿빛 하늘과 바다를 줄무늬로 구분지으며 스쳐지나갔다.

오야시라즈(親不知)[5] 절벽을 통과할 무렵, 기차 안의 전등과 하늘의 밝기가 똑같이 느껴질 만큼 땅거미가 지기 시작했다. 마침 그때 맞은편 구석에 있던 단 한 명의 동승자가 돌연 일어서서 의자 위에 크고 검은 공단 보자기를 펼치더니 창에 세워두었던 육십 센티미터에 구십 센티미터 정도의 편평한 짐을 싸기 시작했는데 내겐 그것이 왠지 기묘하게 느껴졌다.

그 편평한 것은 틀림없이 액자인 듯했는데 무슨 특별한 의미라도 있는 듯 액자 앞면이 유리창으로 향하게 세워져 있었다. 또 일단 보자기로 감쌌던 것을 일부러 꺼내 그렇게 밖을 향해 세워놓았다고밖에 여겨지지 않았다. 게다가 그가 다시 감쌀 때 힐끗 본 바에 의하면 액자 표면에 그려진 극채색 그림이 묘하게 생생하여 어쩐지 예사롭지 않게 보였다.

나는 새삼스레 그 이상야릇한 짐의 주인을 관찰했다. 그리고

---

5) 니가타(新潟) 현과 도야마 현 경계에 이어지는 절벽 지대.

주인인 그가 기묘한 짐보다 훨씬 더 기묘하다는 데 놀랐다.

그는 우리 아버지 세대가 젊은 시절 찍은 빛바랜 사진에서나 봄직한, 깃이 가늘고 어깨가 좁고 너무도 고풍스러운 검은 양복을 입고 있었는데 그럼에도 키가 크고 다리가 긴 그와 묘하게 잘 어울려 매우 세련되어 보였다. 그는 얼굴이 가늘고 두 눈이 지나치게 반짝거린다는 점 외에는 전체적으로 아주 단정하고 말쑥한 느낌이었다. 그리고 깔끔하게 가르마를 탄 머리는 풍성하고 검은 윤기가 흘러 언뜻 마흔 전후로 보였으나 주의 깊게 살펴보면 얼굴에 주름이 많아 예순 정도로 보이기도 했다. 그 새까만 머리, 그리고 흰 얼굴과 대비되는 종횡으로 파인 주름을 처음 깨달았을 때, 나는 흠칫했을 만큼 너무도 기묘한 느낌을 받았다.

그는 정성스레 짐을 다 싸자 불쑥 내 쪽으로 얼굴을 돌렸는데, 마침 나도 유심히 상대의 행동을 바라보고 있던 탓이었기에 둘의 시선이 딱 마주치고 말았다. 그러자 그는 왠지 부끄럽다는 듯 입가에 희미하게 웃음을 지어 보였고 나도 엉겁결에 고개를 까딱여 인사를 했다.

그 뒤로 두세 개의 작은 역을 통과하는 동안 우리는 서로 구석에 앉은 채 이따금 멀리서 시선이 마주치면 어색하게 다른 곳을 바라보곤 했다. 밖은 완전히 어두워져 있었다. 창유리에 얼굴을 바짝 대고 내다보아도 가끔 앞바다에 떠 있는 고깃배의 현등이 멀리서 반짝이는 외에 불빛은 전혀 보이지 않았다. 끝모를 어둠 속에서 우리가 타고 있는 가늘고 긴 객실이 유일한 세계인 듯 하염없이 덜컹덜컹 흔들리며 달리고 있었다. 그 어슴 푸레한 객실 속에 우리 두 사람만 남기고 온 세상과 일체의 생명이 흔적도 없이 사라져버린 느낌이었다.

어느 역에서도 우리가 타고 있는 이등칸에는 한 명의 승객도 타지 않았고 판매원이나 차장은 한 번도 모습을 보이지 않았다. 지금 생각해보면 그런 일도 너무나 기괴하게 여겨진다.

나는 마흔으로도, 예순으로도 보이는 서양마술사 같은 풍채의 그가 점점 무서워지기 시작했다. 무서움이라는 건 다른 생각을 할 여지가 없는 경우에는 무한정 커져서 온몸의 구석구석까지 퍼져가기 마련이다. 나는 마침내 솜털 끝까지 무서움에 사로잡혀 더 이상 참지 못하고 벌떡 일어나 맞은편 구석에 있는 그를 향해 성큼성큼 걸어갔다. 나는 그가 꺼림칙하고 무서웠던 탓에 굳이 그에게 다가갔던 것이다.

나는 그와 마주한 의자에 가만히 앉아, 가까이 다가가니 한층 더 기묘하게 보이는 그의 주름투성이 흰 얼굴을, 마치 내 자신이 요괴라도 되는 양 일종의 불가사의하고 전도된 심정으로 눈을 가늘게 뜨고 숨을 죽인 채 물끄러미 바라다보았다.

그는 내가 자리에서 일어날 때부터 눈으로 마중이라도 하듯 가만히 바라보고 있었는데 내가 그의 얼굴을 응시하자 기다리고 있었다는 듯 옆에 있는 편평한 짐을 턱으로 가리키며 자못 그것이 당연한 인사라도 되는 양 뜬금없이 말했다.

"이거 말씀입니까?"

너무 당연하다는 듯한 그의 말투에 오히려 내가 흠칫했을 정도였다.

"이걸 보고 싶으신 듯하군요."

내가 잠자코 있자 그는 다시 한 번 같은 말을 반복했다.

"보여주시겠습니까?"

나는 상대의 태도에 이끌려 그만 이상한 말을 하고 말았다. 나는 결코 그 짐을 보기 위해 자리에서 일어섰던 것이 아니었다.

"기꺼이 보여드리겠습니다. 저는 아까부터 생각하고 있었습니다. 분명 당신이 이것을 보러 오실 거라고 말입니다."

그는 차라리 노인이라고 하는 편이 어울렸는데, 그렇게 말하면서 긴 손가락으로 능숙하게 커다란 보자기를 풀더니 액자 같은 것을 이번에는 앞면이 보이도록 창가에 세워놓았다.

나는 힐끔 앞면을 보고 나도 모르게 그만 눈을 감았다. 무엇 때문인지 이유는 지금도 알 수 없지만 어쩐지 그렇게 하지 않으면 안 될 것 같은 느낌이 들어 몇 초 동안 눈을 감고 있었다. 다시 눈을 떴을 때 내 앞에 이제껏 본 적이 없는 듯한 기묘한 것이 있었다. 그렇지만 나는 그 '기묘'한 점을 명확히 설명할 단어를 알지 못한다.

액자에는 가부키 연극의 궁궐 배경처럼 극도의 원근법을 이용하여 몇 개의 방을 꿰뚫고 아련히 저편 멀리까지 이어진 파릇한 새 다다미와 격자천장 배경이 남색 위주의 도로에노구(泥繪具)[6]로 음침하게 칠해져 있었다. 왼편 전방에는 검은 먹 자국

---

6) 조개껍질을 태워 만든 흰색 안료인 고분(胡粉)을 섞은 분말 형태의 그림물감으로 물에 녹여 진득한 상태로 사용한다.

처럼 엉성한 서원풍의 창이 그려져 있었고 그 옆에는 같은 색의 서궤가 각도를 무시한 묘사법으로 놓여 있었다. 그들 배경은 에마후다(繪馬札)[7] 그림의 독특한 화풍을 닮았다고 하면 잘 알 수 있지 않을까.

그 배경 속에 크기가 삼십 센티미터 정도 되는 인물 두 명이 앞으로 튀어나와 있었다. 튀어나왔다고 한 이유는 인물만이 압화로 만들어졌기 때문이다. 검은 벨벳의 고풍스러운 양복을 입은 백발노인이 자리가 비좁은 듯 앉아 있고(기이한 건 머리색을 제외하면 노인의 겉모습은 액자 주인인 노인과 똑같았을 뿐만 아니라 입고 있는 양복의 제작 방법까지 똑같았다), 히가노코(緋鹿の子)[8]로 지은 긴소매 옷에 검은 수자(繻子) 허리띠의 배합이 잘 어울리는 열일곱, 열여덟의 싱그러운 유이와타(結綿)[9] 미소녀가 뭐라 형언할 수 없는 부끄러움과 교태를 머금은 채 노인의 양복 무릎에 아양을 떨며 기대 있는, 이른바 연극의 정사장면과 비슷한 그림이었다.

양복을 입은 노인과 요염한 소녀의 대조가 너무나 이상했던 건 말할 필요도 없지만 내가 '기묘'하게 느꼈다고 한 건 그것 때문이 아니었다.

조잡한 배경과 달리 압화의 정교함은 그저 놀라울 따름이었

---

7) 신사나 절에 기원이나 감사의 표시로 살아 있는 말 대신 봉납하는 말을 그린 액자.
8) 진홍빛 바탕에 흰 얼룩무늬로 홀치기염색을 한 것.
9) 미혼 여성의 머리 모양 중 하나로 '시마다마게(島田髷)'의 가운데를 댕기로 묶은 것. '시마다마게'란 앞머리와 옆머리를 튀어나오게 하고 일본식 상투인 '마게(髷)'의 중간을 머리끈으로 맨 올림머리.

다. 얼굴 부분의 흰 비단은 기복을 주어 가느다란 주름까지 하나하나 표현했고, 소녀의 머리는 사람의 머리를 묶듯 진짜 머리카락을 한 올 한 올 붙여서 묶었으며, 노인의 머리 또한 실제 백발을 세심하게 붙인 것임에 틀림없었다. 양복에는 단정한 솔기부터 적절한 곳에 좁쌀만 한 단추까지 달려 있었고 소녀의 부풀어오른 가슴이나 허벅지 부근의 요염한 곡선, 흘러내린 히지리멘(緋縮緬)10), 얼핏 보이는 살결의 색, 손가락에는 조가비 같은 손톱까지 나 있었다. 현미경으로 들여다보면 모공이나 솜털까지 정교하게 붙여 넣은 게 아닌가 싶을 정도였다.

나는 압화라고 하면 하고이타(羽子板)11)에 그려진 배우의 초상화 세공밖에 본 적이 없었고 또 하고이타 세공에도 상당히 정교한 작품이 있지만 이 압화는 그런 것들과는 전혀 비교가 되지 않을 만큼 더없이 정교하고 세밀했다. 아마 그 분야의 명장이 만든 작품이 아닐까. 하지만 그 역시 내가 말한 '기묘'한 점은 아니었다.

액자 자체는 상당히 오래된 듯 배경의 도로에노구는 군데군데 벗겨져 있었고 소녀의 히가노코나 노인의 벨벳도 알아볼 수 없을 만큼 색이 바래 있었지만 그럼에도 형언할 수 없는 음침함이 보는 사람의 망막에 그대로 각인될 듯 반짝반짝 생기를 띠고 있던 점도 기이하다면 기이했다. 하지만 내가 말한 '기

---

10) 바탕이 오글오글한 빨간 비단으로 흔히 부인의 속옷용 천으로 쓰인다.
11) 정월에 여자아이가 하는 전통 놀이인 하고쓰키(羽子突き)에서 하고를 치는 장방형의 나무 채. 오동나무나 삼나무 등으로 만드는데 겉에는 그림을 그리거나 압화를 붙여 넣으며 장식용으로도 쓰인다.

묘' 하다는 의미는 그것도 아니었다.

그것은 굳이 억지로 표현하자면, 압화의 두 인물 모두 살아 있다는 점이었다.

분라쿠(文樂)[12) 인형극에서 하루 동안의 연기 중 단 한두 번, 그것도 극히 짧은 순간 문득 신의 숨결이라도 깃든 것처럼 명인이 움직이는 인형이 정말로 살아 있는 것처럼 여겨질 때가 있는데, 압화의 인물은 바로 그 인형이 살아난 순간에 생명이 인형에서 빠져나갈 틈을 주지 않고 순식간에 그대로 판자에 붙여버린 느낌이어서 영원히 살아 있는 것처럼 보였던 것이다.

나의 표정에서 놀란 기색을 읽었는지 노인이 아주 믿음직스 럽다는 듯한 투로 거의 고함을 치듯 말했다.

"아아, 당신이라면 이해할 수 있을지 모르겠습니다."

그리곤 어깨에 메고 있던 검은 가죽 케이스를 조심스레 열쇠 로 열더니 안에서 대단히 고풍스러운 쌍안경을 꺼내 내게 내밀 었다.

"자, 이 망원경으로 한번 보십시오. 아니, 거기서는 너무 가깝 습니다. 실례지만 좀 더 저편에서. 예, 저편이 딱 좋을 듯합니 다."

실로 이상한 부탁이었지만 나는 한없는 호기심의 포로가 되 어 노인이 말하는 대로 자리에서 일어나 액자에서 대여섯 걸음 물러났다. 노인은 내가 보기 쉽도록 두 손으로 액자를 들고 전등

---

12) 샤미센 반주에 따라 읊는 사설(辭說)인 조루리(淨瑠璃)에 맞추어 연기하는 꼭두각시 인형극.

에 비추어주었다. 지금 생각하면 참으로 이상야릇하고 미친 듯한 광경이었음에 틀림없다.

그 망원경이란 적어도 이삼십 년 전에 외국에서 전해진 물건인 듯했는데, 우리가 어린 시절 흔히 안경가게 간판에서나 봤음직한 그 이상한 모양의 프리즘 망원경은 손길에 닳고 닳아 검은 겉가죽이 벗겨졌고 군데군데 놋쇠 바탕이 드러나, 주인의 양복처럼 매우 고풍스럽고 아련함이 묻어나는 물건이었다.

신기해서 한동안 쌍안경을 이리저리 만지작거리다 이윽고 그림을 들여다보기 위해 두 손으로 눈앞에 가져갔을 때였다. 갑자기, 정말이지 갑자기 노인이 비명에 가까운 고함을 지른 탓에 나는 하마터면 쌍안경을 떨어트릴 뻔했다.

"안 됩니다. 안 됩니다. 그건 거꾸로입니다. 거꾸로 보면 안 됩니다. 안 됩니다."

노인은 새파래진 얼굴로 눈을 휘둥그레 뜬 채 연신 손을 저었다. 쌍안경을 거꾸로 보는 게 왜 그리 큰일인지 나는 노인의 이상한 행동을 이해할 수 없었다.

"아, 그렇군요. 거꾸로였군요."

나는 쌍안경으로 보는 데에만 정신이 팔려 있었던 탓에 노인의 불안한 표정에는 그다지 신경 쓰지 않고 쌍안경을 제대로 된 방향으로 고쳐 잡은 후 서둘러 눈에 대고 압화의 인물을 들여다보았다.

차츰 초점을 맞혀갈수록 두 원형의 시야가 서서히 하나로 겹쳐지고 흐릿하던 무지개 같은 것이 점점 선명해지더니 깜짝 놀랄 만큼 커다란 소녀의 가슴부터 윗부분이 흡사 세상의 전부인 듯 나의 시야 한가득 펼쳐졌다.

나는 그런 식으로 사물이 나타나는 것을 이전이나 이후에도 본 적이 없어서 읽는 사람에게 설명하기 어렵지만, 그와 비슷한 느낌을 떠올려보면 가령 배 위에서 바다로 잠수한 해녀의 어느 한순간의 모습과 비슷하다고 표현할 수 있을까. 해녀의 몸은 바다 속에 있을 때는 끊임없이 일렁거리는 푸른 물결 때문에 마치 해초처럼 부자연스럽게 구불구불 굽이치고 윤곽도 흐릿해져 희끄무레한 유령처럼 보이지만, 쑤욱 떠오르기 시작하면 푸른 물결은 점점 옅어지고 형체가 선명해지다가 머리를 물 위로 쑥 내민 순간, 눈이 번쩍 뜨인 것처럼 물속의 하얀 유령이 한순간 인간의 모습으로 변한다. 꼭 그와 같은 느낌으로 압화의 소녀는 쌍안경 속에서 내 앞에 모습을 드러내더니 실물 크기의 살아 있는 한 소녀로 꿈틀거리기 시작한 것이다.

19세기의 고풍스러운 프리즘 쌍안경 렌즈 건너편에는 우리들이 전혀 상상하지 못하는 다른 세계가 있어, 유이와타의 요염한 소녀와 고풍스런 양복의 백발남자가 거기서 기괴한 생활을 영위하고 있다. 나는 지금 엿보면 안 되는 것을 마법사의 도움으로 엿보고 있는 것이다. 이러한 형용할 수 없는 이상야릇한 기분에 젖어, 그러나 무언가에 홀린 듯 그 불가사의한 세계에 빠져들고 말았다.

소녀가 움직이고 있는 건 아니었으나 전신의 느낌은 육안으로 보았을 때와는 달리 생기 넘치고 창백한 얼굴은 옅은 분홍빛을 띠고 있었으며, 가슴은 고동치고 (실제로 나는 심장의 고동 소리까지 들었다.) 육체에서는 크레이프 의상을 통해 젊은 여인의 생기가 진하게 풍겨오는 듯했다.

나는 소녀의 전신을 쌍안경 너머로 대략 훑어보고 나서 소녀가 교태를 부리며 기대 있는 행복한 백발남자 쪽으로 렌즈를 돌렸다.

노인도 쌍안경 세계에서 똑같이 살아 있었고 겉보기에 나이가 마흔 살쯤 차이 나는 젊은 여인의 어깨에 손을 두르고 자못 행복한 모습이었지만, 묘하게도 렌즈 한가득 비친 그의 주름 많은 얼굴은 수백 개의 주름 아래에서 어딘가 고뇌에 찬 표정을 짓고 있었다. 그것은 노인의 얼굴이 렌즈로 인해 바로 눈앞 삼십 센티미터 가까이까지 너무 커다랗게 닥쳐왔기 때문이기도 했겠지만 바라볼수록 오싹해지는 비통함과 공포가 뒤엉킨 일종의 기묘한 표정이었다.

나는 그것을 보고 가위눌린 듯한 기분에 휩싸여 쌍안경으로 엿보는 걸 견딜 수 없었기에 나도 모르게 눈을 떼고 주위를 두리번두리번 둘러보았다. 그러나 주위는 여전히 적막한 밤기차 안이었고 압화 액자와 그것을 두 손으로 들고 있는 노인의 모습이나 창밖의 어둠은 처음 그대로였으며 단조로운 기차바퀴 소리도 변함없이 들려왔다. 악몽에서 눈을 뜬 기분이었다.

"당신은 기묘하다는 듯한 표정을 짓고 계시는군요."

노인이 액자를 다시 창가에 기대세우고 자리에 앉더니 내게도 맞은편에 앉으라는 듯 손짓을 하며 내 얼굴을 바라보고 이렇게 말했다.

"무더위 탓인지 제 머리가 좀 이상해진 듯합니다."

나는 멋쩍음을 감추려 이렇게 말했다. 그러자 노인이 새우등을 해서 내 쪽으로 얼굴을 바싹 들이대더니 신호라도 보내는 듯 무릎 위의 가늘고 긴 손가락을 하롱거리며 아주 낮은 목소리로 속삭였다.

"그들은 살아 있었죠?"

그리곤 자못 중대한 일이라도 털어놓을 듯한 말투로 등을 한층 깊이 구부리더니 반짝이는 눈을 크게 뜨고 구멍이 뚫여져라 내 얼굴을 바라보면서 이렇게 속삭였다.

"당신은 그들의 신상에 관한 진짜 이야기를 듣고 싶지 않으신지요?"

나는 기차의 흔들림과 바퀴소리 때문에 노인의 나지막하게 속삭이는 듯한 목소리를 잘못 들은 게 아닌가 생각했다.

"신상 이야기라고 말씀하셨는지요?"

"신상 이야기입니다."

노인이 다시 낮은 목소리로 대답했다.

"그중에서도 특히 백발노인의 신상 이야기 말입니다."

"젊은 시절부터 말입니까?"

나도 그날 밤은 왠지 묘하게 평소와 다른 말투를 쓰고 있었다.

"예, 그가 스물다섯 살 무렵의 이야기입니다."

"꼭 듣고 싶군요."

나는 평범하게 살아온 사람의 신변담이라도 재촉하는 양 내심 대수롭지 않게 노인을 재촉했다. 그러자 노인은 자못 기쁘다는 듯 얼굴의 주름을 찌푸리며 "아아, 역시 당신은 듣고 싶으시군요."하며 다음과 같은 너무나 기묘한 이야기를 들려주기 시작했다.

"그러니까 그것은 일생일대의 사건이어서 똑똑히 기억하고 있는데 1895년 4월, 형이 저렇게 (그는 압화의 노인을 가리켰다.) 된 건 27일 저녁의 일이었습니다. 당시 나나 형은 아직 부모님에게서 독립하지 않고 니혼바시도오리(日本橋通)13) 3번가에서 살고 있었고 아버지는 포목점을 하고 계셨습니다. 아마도 '아사쿠사(淺草) 12층'14)이 생기고 얼마 되지 않았을 무렵이었을 겁니다. 그런 탓에 형은 매일 같이 그 능운각(凌雲閣)에 올라 기뻐하곤 했습니다. 왜냐하면 형은 묘하게도 이국적이고 새로운 것을 좋아하는 사람이었으니까요. 이 망원경만 해도 역시 그런 이유로, 외국 선장이 가지고 있던 것을 요코하마(橫浜)의 중국인 거리에 있는 묘한 고물상 점두에서 형이 발견한 것이죠. 당시로썬 꽤 많은 돈을 지불했다고 하더군요."

노인은 '형이'라고 말할 때마다 마치 거기에 그가 앉아 있기라도 하듯 압화의 노인 쪽으로 눈길을 주거나 손가락으로 가리켰다. 노인은 그의 기억 속에 있는 실제의 형과 압화의 백발노인

---

13) 현재 도쿄 주오(中央) 구의 니혼바시(日本橋) 지역 남부에 위치한 동네의 옛 지명. 이 지역은 에도 막부를 세운 도쿠가와 이에야스에 의해 일찍부터 개발된 교통의 요지이자 큰 상점 등이 밀집한 에도를 대표하는 장소이기도 하다.
14) 능운각(凌雲閣)의 통칭으로 도쿄 아사쿠사에 세워졌던 12층짜리 건물을 말한다. 일본 최초로 전동식 엘리베이터가 설치되어 '아사쿠사 12층' 혹은 '12층'으로 널리 알려졌으나 1923년 관동대지진 때 절반이 무너져 해체되었다.

을 혼동하여 압화가 살아서 그의 이야기를 듣고 있기라도 하다는 듯 바로 옆 제삼자를 의식하며 이야기했다. 하지만 묘하게도 나는 그것이 조금도 이상하게 여겨지지 않았다. 우리들은 그 순간, 자연의 법칙을 초월해서 우리의 세계와 어딘가에서 어긋나버린 다른 세계에서 살고 있는 듯했다.

"당신은 12층에 올라가신 적이 있으신지요? 아아, 없으시군요. 유감입니다. 그것은 대체 어떤 마법사가 세운 건지 실로 터무니없이 기묘한 물건이었습니다. 흔히 이탈리아 기술자인 윌리엄 버튼이라는 사람이 설계한 걸로 알려져 있지만 말입니다. 한번 생각해보십시오. 그 무렵 아사쿠사 공원의 명물이라고 하면 우선 미세모노(見世物)[15]인 거미남자(蜘蛛男)[16], 소녀 칼춤, 공 곡예, 겐스이(源水)[17]의 팽이 돌리기, 만화경 따위에 불과하다 기껏 바뀐 것이 후지산 모조품이나 미로 같지 않은 팔진미로(八陣迷路) 정도의 미세모노가 고작이었으니 말입니다. 그랬던 곳에 터무니없이 높은 기와로 지은 탑이 우뚝 솟아났으니 놀라지 않겠습니까. 높이가 52미터[18]라고 하니 반 정(丁)

---

15) 가건물을 세운 뒤 입장료를 받고 진귀한 것이나 곡예, 기예 등을 보여주는 것으로 에도 시대부터 미세모노라는 명칭으로 불리기 시작했다.

16) 예전에 아사쿠사 롯구(六区)에서 보여주던 미세모노. 키는 75센티미터 정도였고 손은 가늘고 길며 다리가 접혀져 있는 절름발이였는데 모습이 거미를 닮아 거미남자(蜘蛛男)라고 불렸다고 한다.

17) 마쓰이 겐스이(松井源水)를 말하며, 선조는 도야마(富山) 사람이었으나 에도 중기에 4대째인 마쓰이 겐스이 때부터 아사쿠사 오쿠야마(奥山)로 나와 집안 전래의 환약을 팔았는데 손님을 모으기 위해 팽이를 이용한 곡예인 교쿠고마(曲独楽)나 이아이누키(居合抜-한쪽 무릎을 세우고 재빨리 칼을 뽑아 적을 베는 기술)를 연기해서 널리 알려졌다.

18) 원서에는 '마흔여섯 간(四六十間)'으로 되어 있지만 1간(間)이 약 1.8미터이니 약 83미터이다. 그러나 12층의 실제 높이는 약 52미터이고, 뒤에 이어진 "반

이 넘고 팔각형 정상이 당나라 모자처럼 뾰족하여 높은 곳에 오르기만 하면 도쿄 어디에서나 그 빨간 도깨비를 볼 수 있었습니다.

방금 말한 대로 1895년 봄, 형이 이 망원경을 손에 넣은 지 얼마 되지 않았을 무렵이었습니다. 형의 신변에 묘한 일이 일어나기 시작했습니다. 아버지는 형이 정신이 나간 게 아닌가 하고 크게 걱정하셨는데, 눈치 채셨겠지만 저도 형을 무척 좋아한 탓에 형의 이상한 행동이 너무나 걱정돼 어찌할 바를 몰랐습니다. 어땠는가 하면 형은 밥도 제대로 먹지 않고 가족과는 말도 하지 않은 채 집에 있을 때는 방에 틀어박혀 생각에 잠겨 있었습니다. 몸은 마르고 얼굴은 폐병에 걸린 것처럼 흙빛인데 눈만 희번덕거리고 있었죠. 본래 평소에도 얼굴빛이 좋은 편은 아니었으나 더 창백해진 얼굴로 침울해져 있었으니 정말이지 안쓰러울 따름이었습니다. 그런데 그런 모습으로 하루도 거르지 않고 마치 출근이라도 하듯 점심부터 해질녘까지 어슬렁어슬렁 어딘가로 나가는 겁니다. 어디를 가는지 물어봐도 일절 가르쳐주지 않았습니다. 어머니가 걱정이 되어 모든 수단을 동원하여 침울해하는 이유를 물어보았으나 형은 일절 털어놓지 않았습니다. 그런 상태가 한 달 정도 계속되었습니다.

어느 날 저는 너무 걱정스러워 형이 대체 어디로 가는지 몰래 뒤를 밟았습니다. 그렇게 하도록 어머니가 제게 부탁했던 겁니

정(丁)이 넘는(余)"이라는 문장에서 '반 정'은 약 50미터인 것을 감안하면 문맥상 '마흔여섯 간'을 그대로 번역하기 어려워 실제 크기인 52미터로 번역하였음을 밝혀둔다.

다. 그날도 꼭 오늘처럼 흐리고 께름칙한 날이었는데 점심이 지나자 형은 당시로서는 대단히 세련된 검은 벨벳 맞춤양복을 입고 이 망원경을 어깨에 건 채 비실비실 니혼바시도오리의 마차철도 쪽으로 걸어가는 것이었습니다. 저는 형이 눈치 채지 못하게 뒤따라갔습니다. 잘 듣고 계시겠죠? 그런데 형은 우에노 행 마차철도를 기다렸다 훌쩍 거기에 올라타버렸습니다. 요즘의 전차와는 달리 차량의 수가 적어 다음 차를 타고 뒤따라갈 수도 없었습니다. 저는 어쩔 수 없이 큰맘 먹고 어머니에게 받은 용돈으로 인력거를 탔습니다. 인력거라고 해도 인력거꾼이 힘만 좋으면 마차철도를 놓치지 않고 뒤따라가는 건 쉬운 일이었습니다.

형이 마차철도에서 내리자 저도 인력거에서 내려 다시 터벅터벅 뒤를 따라갔습니다. 그렇게 도착한 곳은 뜻밖에도 아사쿠사 관음상이 있는 천초사(淺草寺)였습니다. 형은 상점들이 늘어선 나카미세(仲店)를 통해서 사당 앞을 지나 뒤편의 미세모노 가건물 사이의 인파를 헤치고 아까 말씀드린 12층 앞까지 가더니 돌문으로 들어가 돈을 지불하고 '능운각'이라는 현판이 걸린 입구를 통해 탑 안으로 자취를 감춰버렸습니다. 설마 형이 이런 곳에 매일 오리라고는 꿈에도 생각지 못했던 탓에 형이 12층 괴물에게 홀린 게 아닐까 하는 이상한 생각마저 들었습니다.

저는 아버지를 따라 딱 한 번 12층에 올라갔던 이후 간 적이 없어서 왠지 께름칙한 기분이 들었지만 형이 올라갔기 때문에 어쩔 수 없이 저도 한 층 정도 뒤쳐져서 어두컴컴한 돌계단을 올라갔습니다. 창도 크지 않았고 벽돌로 된 벽이 두꺼워 땅굴처럼 서늘하더군요. 게다가 청일전쟁 당시였기에 그 무렵에는 드물었던 전쟁 유화가 한쪽 벽에 쭉 걸려 있었습니다. 마치 늑대 같은 무서운 얼굴을 하고 울부짖으며 돌파하는 일본군이나 옆구리가 총검에 찔려 뿜어져 나오는 핏줄기를 양손으로 누른 채 자줏빛 얼굴과 입술로 버둥거리고 있는 중국군이나 목이 잘린 변발의 머리가 풍선처럼 하늘 높이 치솟은 광경들까지, 뭐라 형용할 수 없는 음침한 피투성이의 유화가 창으로 들어온 희미한 햇빛을 받아 번쩍거리고 있었습니다. 그 사이를 따라 달팽이껍데기 같은 음침한 돌계단이 끝도 없이 위로 이어져 있었습니다. 참으로 기괴한 기분이었습니다.

꼭대기는 벽이 없고 난간만 있는 팔각형의 복도식 전망대로 되어 있었는데 그곳에 이르면 갑자기 환하게 밝아져, 그때까지 어두컴컴한 길이 길게 이어졌던 만큼 깜짝 놀라고 맙니다. 구름은 손에 잡힐 듯 낮은 곳에 떠 있는데 멀리 바라보면 도쿄 시내의 지붕이 쓰레기처럼 뒤죽박죽 엉켜 있고 시나가와(品川)의 오다이바(御臺場)가 본세키(盆石)[19]처럼 보였습니다. 현기증이 나려는 걸 참고 아래를 내려다보니 관음당도 저 멀리 아래에 있었고 가건물의 미세모노는 장난감 같았으며 걸어가는 사람은 머리와 발만 보이더군요.

---

19) 무로마치(室町) 시대부터 이어진 조형예술로 쟁반 위에 자연석이나 모래 등을 배열하여 풍경을 만들어 그 풍취를 즐기는 것.

꼭대기에는 열 명 정도의 구경꾼 무리가 무서운 듯한 표정을 지은 채 작은 목소리로 소곤거리며 시나가와 바다 쪽을 바라보고 있었는데, 형은 그들과는 떨어진 장소에서 홀로 망원경을 눈에 대고 연신 아사쿠사 경내를 둘러보고 있었습니다. 그것을 뒤에서 보고 있으니 희뿌옇고 어두침침한 구름들 속에 벨벳 양복을 입은 형의 모습이 또렷하게 떠올라 아래쪽 어수선한 풍경은 아무것도 보이지 않았습니다. 그런데 형이라는 건 알고 있어도 어딘지 서양의 유화 속 인물 같다는 성스러운 생각이 들어 말을 거는 것이 꺼려질 정도였습니다.

하지만 어머니의 부탁을 떠올리면 마냥 그러고 있을 수도 없어 저는 형의 뒤로 다가가서 '형, 뭘 보고 있어요?' 하고 말을 걸었습니다. 형은 깜짝 놀라 뒤를 돌아보곤 어색한 표정으로 아무 말도 하지 않았습니다. 저는 '요즘 형 때문에 아버지와 어머니가 크게 걱정하고 계세요. 매일 어디를 가는지 이상하게 여겼더니 이런 곳에 오는 거였군요. 그 이유를 말해주세요. 평소 사이가 좋았던 내게라도 털어놓아주세요.' 하고 근처에 사람이 없는 걸 다행으로 여기며 탑 위에서 형을 설득했습니다.

좀처럼 털어놓지 않았지만 제가 끈질기게 부탁하자 형도 지쳤는지 드디어 한 달 동안 가슴에 품고 있던 비밀을 제게 이야기해주었습니다. 그런데 형의 번민의 원인이라는 게 실로 기묘하다고밖에 할 수 없었습니다.

형이 말하길 꼭 한 달 전쯤 12층에 올라 이 망원경으로 관음당 경내를 바라보다 인파 속에서 얼핏 한 소녀의 얼굴을 보았다고 합니다. 소녀는 도저히 이 세상 사람으로 여겨지지 않을 만큼 아름다워서 평소 여자한테 더없이 냉담했던 형조차 오싹 한기가 들만큼 망원경 속 소녀에게 완전히 마음을 빼앗기고 말았다고 하더군요.

그때 형은 얼핏 본 것만으로도 깜짝 놀라 눈에서 망원경을 떼버렸던 탓에 다시 보려 망원경으로 같은 곳을 열심히 찾아보았지만 도저히 소녀의 얼굴을 찾을 수가 없었습니다. 망원경에서는 가까이 보이더라도 실제로는 먼 곳이었고 수많은 인파 속이었기에 한 번 보았다고 해서 다시 찾아낼 수 있다는 보장은 없었으니 말입니다.

지극히 내성적이던 형은 그 후로 망원경 속 아름다운 소녀를 잊지 못해 지독한 상사병을 앓기 시작했던 것입니다. 요즘 사람들은 웃을지 모르겠지만 그 무렵의 사람들은 실로 점잖아서 길에서 스쳐지나다 한 번 본 여인에게 반해 상사병에 걸린 남자들도 많았던 시대였으니 말입니다. 말할 필요도 없이 형은 밥도 제대로 먹지 못할 만큼 쇠약해진 몸을 끌고 소녀가 관음당 경내를 다시 지나갈지 모른다는 막연한 희망을 품은 채 매일 출근하듯 12층에 올라 망원경으로 바라다보고 있었던 것입니다. 사랑이라는 건 참으로 기묘한 것이더군요.

형은 내게 털어놓고는 다시 열병에 걸린 듯 망원경을 들여다보기 시작했는데 저는 형의 심정을 알고는 동정심이 일었습니다. 그래서 일말의 희망도 없는 헛수고지만 그만 두라고 말릴 생각도 하지 못한 채 눈물을 흘리며 형의 뒷모습을 바라보고 있었습니다. 그런데 그때……, 아, 저는 그 기묘하고 아름다웠던 광경을 잊을 수가 없습니다. 삼십 년이나 지난 옛일이지만 이렇게 눈을 감으면 그 꿈같은 색채들이 생생히 떠오를 정도입니다.

앞에서 말한 대로 형의 뒤에 서 있으니 보이는 거라곤 하늘뿐으로 자욱한 뭉게구름 속에 양복을 입은 형의 가냘픈 모습이 그림처럼 떠올라, 움직이는 것은 뭉게구름이었으나 마치 형의 몸이 공중을 떠다니는 것 같다는 착각이 들었습니다. 그런데 갑자기 폭죽이라도 쏘아올린 것처럼 희뿌연 넓은 하늘에 무수한 빨강, 파랑, 보라색 풍선이 앞을 다퉈 두둥실 떠올라왔습니다. 말만으로는 이해하기 어려울 테지만 정말로 그림 같기도 하고 또 어떤 전조 같기도 하여 저는 형언할 수 없는 기이한 기분에 사로잡혔습니다. 무슨 일인가 싶어 서둘러 아래를 내려다보니 풍선장수가 뭔가 실수를 했는지 고무풍선이 한꺼번에 하늘로 날아올랐다는 건 알게 됐으나 당시에는 고무풍선 자체가 요즘보다 아주 귀했던 탓에 어떤 상황인지 알았음에도 저는 여전히 묘한 기분에 사로잡혀 있었습니다.

그것이 계기가 되었을 리 없으나 묘하게도 바로 그 순간 형이 대단히 흥분한 듯 붉게 물든 창백한 얼굴로 숨을 몰아쉬며 제쪽으로 달려와 갑자기 손을 잡고 '가자. 빨리 가지 않으면 늦을 거야.'라며 저를 세차게 잡아끌었습니다. 형에게 이끌려 탑의 돌계단을 뛰어 내려가며 연유를 묻자, 소녀를 발견한 것 같은데 파릇한 새 다다미를 깐 널찍한 방에 앉아 있었으니 지금 가도 그곳에 있을 거라고 말하는 것이었습니다.

형이 보았다는 장소는 관음당 뒤편의 커다란 소나무 근처인데 그곳에 널찍한 다다미방이 있다고 했지만 막상 우리가 그곳에 가서 찾아보아도 소나무는 분명 있으나 근처에는 집다운 집조차 없어 마치 여우에게 홀린 것 같은 심정이었습니다. 형이 헛것을 본 거라고 생각했지만 풀이 죽어 있는 모습이 너무나 안쓰러워 마음을 진정시킬 겸 근처의 찻집들을 돌며 물어보아도 소녀의 자취는 찾을 수 없었습니다.

그렇게 찾는 동안 형과 헤어지게 되었는데 찻집들을 한 바퀴 돌고 다시 본래의 소나무 아래로 돌아오니 거기에 이런저런 노점들이 늘어서 있었고 그중 한 곳의 만화경장수가 철썩철썩 소리가 나도록 채찍을 휘두르며 장사를 하고 있었습니다. 살펴보니 형이 엉거주춤한 자세로 열심히 만화경을 들여다보고 있는 것이었습니다. '형, 대체 뭐하고 있어요?' 하며 어깨를 두드렸는데 깜짝 놀라 뒤를 돌아보았을 때의 형의 얼굴을 저는 지금도 잊을 수가 없습니다. 뭐라고 하면 좋을지 꿈을 꾸고 있는 듯하다고나 할까, 얼굴 근육이 풀어진 멍한 눈매로 먼 곳을 보고 있는데 제게 말하는 목소리조차 더없이 공허하게 들렸습니다. 그리곤 '우리가 찾던 소녀는 이 속에 있어.' 하고 말했습니다.

그 말을 들은 저도 서둘러 동전을 건네고 만화경을 들여다보았더니 그것은 야오야 오시치(八百屋お七)[20]의 만화경이었습

---

20) 오시치(お七)는 에도 혼고(本郷)의 갈림목에 있던 청과물 가게(八百屋-야오야)의 딸. 1683년 1월 25일(시기에는 여러 설이 있음)의 대화재로 집이 불타자 부모와 함께 고마고메(駒込)의 정선사(正仙寺)로 피난을 갔다 주지의 시중을 들던 이쿠다 쇼노스케(生田庄之助)와 사랑에 빠진다. 그 후 오시치는 가족과 함께 집으로 돌아오지만 쇼노스케와 같이 지내고 싶은 마음에 집에 불을 질렀

니다. 마침 길상사(吉祥寺) 서원에서 오시치가 기치자(吉三)21)에게 애교를 떨며 기대 있는 그림이더군요. 잊을 수도 없습니다. 만화경장수 부부는 채찍으로 가락을 맞추며 쉰 목소리로 '무릎을 꿇고 눈으로 말하길'이라는 대목을 읊고 있는 중이었습니다. 아아, 그 '무릎을 꿇고 눈으로 말하길'이라는 이상한 곡조가 지금도 귓가에 들려오는 듯합니다.

만화경 그림 속 인물은 압화로 되어 있었는데 그 분야 명인의 작품이었던 듯합니다. 오시치의 얼굴이 생생하고 아름다워 제 눈에도 정말 살아 있는 사람처럼 보였으니 형이 그리 말했던 것도 결코 무리는 아니었습니다. 형은 '비록 소녀가 그림의 압화라는 걸 알았어도 나는 도저히 포기할 수 없어. 슬픈 일이지만 포기할 수 없어. 단 한 번이라도 좋으니 나도 기치자처럼 압화 속 남자가 되어 이 소녀와 이야기를 나누고 싶어.'라고 말하며 멍하니 그곳에 선 채 미동도 하지 않았습니다. 생각해보니 만화경 그림에 빛을 들이기 위해 위쪽을 열어놓았던 탓에 12층 꼭대기에서 비스듬히 볼 수 있었던 것임에 틀림없었습니다.

그때는 이미 날이 저물기 시작해서 사람의 발길도 뜸해졌기에 만화경 앞에도 단발머리 아이 두세 명만 아쉬운 듯 자리를

고 결국 방화죄로 체포되어 스즈가모리(鈴ヶ森) 형장에서 화형에 처해졌다. 오시치가 죽은 지 3년 후 이하라 사이카쿠(井原西鶴)가 『호색오인녀(好色五人女)』에 이 이야기를 실었고 이후 '야오야 오시치'로 널리 알려졌으며 문학작품이나 가부키 등의 주인공으로 사랑받아왔다.

21) 오시치의 연인의 이름은 작품마다 다른 경우가 많다. 『천화소왜집(天和笑委集)』에서는 이쿠다 쇼노스케, 『호색오인녀』에서는 오노 기치자부로(小野吉三郎), 그 외 작품 등에서는 깃사(吉三), 기치자 등으로 불린다. 저자는 소설에서 기치자라는 이름을 쓰고 있다.

떠나지 못하고 얼쩡거리고 있을 뿐이었습니다. 점심부터 날은 구름이 껴서 어둑어둑했는데 해질녘에는 금방이라도 비가 내릴 것처럼 머리를 짓누르는 구름이 한층 낮게 깔려 정신이 아득해질 만큼 음침하게 변해 있었습니다. 그리고 귓가에 둥둥 북소리가 들려오고 있었습니다. 형은 그 속에서 물끄러미 먼 곳을 응시한 채 언제까지고 움직일 줄 몰랐습니다. 그런 상태가 아마 한 시간은 이어진 듯합니다.

이미 날은 완전히 저물어 멀리 공 곡예 가게의 가스등이 가물가물 아름다운 빛을 발하기 시작할 무렵, 갑자기 정신이 번쩍 든 사람처럼 형이 제 팔을 잡더니 '아아, 좋은 생각이 떠올랐어. 너, 부탁이니 이 망원경을 반대로 해서 큰 유리렌즈 쪽에 눈을 대고 나를 바라봐줘.' 하고 이상한 말을 했습니다. '왜요?'라고 물어도 '어쨌든 그렇게 해줘.'라며 제 말은 듣지 않았습니다. 저는 선천적으로 렌즈 종류는 그다지 좋아하지 않았는데, 망원경이든 현미경이든 멀리 있는 사물이 갑자기 눈앞으로 다가오거나 작은 벌레가 짐승처럼 커지는 마술 같은 현상이 께름칙했던 것입니다. 그래서 형이 아끼는 망원경 역시 별로 들여다본 적이 없었고, 들여다본 적이 적었던 만큼 그것이 더 마성의 기계처럼 여겨졌습니다. 게다가 날이 저물어 사람의 얼굴도 제대로 보이지 않는 괴괴한 관음당 뒤편에서 망원경 반대쪽으로 형을 바라보라니, 미친 짓 같기도 하고 께름칙하게 여겨지기도 했으나 형이 한사코 부탁하여 어쩔 수 없이 말하는 대로 망원경을 눈에 대고 바라보았습니다. 반대쪽으로 보는 거니 사오 미터

맞은편에 서 있는 형의 모습이 육십 센티미터 정도로 작아졌는데 작아진 만큼 어둠 속에 선명하게 도드라져 보였습니다. 다른 풍경은 아무것도 보이지 않고 작아진 형의 양복을 입은 모습만 렌즈의 한가운데에 우뚝 서 있었습니다. 그런데 아마 형이 뒷걸음질로 걸어간 것 같았습니다. 점차 작아지더니 이윽고 삼십 센티미터 정도의 인형 같이 귀여운 모습이 되어버렸습니다. 그리고 그 모습이 훌쩍 공중으로 떠오른 듯하더니 앗 하는 순간 어둠 속으로 녹아들고 말았습니다.

저는 무서워져서 (이런 말을 하면 나잇값도 못한다고 여기시겠지만 그때는 정말 온몸이 오싹할 정도로 무서웠습니다.) 망원경을 눈에서 떼고 '형'하고 부르며 형이 사라진 곳으로 달려갔습니다. 그런데 어찌된 영문인지 아무리 찾아봐도 형의 모습은 보이지 않았습니다. 시간상으로도 멀리 갔을 리가 없는데 여기저기 물어봐도 알 수 없었습니다. 세상에, 글쎄, 그렇게 저희 형은 그대로 세상에서 자취를 감추고 말았던 것입니다……. 그 이래로 저는 망원경이라는 마성의 기계를 더 무서워하게 되었습니다. 특히 이 어느 나라의 선장인지도 모를 이방인의 소유물이었던 망원경이 유달리 께름칙하여, 다른 렌즈는 몰라도 이 렌즈만은 무슨 일이 있어도 반대로 보면 안 된다, 반대로 보면 안 좋은 일이 일어난다고 굳게 믿고 있습니다. 당신이 아까 이것을 반대로 들었을 때 제가 황망히 만류한 연유를 아셨겠죠.

그런데 오랫동안 찾다 지쳐 본래의 만화경가게 앞으로 돌아왔을 때였습니다. 저는 어떤 생각이 떠올랐습니다. 그것은 형이 압화의 소녀를 너무 사랑한 나머지 마성의 망원경의 힘을 빌려 자신의 몸을 압화의 소녀와 같은 크기로 줄인 뒤 압화의 세계로 들어간 게 아닐까 하는 생각이었습니다. 그래서 저는 아직 가게를 닫지 않고 있던 만화경장수에게 부탁하여 길상사의 장면을 보았는데, 역시나 예상한대로 형은 압화가 되어 남포등 빛 속에서 기치자 대신 기쁨에 겨운 얼굴로 오시치를 안고 있는 게 아니겠습니까.

저는 슬프다기보다 그렇게 해서 소원을 이룬 행복한 형의 모습을 보고 눈물이 날 만큼 기뻤습니다. 저는 그림이 아무리 비싸도 상관없으니 꼭 제게 팔라고 만화경장수에게 굳게 다짐을 놓고 (묘하게도 만화경장수는 기치자 대신 양복을 입은 형이 앉아 있다는 사실을 전혀 알아차리지 못한 기색이었습니다.) 집으로 달려가서 어머니에게 자초지종을 이야기했는데, 아버지나 어머니는 무슨 소리냐, 정신이 이상한 게 아니냐며 아무리 말해도 받아들이지 않으셨습니다. 이상하지 않습니까? 하하하, 하하하."

노인은 이렇게 말하고 자못 우스꽝스럽다는 듯 웃기 시작했다. 그리고 이상하게도 나 역시 노인과 같은 심정으로 함께 껄껄껄 웃었다.

"부모님은 사람이 압화 따위가 될 리 없다고 믿고 계셨던 겁니다. 그러나 그 후 형이 이 세상에서 불현듯 사라져버린 것이 압화가 되었다는 증거 아니겠습니까? 게다가 부모님은 형이 집을 나간 것 같다는 둥 엉뚱한 억측을 하고 계시더군요. 어쩔 도리가 없었습니다. 저는 결국 무슨 말을 하든 개의치 않고 어머니에게 돈을 졸라 마침내 그 그림을 손에 넣은 후 그것을 들고 하코네(箱根)에서 가마쿠라(鎌倉)까지 여행을 했습니다. 그건 형을 신혼여행에 보내주고 싶었기 때문이었습니다. 이렇게 기차를 타고 앉아 있으면 그때의 일이 떠오르곤 합니다. 오늘처럼 이렇게 그림을 창가에 세워놓고 형과 형의 연인에게 창밖 풍경을 보여주었으니 말입니다. 형은 얼마나 행복했을까. 소녀도 그토록 진실한 형의 마음을 어찌 거절할 수 있었겠습니까. 두 사람은 진짜 신혼부부처럼 부끄러운 듯 얼굴을 붉히며 서로 살을 맞대고 정답게 끝도 없이 정담(情談)을 나누었을 겁니다.

그 후 아버지는 도쿄의 가게를 접고 도야마 근처 고향으로 이사를 가셨는데 저도 아버지를 따라 쭉 그곳에서 살았습니다. 그로부터 어느덧 삼십여 년이 지나 오랜만에 형에게 달라진 도쿄를 보여주고 싶어 이렇게 형과 함께 여행을 하고 있는 것입니다.

그런데 슬픈 건 소녀는 본래 사람이 그린 그림이라 아무리 살아 있다고 해도 나이를 먹지 않지만, 형은 압화가 되었다고는 해도 그것은 억지로 형체를 바꾼 것일 뿐 수명이 있는 인간이기에 우리들과 마찬가지로 나이를 먹기 마련입니다. 보시는 바와 같이 스물다섯 살 미소년이던 형이 어느덧 저처럼 백발이 되어 얼굴에 추한 주름이 잡혔습니다. 형의 입장에서는 얼마나 슬픈 일이겠습니까. 상대 소녀는 언제까지나 젊고 아름다운데 자신만 추하게 늙어가니 말입니다. 무서운 일입니다. 형은 슬픈 듯한 얼굴을 하고 있습니다. 수년 전부터 늘 저런 괴로운 듯한 얼굴을 하고 있습니다. 그것을 생각하면 저는 형이 너무나 가여워 견딜 수가 없습니다."

노인이 암울하게 압화 속 노인을 바라보다 문득 깨달은 듯 말했다.

"아아, 이야기가 너무 길어졌군요. 그러나 당신은 이해하셨겠지요. 다른 사람들처럼 저를 보고 미치광이라고는 하지 않으시겠지요. 아아, 그걸로 저는 이야기한 보람이 있습니다. 아마 두 사람도 피곤할 겁니다. 게다가 당신 앞에서 그런 이야기를 했으니 꽤나 부끄러워하고 있을 겁니다. 그럼 이제 그만하기로 하겠습니다."

노인은 이렇게 말하며 압화 액자를 가만히 검은 보자기로 감쌌다. 그 순간, 내 기분 탓인지 압화의 인형들이 일순 부끄러운 듯 입가에 미소를 지으며 내게 인사를 한 것처럼 보였다. 노인은 더 이상 아무 말도 하지 않았고 나 역시 아무런 말도 하지 않았다. 기차는 여전히 덜컹덜컹 둔탁한 소리를 내며 어둠 속을 달리고 있었다.

그렇게 십분 정도 흐르자 바퀴소리가 느려지더니 창밖으로 깜빡깜빡 두세 개의 불빛이 보이고 기차가 어딘지 모를 산속의 작은 역에 정차했다. 역무원 한 명이 덩그러니 플랫폼에 서 있는 모습이 보였다.

"그럼 저는 이곳 친척집에서 하룻밤 머물 예정이라 먼저 실례하겠습니다."

액자꾸러미를 안은 노인이 훌쩍 일어서 이렇게 인사를 하고 기차 밖으로 나갔다. 창 너머로 보니 가냘픈 노인의 뒷모습(그 모습이 어쩜 그리 압화 속 노인의 모습과 닮았던지)이 간이 개찰구에서 역무원에게 기차표를 건넨 듯하더니 그 너머의 어둠 속으로 녹아들듯 그대로 사라져갔다.

삼인법사

다니자키 준이치로

다니자키 준이치로(谷崎潤一郎, 1886~1965)

　도쿄 니혼바시 상점의 장남으로 태어났다. 아버지는 무기력한 타입, 어머니는 성격이 강한 미인이었다고 한다. 그러한 환경이 준이치로의 정신형성에 크게 작용했다. 도교 부립 제1중학교에 입학했으나 아버지가 가업에 실패해 서생을 하며 제1고등학교 영법과에 진학, 이후 도쿄 제국대학 국문과에 적을 두었으나 1911년 학비 미납으로 퇴학, 곧 작가 생활을 시작했다. 제2차 『신사조』를 도쿄 제국대학 재학 중에 창간, 발표한 「문신」이 나가이 가후의 극찬을 받았다. 마조히즘의 묘사나 높은 이야기성은 자연주의 중심이었던 문단에 충격을 주었다. 관동대진재 후 간사이로 이주, 일본의 전통문화로 회귀하여 「세설」이나 「음예예찬」 등을 발표했다.

다니자키 준이치로상

　1965년에 중앙공론사가 설립 80주년을 기념하여 제정한 문학상. 시대를 대표하는 소설과 희곡을 대상으로 연 1회 선정한다.

세상에 「삼인법사(三人法師)1)」라는 이야기가 있다. 어느 시대 누구의 작품인지 분명치는 않다. 만지(萬治)2) 2년 판이 있다고는 하는데 나는 이것을 『국사총서國史叢書』 속에 들어 있는 활자판으로 읽었다. 그다지 명문이라고는 할 수 없는 서툴고 치졸한 문장이나 남북조(南北朝)3) 무렵의 세상을 엿볼 수 있을 뿐만 아니라 첫 번째 법사부터 두 번째, 세 번째 법사로 갈수록 이야기가 복잡해지면서 재미있고 구성도 잘 짜여 있으며, 전편에 걸쳐 관통하는 애수는 상당한 문학적 가치를 인정할 수 있다. 가을밤 읽을거리로 맞춤하게 여겨졌기에 장황한 부분과 가나(仮名)4)로 쓰여 알 수 없는 부분은 생략하기도 하고 다소 수정을 가하기도 했으나 대체로 원문의 뜻에 따라 가능한 한 충실히 현대어로 고쳐보았다. 혹여 다소나마 고문의 문맥과 운율을 전하는 데 성공했다면 작자로서는 만족한다.

---

1) 무로마치(室町, 1336~1573) 시대부터 에도(江戸) 시대 초기에 걸쳐 지어진, 그림을 곁들인 단편소설의 총칭인 오토기조시(御伽草子) 작품 중 하나.
2) 에도 시대 전기의 연호로 1658년부터 1661년까지를 말한다.
3) 아시카가 다카우지(足利尊氏)가 고묘(光明) 천황을 옹립(북조)한 데 대항하여, 고다이고(後醍醐) 천황이 교토를 탈출하여 요시노행궁(吉野行宮)으로 천도(남조)한 때부터 남북조가 합쳐진 56년간(1336~1392)을 말한다.
4) 일본어를 표기하기 위해 한자를 바탕으로 만든 표음문자.

고야산(高野山)5)으로 모여든 바에는 어차피 세상을 싫어하는 사람들일 테지만, 똑같은 염리(厭離)의 바람을 이루는 데에도 좌선 선정의 방법이 있는가 하면 염불 삼매의 길도 있다. 산은 넓어서 속승(俗僧)들이 저마다 여기저기 거할 곳을 구해 각자 나름대로 가르침에 대해 수행하고 있는데, 어느 밤 그런 사람들이 한 승방에 모였을 때였다. 한 승려가 둘러보며 우리는 모두 출가한 몸으로 속세를 떠난 데에는 각자 사연이 있을 거외다. 좌선도 좋으나 참회의 덕 역시 죄를 멸한다는 말도 있으니 오늘밤은 다함께 참회담을 나누는 건 어떻겠습니까, 하고 말을 꺼냈다. 그것이 계기가 되어 이런저런 젊을 적 이야기로 좌중이 무르익었을 무렵, 나이가 마흔두엇쯤 되는 온통 솔기가 터진 옷을 입고 고된 수행으로 볼품없이 말라비틀어졌으나 이를 까맣게 물들여 어딘가 심상치 않은 모습으로 아까부터 구석에 틀어박혀 곰곰 생각에 잠겨 있던 승려가 불쑥 그럼 내 이야기를 들어보시겠습니까, 라며 차분한 말투로 이야기를 시작했다.

도성의 일은 여러분도 잘 알고 계실 테지만 저는 본래 다카우지(尊氏) 장군을 섬기던 측신인 가스야노 시로자에몬(糟屋の四郎左衛門)이라 하는데 열세 살부터 장군 밑으로 들어가 예불과 제사는 물론 달구경, 꽃구경 수행에 빠진 적이 없을 만큼 충실히 섬기던 어느 해의 일이었습니다. 니조도노(二条殿)6)

---

5) 와카야마(和歌山) 현 북부에 있는 산. 진언종(眞言宗) 총본산인 금강봉사(金剛峯寺)가 있는 성지이다.
6) 남북조 시대 태정대신을 역임한 니조 요시모토(二条良基)의 저택.

행차에 수행하여 갔더니 때마침 제 친구들이 모여 놀고 있었던 듯 제가 있는 곳에도 사람을 보내 빨리 오라고 하더군요. 돌아갈 때까지 아직 시간이 있을까 싶어 연회 자리를 살펴보니 마침 술이 두어 순배 돈 듯한데 한 여인이 네모난 쟁반 위에 답례품으로 고소데(小袖)[7]를 담아 가지고 나오는 참이었습니다. 그 여인은 채 스무 살이 안 될 만큼 앳됐는데 부드러운 비단 고소데에 붉은 꽃과 녹색 잎 무늬의 홑옷을 겹쳐 입고 분홍빛 하카마(袴)가 바닥에 닿을 듯했으며, 긴 머릿결이 나부끼는 아름다운 모습이란 황비나 후궁도 단연 비할 바가 아니었습니다. 아아, 인간으로 태어난 이상 그러한 여인과 말을 나누고 같은 베개를 베고 싶기 마련이겠지요. 저는 한 번 더 모습을 보이지 않을까, 하다 못해 얼굴이라도 한 번 더 자세히 보고 싶은 마음에 그때부터 흠모의 정이 가슴에 사무쳐 잊으려 해도 잊을 수 없는 꿈결 같은 사랑에 빠지고 말았습니다. 그 후 집에 돌아와서도 그녀의 모습이 눈앞에서 떠나지 않아 밥도 제대로 먹지 못한 채 드러누워 네댓새 동안 출사도 하지 않았습니다. 그러자 장군께서 요즘 가스야에게 무슨 일이 있느냐며 사람을 보내셔서 몸이 좋지 않다고 고하자 의원을 보낼 테니 치료받으라는 분부를 내리셨습니다. 얼마 후 집에 의원이 와서 일어나 옷을 갈아입고 만났는데 맥을 짚어보더니 별다른 증상도 없는데 이상하다며 누구 원망하는 사람이 있는지, 아니면 큰 근심거리가 있는지 물어보

---

7) 소매통이 좁은 평상복. 또는 예복인 오소데(大袖) 밑에 받쳐 입는 옷을 말하기도 한다.

앓습니다. 저는 짐짓 태연한 척 어릴 때부터 이렇게 앓곤 했는데 반달 정도 양생하면 늘 낫곤 했으니 이번에도 곧 괜찮아질 거라고 말했으나, 의원은 장군을 뵙고 병으로 여겨지지는 않는다며 그건 신상에 큰일이 생겼거나 그도 아니면 예전에는 흔히 사랑이라던 상사병인 듯싶다고 말씀드렸습니다. 그러자 장군께서 지금 세상들인 사랑이 없을 리 만무하다며 제 흉중을 알아보라는 명을 내리셨는데, 누군가 사사키 사부로사에몬(佐々木三郎左衛門)이 가장 친하니 그를 보내시는 게 좋겠다고 고했습니다. 장군 앞에 불려온 사사키가 명을 받고 병문안을 와 자고 있는 제 머리맡에 앉더니 원망스러운 말투로 평소 많은 친구들 중에서도 형제처럼 지냈는데 이렇게 아픈데도 왜 알리지 않았는지 묻더군요. 저는 걱정할 정도의 병도 아니라 홀어머니께조차 알리지 않았으니 너무 원망 말고 나쁘게 생각하지도 말라며 병이 깊어지면 알릴 테니 그리 야단을 떨지 말고 돌아가라고 하고, 내 몸보다 장군을 섬기는 일이 중요하다고 말했습니다. 그럼에도 간병을 하겠다며 네댓새 동안 곁을 떠나지 않고 제 심중을 묻더군요. 저도 처음에는 숨겼으나 너무 친절하게 대해주어 있는 그대로 털어놓았습니다. 그러자 사사키는 "허면 자네는 사랑에 빠진 게로군. 그렇다면 간단한 일이네."라며 장군을 찾아뵙고 고했더니 "그러했군. 그런 일이라면 손쉬운 일이다."라시며 황송하게도 친히 서찰을 써서 사사키를 니조도노에 사자로 보내셨습니다. 그런데 니조도노에서 그 여인의 이름은 오노에(尾上)인데 궁녀이기 때문에 궁 밖으로 보낼 수 없으니 그 사내를 이쪽으로 보내달라는 답신을 보내 왔고 장군께서는 답신을 친히 제게도 보내주셨습니다. 얼마나 고마우신 일인지 그 장군의 은혜를 어찌 다 갚을 수 있겠습니까.

그건 그렇다고 해도 저는 그때 '세상은 얼마나 덧없단 말인가. 설사 오노에 님을 만난다고 해도 기껏 하룻밤 꿈같은 인연에 지나지 않을 뿐이니 이젠 속세와 인연을 끊을 때구나.'라고 생각했습니다. 하지만 다시 생각해보니 가스야라는 사내가 니조도노의 궁녀를 사랑한다는 말을 들은 장군이 친히 주선하여 마침내 그 바람이 이루어지자 갑자기 겁을 집어먹고 속세를 떠났다고 하면 일생일대의 수치이니 하다못해 하룻밤이라도 만나면 그 후는 어떻게든 되리라 마음먹었습니다. 어느 밤, 딱히 외관에 공을 들이지는 않았으나 다소간 의복에 신경을 쓰고 길라잡이를 앞세워 종자 세 명과 함께 밤이 이슥한 무렵 니조도노 궁궐을 찾아가자 화려한 병풍과 당나라 그림으로 장식한 연회방에 같은 또래의 꽃다운 궁녀 대여섯이 서 있는 곳으로 안내를 해주었습니다. 먼저 술과 차가 나오더니 이런저런 놀이가 시작되었습니다. 하지만 얼핏 한 번 보았을 뿐이고 모두 아름다운 여인들이어서 누가 오노에 님인지 당혹해하고 있는데 한 여인이 빈 잔을 들고 제 곁 가까이 다가오더니 한 명을 사이에 두고 술잔을 권하길래 '아, 이 여인이 오노에 님이구나' 생각하며 술잔을 받아들었습니다. 어느덧 밤도 샐 무렵, 새벽닭 우는 소리와 절의 종소리에 이별을 아쉬워하며 앞으로 변치 말자 약속하고 그녀는 날이 새기 전에 자리에서 일어섰습니다. 흐트러진 머리카락 사이로 보이는 아름다운 얼굴을 바라보고 있자니 문을 열고 마루로 나가며 '어쩌다 만나는 사람임에 오늘 아침 소매에 이슬 맺히네'라고 시를 한 수 읊었습니다. 저도 '사랑하여 만난 밤의 소매 이슬을 그대 유품인 듯 간직하네'라고 바로 답을 하였습니다.

그런 일이 있은 후부터는 제가 주로 니조도노로 가고 때론 그녀가 은밀히 제 집으로 찾아올 때도 있었는데 장군께서는 고생스런 일이라며 그녀에게 오우미(近江) 지방에 천 석 땅을 하사하기도 하셨습니다. 그 무렵 저는 기타노(北野)의 천신(天神)[8]을 믿고 있어서 매달 이십사일에는 꼭 참배를 해왔으나 당시에는 그녀에게 정신이 팔려 소홀히 하였는데, 마침 한해가 저무는 십이월 이십사일이기도 했기에 평소의 나태함을 속죄하려 본당에 가서 밤새 불경을 외고 있었습니다. 거기에는 며칠 묵으며 예불을 올리는 사람들이 있었는데 그들의 말을 듣고 있자니 "아아, 불쌍하게도 대체 어디 사람일까?"하는 말이 귀에 들어왔습니다. 왠지 신경이 쓰여 무슨 이야기인가 물어보니 방금 전 도성 어느 곳에서 누군가가 나이 열일곱이나 여덟쯤 되는 궁녀를 죽이고 의복을 빼앗았다고 하더군요. 저는 가슴이 뛰고 걱정이 되어 아무것도 챙기지 못하고 부랴부랴 달려갔는데 걱정했던 대로 바로 그녀였습니다. 참혹하게 죽임을 당한 것도 모자라 무엇 하나 남지 않았고 머리카락까지 잘린 그녀의 모습

---

[8] 교토에 있는 신사인 기타노텐만구(北野天滿宮)에서 학문의 신으로 모시고 있는 스가와라노 미치자네(菅原道真)를 말한다.

에 꿈인지 생시인지 분간이 서지 않아 그저 망연히 서 있었습니다. 정말이지 전생에 무슨 죄를 지어 그처럼 고통스런 일을 겪는단 말입니까. 만남을 학수고대하고 있던 저는 오히려 원망스러운 마음이 들어 먼저 죽을 사람에게 무엇 하러 진심을 다했는지, 저 때문에 채 스무 살도 안 된 꽃다운 나이에 궁녀의 몸으로 사악한 칼에 죽임을 당하다니, 그때의 제 심정을 부디 헤아려주십시오.

저는 어떤 귀신이 찾아와도 또 오백 기, 삼백 기의 적진 속으로 뛰어들어도 마음껏 싸우다 죽을 수만 있다면 결코 목숨은 아깝지 않을 터였으나 모르는 사이에 벌어진 일은 제 힘으로 어찌할 수 없었습니다. 그런 연유로 그날 밤 머리를 자르고 중이 되었으며 그 후로 이 고야산에서 어느덧 이십 년 세월 동안 그녀의 명복을 빌고 있습니다.

그렇게 이야기를 끝낸 사람은 한카이(樊噲)라고 하는 승려였는데 그의 이야기를 듣고 좌중이 한동안 숨을 죽이고 있을 때, 이윽고 또 한 명의 승려가 앞으로 나왔다. 살펴보니 쉰 정도에 키는 육 척은 될 듯하며 울대는 튀어나오고 아래턱은 휘어지고 볼은 삐죽 올라갔으며 입술은 두껍고 눈과 코는 험악하고 얼굴빛은 검었다. 그는 떡 벌어진 체격으로 다음은 내가 이야기를 하겠소이다, 라며 찢어진 포의 자락 아래에서 커다란 염주를 돌리고 있었다. 사람들이 "그럼 어서 해보시지요." 재촉하자 "기이한 일도 다 있습니다. 그 궁녀를 제 손으로 죽였습니다."라고 말하자 한카이의 눈빛이 변했다. 승려는 침착한 태도로 "지

금부터 상세히 자초지종을 말할 테니 일단 들어주십시오."라고
말했다. 그리고 마음을 억누르며 침을 삼키고 있는 한카이의
모습을 보면서 천천히 이야기를 시작했다.

중

　도성 분이라면 대부분 들은 적이 있을 것입니다. 제 이름은
산조(三條)[9]의 고고로(荒五郎)라고 하는데 아홉 살에 도적질
을 시작한 이래 열세 살에 사람을 베기 시작했고, 그 궁녀까지
삼백팔십여 명을 베었으니 야습 강도질에 능하다고 자부하였으
나, 전생의 업보 때문인지 방금 이야기한 해, 아마도 시월 무렵
부터 도무지 도적질도 시원치 않고 산적질도 수확이 없었고
눈독을 들이고 달려들어도 예상이 빗나가기만 했습니다. 그렇
게 일이 잘 풀리지 않자 아침저녁으로 처자식 보기도 체면이
서지 않고 생활도 비참해져 낙도 없고, 십일월부터는 집에도
들어가지 않은 채 사당의 처마나 신사의 배전 마루 아래 등에서
밤을 새며 지냈습니다. 그러던 어느 날 밤, 집이 걱정되어 오랜
만에 들르니 아내가 옷소매를 붙잡고 하염없이 울며 말하길
"당신은 참으로 원망스럽고 매정한 사람입니다. 부부 사이가
원만하지 못한 건 세상에 흔한 일이니 그렇다면 저도 체념할
수 있습니다. 인연이 다하여 마음이 변했다면 아무리 슬퍼한들

---

9) 헤이안(平安) 시대의 수도인 교토 시가지를 바둑판 모양으로 구획한 동서 도로
　명칭 중 하나.

소용없는 일이니 부디 당장 쫓아내십시오. 이렇게 여자 혼자 내버려두는 건 견딜 수 없는 일입니다. 게다가 정월도 다가오고 어린 자식들도 부양해야 하는데 당신은 영지가 있는 것도 아니고 장사나 농사도 하지 않은 채 그저 다른 사람의 물건을 훔치며 살았는데 지금은 그마저 하지 않고 아이의 장래도 생각하지 않고 밖으로 떠돌기만 하니 그건 분명 제가 싫어졌기 때문일 것입니다. 그 또한 어쩔 수 없는 일이나 자식이 굶어죽도록 내버려두는 법이 어디 있단 말입니까. 요 이삼일은 먹을거리도 떨어져서 그 어린 것들이 배고프다고 우는 걸 보고 얼마나 가슴이 찢어지고 슬펐는지 모릅니다."라고 하소연을 했습니다.

저는 가족을 소홀히 한 게 아니라 전생의 업보인지 눈독을 들이고 달려든 일이 모두 허탕을 쳐서 그동안 달리 좋은 먹잇감이 없을까 물색하며 다니느라 그만 집을 비우게 되었다, 그래도 가족들 얼굴이 보고 싶어 이렇게 돌아왔으니 안달복달하지 말고 안심하고 기다리면 오늘내일 중에는 반드시 좋은 소식이 있을 거라고 아내를 달래고 오늘밤에는 무슨 일이 있어도 꼭 성공하리라 다짐하며 날이 저물기를 기다렸습니다.

이윽고 절에서 종소리들이 울리는 저물녘이 되자 늘 가지고 다니던 수레와 칼을 가지고 집을 나서 오래된 토담 그늘에 몸을 숨기고 설사 장량이나 한신이 오더라도 단칼에 때려잡겠다며 손에 땀을 쥐고 엿보고 있었습니다. 얼마 후 지붕이 없는 허술한 가마 한 대가 지나가고 젊은이들이 왁자지껄 떠들며 왔으나 그들은 달리 방도가 없었기에 그냥 보냈습니다. 그리고 다시 얼마 후 길 위쪽에서 뭐라 형용할 수 없는 향기가 풍겨와 이번에 야말로 제대로 걸렸구나, 내 운도 다하지 않았다는 기쁨에 가슴을 두근거리며 기다리자 주위가 환하게 빛날 만큼 반짝이는 비단옷자락 스치는 소리를 내며 한 궁녀가 지나가는 게 아닙니까. 자루를 든 시녀 두 명을 앞뒤로 데리고 제 앞으로 지나가기를 기다렸다가 뒤를 쫓아가니 앞에 있던 시녀는 어머, 하고 놀라 자취를 감췄고 뒤에 있던 시녀도 자루를 버리고 사람 살려 외치며 재빨리 도망을 쳤으나 궁녀만은 딱히 비명을 지르거나 호들갑도 부리지 않고 서 있길래 칼을 빼어들고 다가가서 인정사정 없이 의복을 잡아 벗기고 마지막에 하다고소데(肌小袖)10)를 빼앗으려 했을 때였습니다.

"아, 여자로서 수치이니 고소데만은 제발 빼앗지 말아 주십시오. 그 대신 이걸 드리겠습니다." 궁녀는 이렇게 말하며 부적을 떼서 던져주었으나 그것을 받아들일 강도가 어디 있겠습니까. "아니, 그건 들어줄 수 없소. 어서 그 고소데를 내놓으시오."라고 말하자 "여자의 속옷을 빼앗는 건 목숨을 빼앗는 일과 같으니 그렇다면 목숨도 거두어주시오."라고 하더군요. "좋소이다. 바라던 바이오." 저는 이렇게 대답하고 단칼에 찔러죽인 뒤 피가 묻을까봐 서둘러 고소데를 벗겼습니다. 그리곤 한숨을 돌리고 아까 시녀가 버리고 간 자루를 주워 이 정도면 처자식들도 꽤나 기뻐할 거라 뇌까리며 서둘러 집에 돌아와 앞문을 두드리니 아내는 이렇게 빨리 돌아온 걸 보니 오늘도 일이 없었던

---

10) 소데를 겹쳐 입을 때 제일 안쪽에 입는 소데.

것 아니냐고 타박을 주었습니다. 어서 빨리 문을 열라며 자루를 안으로 던져주니 어느 틈에 벌었냐며 깜짝 놀라더군요. 자루주 둥이를 여는 것도 답답했는지 아내가 동여맨 끈을 잡아 찢자 그윽한 향기를 풍기며 열두 개의 의복 장속이 나왔습니다. 홍화 녹엽(紅花綠葉) 의복, 분홍빛 하카마 등 하나 같이 향기가 넘쳐 흘러 길을 가는 사람조차 의아히 여겨 걸음을 멈추고 옆집까지 꽃향기가 풍길 정도였으니 처자식들이 얼마나 기뻐했는가는 말 할 것도 없습니다. 아내는 이런 옷들을 보는 건 태어나서 처음이 었던 터라 이런 장속을 입는 분이라면 나이도 어렸을 텐데 몇 살로 보였느냐고 물었습니다. 저 같은 자의 아내라고 해도 같은 여자로서 불쌍한 마음이 들었구나 싶어 밤눈인 탓에 확실하지 않으나 스물둘이나 셋은 안 돼 보이고 열여덟이나 아홉 정도였 다고 했더니 분명 그럴 것이라고 말하곤 아무 말도 하지 않고 밖으로 뛰어나갔습니다. 대체 무슨 일로 나갔을까 궁금해하던 차에 얼마 후 돌아와선 "나 참 어이가 없어서. 당신은 대체 고관 대작이라도 되는가 봅니다. 어차피 짓는 죄, 조금이라도 악착같 이 챙기면 좋잖아요. 내가 방금 시체가 있는 곳에 가서 머리카락 을 잘라왔어요. 이렇게 머리숱이 풍성하니 가발로 만들면 얼마 나 멋있겠어요. 평소 머리숱이 적어 고생했는데 정말 좋은 게 생겼어요. 고소데나 챙길 때가 아니어요."라고 하더니 밥그릇에 따뜻한 물을 따라 머리카락을 씻고 장대에 걸어 말리며 뛸 듯이 기뻐했습니다. 저는 그 모습을 물끄러미 바라보며 아, 천박하구 나. 전생에 불법의 연이 있어 인간으로 태어났을 텐데 불도를 수행하여 선인은 되지 못할망정 이런 악인이 되어 밤낮 사람을 죽이고 물건을 훔치는 일밖에 하지 않으니, 결국 그 죄악으로 무간지옥에 떨어질 걸 알면서도 죄를 지으며 목숨을 연명하는 내가 진절머리가 나는구나. 게다가 아내라고 하는 여자의 무자비한 마음은 어떻단 말인가. 이런 여자와 베개를 나란히 하고 일생을 맹세했다는 생각을 하자 비참한 마음이 들고 얼마나 무서운 여자인지 깨달았습니다. 아, 터무니없는 일을 저지르고 말았구나. 무엇을 위해 그 궁녀를 죽였단 말인가. 원통한 일을 저지르고 말았구나, 죽고 싶은 심정이 들었습니다. 그러다 문득 그저 한탄하고 있을 때가 아니다. 이것을 교훈 삼아 머리를 자르고 출가하여 그 궁녀의 명복을 빌고 내 몸의 극락왕생을 바라자 결심하고 그날 밤중에 이치조(一条) 북쪽 골목으로 가서 겐에(玄惠) 법사의 제자가 되어 겐치쿠(玄竹)라는 법명을 받고 곧 이 고야산으로 들어온 것입니다.

그 승려는 한카이를 바라보며 "자, 대략의 자초지종은 방금 말씀드린 대로입니다. 얼마나 원통하시겠습니까. 부디 소승을 죽여주십시오. 몸을 갈기갈기 찢어 죽인다 해도 원망하지 않겠습니다. 다만 소승을 죽이시면 그 궁녀 분에게 오히려 업보를 만들지 않을까 합니다. 목숨이 아까워 이런 말씀을 드리는 게 아니라는 건 부처님도 아실 것입니다. 어차피 말씀드린 이상 어떠한 처분도 달게 받겠습니다."라며 옷소매로 눈물을 훔쳤다. 그때 가스야가 말하길 "피차 이와 같은 승려의 모습으로 무슨 원한이 있겠습니까. 하물며 그 여인으로 인해 불심을 얻으셨다니 더욱 기꺼운 마음이 듭니다. 지금에야 깨달았는데 그 여인은 보살의 화신입니다. 그러한 여인의 모습으로 나타나 아무 인연도 없는 저희를 구제해주신 대자대비한 분이라 생각하니 한층 그때의 일이 잊히지 않습니다. 그와 같은 일이 없었다면 속세를 떠나 무위의 즐거움을 향유하는 게 고행 속 기쁨이라는 도리를 저희가 어찌 깨달을 수 있었겠습니까. 오늘 이후로 한층 더 정진하겠습니다. 거듭 기쁘기 그지없습니다." 한카이는 이렇게 말하며 검게 찌든 소매를 눈물로 적셨다.

한편 나이 들고 찢어진 옷에 가사를 걸치고 독경을 외다 꾸벅꾸벅 졸고 있던 수도승다운 풍채의 다른 승려에게 출가의 유래를 듣고 싶어 "이번에는 당신 차례입니다."라며 흔들어 깨워 이야기를 재촉했다. 수행으로 비쩍 마르고 얼굴색은 검고 불쌍한 몰골에 비해 유서 있는 가문의 사람인 듯한 그는 "두 분의 출가 유래를 듣고 있자니 뭐라 드릴 말씀이 없습니다. 전생의 업보가 아닌가 싶습니다. 제가 속세를 떠난 것은 그럴 만큼의 연유가 있는 것도 아니고 이야기해봐야 딱히 재미도 없습니다만 두 분께서 말씀하셨는데 저 혼자 말씀드리지 않는 것도 예의에 어긋나는 일이니 시간이 아까울지 모르나 연유를 말씀드리도록 하겠습니다."라며 조용히 이야기하기 시작했다.

하

저는 가와치(河內) 태생으로 구스노키(楠) 가문의 일족인 시노자키 가몬노스케(篠崎掃部助)의 적자, 로쿠로자에몬(六郎左衛門)입니다. 아버님께서는 마사시게(正成)11) 님에게 크게 중용되어 모든 일을 담당하셨던 탓에 일가는 물론 세상에도 이름을 떨치셨는데 마사시게가 자결할 때 함께 할복하셨습니다. 그 후 마사유키(正行)가 후사를 이어 유족들을 소홀함 없이 거두어주어 저희들도 성심껏 봉공하였으나 마사유키 역시 싸움에 패해 자결했습니다. 그 시조나와데(四條畷) 싸움에 저도 함께 참전하였는데 무슨 연유에서인지 기이하게도 적의 눈에 발각되지 않아 목숨을 부지할 수 있었습니다. 법사가 희미하게 숨이 붙어 있는 저를 발견하여 다른 데로 짊어지고 가서 치료를 해준 덕분에 죽을 목숨을 구할 수 있었습니다.

그 뒤 후사를 이은 것이 지금의 구스노키 마사노리(正儀)인데 마사시게가 제 부친을 중용한 것처럼 저를 극진히 대해주어 서로 의지하며 지내던 중, 그가 아시카가에게 항복할 것 같다는 소문이 들려왔기에 말도 안 되는 소리라 여겨 그를 만나 "이러한 소문이 있는데 설마 사실은 아니겠지요. 아니면 혹 그럴 생각이 있으십니까?" 묻자 "천황께서 하시는 걸 보면 원망스러울 때가 있네. 그래서 실은 그런 생각도 들었네."라고 말했습니다. 저는, 주군을 원망할 바에는 차라리 속세를 떠나는 편이 낫다, 아시카가에 항복하여 조정에 칼을 겨눈다면 운이 다한 주군을

---

11) 구스노키 마사시게(楠木正成). 고다이고 천황을 섬기던 아시카가 다카우지와 함께 가마쿠라(鎌倉) 막부를 무너트리고 새로운 정권을 세운 인물. 그 후 다카우지의 북조에 대항하여 남조군의 일익을 맡아 활약하다 미나토가와(湊川) 전투에서 다카우지 군에 패해 자결했다.

버린 것과 같으며 입신을 위해 항복했다고 세상 사람이 말할 터이니 꿈에라도 그런 생각은 버려라, 그런 중차대한 일을 결정하는 데 비록 도움은 되지 않을지 모르나 왜 내게 아무런 말도 하지 않았는가 하고 물었습니다. 맞는 말이나 제게 말을 하면 어차피 동의하지 않을 거라 여겨 말하지 않았다고 하더군요. 저는 "바로 그 점입니다. 제가 동의하지 않을 걸 아셨다면 세상 사람들이 비웃을 것도 아실 터, 선대를 본받아 미야가타(宮方)12)를 위해 싸우다 전사하여 이름을 후대에 남기려 하지 않고 자신의 대에 이르러 이와 같은 행실을 보이는 게 비참하지 않습니까. 대체 무슨 원망이 있다는 것입니까? 지금의 지위가 누구의 은혜라고 생각하십니까? 군군신신(君君臣臣)13)이라는 옛말도 있습니다. 부디 마음을 돌리십시오."라고 말했습니다. 그 후 마침내 교토의 도지(東寺)에서 간레이(管領)14)를 만났다는 이야기를 듣고 이렇게 된 이상 천황의 운도 다했구나. 나만의 힘으로는 어찌할 수도 없고 그렇다고 함께 항복할 마음도 들지 않아 마침내 속세를 떠나버렸습니다.

그런 후 가와치 시노자키(篠崎)의 고향에 세 살배기 딸과 아들과 아내를 남겨두고 떠날 때의 그 심경이 얼마나 안타까웠는지 말로는 다할 수 없으나 깨끗이 속세를 떠나야 한다고 굳게 마음먹고 간토(關東) 지방을 마음에 두고 수행하기 위해 마쓰

---

12) 남북조 시대 북조의 아시카가 측을 부게가타(武家方)라고 칭한 데 대해 남조를 미야가타(宮方) 혹은 요시노가타(吉野方)라고 불렀다.
13) 『논어』의 「안연」 편에 나오는 말로 군주는 군주다워야 하고 신하는 신하다워야 한다는 의미이다.
14) 무로마치(室町) 막부의 장군을 보좌하며 정무를 총괄하던 벼슬.

시마(松島)의 절에 삼 년 머문 뒤 북쪽 지방을 둘러보았습니다. 허나 저와 같이 갓 출가한 속승이 득도를 위해 여러 지방을 돌아다니며 고귀한 깨달음을 얻거나 명소와 고적을 보고 마음을 달랜들 그 역시 어차피 언제까지 머물 수 있는 무상한 속세가 아니어서 걷다 쓰러져 죽을 때까지 가보자 결심하고 서쪽을 향해 올라가는 도중 기묘한 인연으로 가와치를 지나게 되었습니다. 고향인 시노자키는 지금 어떤 모습일지 예전 궁궐의 해자 기슭에 서서 살펴보니 성벽은 있으나 지붕은 무너졌고 대문은 있어도 문짝은 떨어져나갔으며 정원에는 무성한 잡초만 우거진 채 집들은 흔적도 없이 부서져버리고 초라한 암자 두세 개만 남아 있을 뿐인데 그조차 비바람을 견디지 못할 듯했습니다. 저는 차마 바라볼 엄두가 나지 않아 눈물을 흘리며 지나가려는데 문득 근처에서 비루한 행색의 백발노인이 논을 갈고 있는 모습을 발견했기에 그에게 물어보면 경위를 알 거라 생각하고 "노인장, 여기는 어디입니까?" 묻자 노인은 쓰고 있던 삿갓을 벗고 시노자키라고 했습니다. 다시 누구의 영지인지 묻자 시노자키 님의 영지라고 말하기에 제 일족을 알고 있을 거라 여기고 논두렁에 앉아 쉬며 넌지시 말을 걸자 노인도 괭이를 지팡이로 짚으며 이곳은 본래 시노자키 가몬노스케 님의 영지인데 만사에 뛰어나고 구스노키 님도 소중히 여겨 일족 중에서도 유달리 믿고 의지하였으나 그의 자제인 로쿠로자에몬 님 대에 이르러 구스노키 님이 아시카가에게 항복한 일을 원통히 여겨 속세를 떠난 이후 어디로 가셨는지 행방을 모르고, 당시는 북쪽 지방에 있다는 소문도 있었고 돌아가셨다고도 했으나 이렇다 할 소식이 없다며 눈물을 흘렸습니다. 저는 눈물을 참으며 노인이 일족인지 영지 사람인지 물어보자 오래전부터 영지 안에서 살고 있는 농사꾼이라며 로쿠로자에몬이 속세를 떠난 뒤로 이곳이 황폐해져 돌보는 사람도 한 명 없기에 비록 미천한 신분이지만 제 일도 작파하고 지난 오륙 년 동안 봉공하고 있다더군요. 로쿠로자에몬이 속세를 떠날 때, 세 살이던 딸과 어린 아들을 버리고 출가한 탓에 아내가 고생하며 두 아이를 키웠는데 뜻밖의 이별을 한탄하다 작년 봄 무렵부터 병을 얻었고 근래에는 식음을 전폐하다 세상을 뜬 지 오늘로 삼 일 째라며 두 아이가 얼마나 슬퍼하는지 곁에서 지켜보는 이들도 가슴이 미어진다고 하더군요.

"아, 저길 보십시오. 저기 보이는 소나무 아래 묻어 드렸는데 어린 자제분들은 매일 눈물을 흘리며 화장터를 찾으십니다. 오늘도 함께 가겠다고 말씀드렸더니 오늘은 함께 가지 않아도 괜찮다고 하셔서 이렇게 논을 갈고 있는데 이건 저를 위해서가 아닙니다. 두 분께서 장래에 어떻게 생활하실지 걱정스런 마음에 논을 갈고 있는 겁니다. 그래서 이 늙은이를 '논갈이, 논갈이'라고 부르시며 밤낮으로 의지하시니 얼마나 황송한지 모릅니다. 오늘도 늦게 돌아오시는 걸 걱정하며 저 소나무 쪽만 바라보니, 논을 갈아도 가는 것 같지가 않습니다."라며 하염없이 눈물을 흘렸습니다. 저는 너무나 가련히 여겨졌습니다. 이런 미천한 자도 정이란 걸 알고 있는데 제가 얼마나 매정한 짓을 저질렀는지, 내가 바로 로쿠로자에몬이라고 밝힐까 생각했으나 그동안의 오랜 수행이 수포가 된다는 생각에 마음을 고쳐먹고 "참으로 고마운 일일입니다. 어느 세상에나 노인장 같이 뜻있는 사람이 있을 것입니다. 아아, 세상에 이리 가슴 아픈 일이 있습니까. 그 어린 아이들의 슬픔을 헤아리니 무슨 말을 해야 할지 모르겠습니다. 빈승도 그 정도까진 아니나 그와 비슷한 일을 겪은 적이 있습니다. 부모를 잃는 일만큼 슬픈 일도 없습니다." 라며 소매를 얼굴에 대고 눈물을 흘리자 "스님도 예전에 그와 같은 일을 겪으셨습니까."라며 함께 소리 높여 울더군요.

잠시 후 저는 "노인장, 앞으로도 절대 저들을 버리지 마십시오. 저들 부모가 지하에서 얼마나 기뻐할지 모릅니다. 언젠가 노인장의 자식들이 분명 보답을 받아 경사스런 일이 있을 것입니다. 아무쪼록 저 어린 것들을 잘 돌봐주면 부처님께서도 노인장을 지켜주실 것입니다. 그럼 어느덧 날도 저물었으니 그만 가야겠습니다."라며 일어서서 가는데 멀리까지 공손히 배웅을 하면서도 계속 이야기를 하며 울기만 하니 저도 목이 메어와 그만 이쯤에서 돌아가라고 하자 이윽고 발길을 돌렸습니다. 얼마간 걸어가자 과연 소나무 아래에 사람을 묻은 곳이 있어 가슴을 진정시키며 일단 지나쳤으나 다시 생각하니 출가할 때는 처자식을 버렸으나 지금은 죽은 지 삼 일이고 묘지를 보고도 그냥 지나치는 건 도리가 아니다, 몰랐으면 어쩔 수 없으나 법사의 몸이 되어 만났음에도 염불 하나 올리지 않는 건 매정한 처사이며 더욱이 불도에 어긋나고 망자의 원한도 있을 테니 발걸음을 되돌리는 편이 좋다는 걸 깨닫고 돌아와 보니 두 어린 아이가 나무 아래 쪼그리고 있는 게 아닙니까. 저 아이들이 내 자식이라는 생각에 "너희들은 왜 이런 곳에 있느냐?" 묻자 대답은 하지 않고 "아아, 다행이다. 오늘은 어머님께서 돌아가신 지 삼 일 째 되는 날로 저희들은 지금 유골을 수습하고 있었는데 마침 스님이 지나가신 겁니다. 정말 다행입니다. 죄송하지만 염불을 해주실 수 없으신지요." 저는 꿈인지 생시인지 뭐라 형용할 수 없는 심정이었는데 간신히 정신을 가다듬고 아이들을 가만히 바라보니 누나는 아홉, 동생은 여섯 살로 귀족의 아이에 어울리지 않게 불쌍한 몰골이었습니다. 부자지간이니 당장 끌어안고 아버지라 밝히고 싶은 마음이 천번만번 일었으나 이런 일로 약해지면 지금까지의 고된 수행이 수포로 돌아가고 불도에 들 수 없다는 생각에 참을 수밖에 없었던 괴로운 심정을 부디 헤아려주십시오.

그렇게 아이들이 하는 행동을 바라보고 있자니 누나는 손궤의 덮개를 들고 동생은 가케고(懸子)[15]를 들었는데 누가 가르쳐주었는지 대나무와 나무젓가락으로 뼈를 수습하는 모습에 말도 걸지 못하고 그저 눈물만 흘렸습니다. 한참 시간이 지난 뒤 어린 너희들이 손수 유골을 수습하는 건 어른들이 없기 때문이냐 묻자 "저희 아버님은 출가하여 행방을 모르고 그 뒤로 노복인 노인 한 명이 돌봐주고 있는데 오늘은 함께 데리고 오지 않았습니다."라고 말하곤 아무 말도 하지 않은 채 눈물을 흘렸

15) 상자나 궤의 테두리에 걸쳐 안에 넣도록 만든 상자나 궤.

습니다. 다라니경을 외려 해도 목소리마저 나오지 않아 공연히 고향에 들린 제 자신이 원망스러웠지만 언제까지 그러고 있을 수도 없어 이윽고 염불을 끝냈을 때였습니다. 한차례 지나가는 비가 내리는데 딸아이가 나뭇가지의 빗방울이 눈물처럼 떨어지는 것을 보면서 자기에게 가르침을 준 교토의 어느 분이 늘 말씀하시길 와카(和歌)16)의 길은 아무리 무서운 귀신도 달래고 매정한 사람도 움직이며 부처님도 감화하니 여인의 몸으로 와카의 소양이 없다면 부끄러운 일이라 말씀하시어 일곱 살 무렵부터 배웠고 방금도 한 수 지었다며 들려주는 게 아닙니까.

'초목마저 우리를 불쌍히 여겨 눈물 같은 이슬을 떨구네'

그것을 들은 저는 지금까지의 각오가 이슬처럼 사라지는 듯한 심정이 들어 더 이상 감추지 못하고 내가 너희 아비인 로쿠로자에몬이라고 털어놓으려 했습니다. 그러나 오래전 분연히 세상을 등진 몸인데 오늘 다시 자식이라는 족쇄를 짊어지려 하는 건 한심스럽고 부끄러운 마음이 들어 "잘 지었구나. 참으로 훌륭한 노래다. 신불께서도 가히 측은히 여기실 테고 아버님과 어머님도 지하에서 감탄하실 게다. 나와 같은 미천한 이도 눈물이 날 지경이니 언젠가 뜻이 있는 사람이 들으면 분명 네 마음을 헤아려줄 게다. 지금 이곳에서 이런 가슴 아픈 모습을 본 것도 헤아려보면 전생의 인연일지 모르겠구나. 그럼 이젠 그만 헤어져야겠구나." 이렇게 말하고 일어서자 "말씀하신 대로 같은 나무 아래서 잠시 비를 피하고 또 같은 강물을 마시는 것 역시

---

16) 5구 31음 형식의 일본 고유의 단시.

모두 전생의 인연이라고 들었습니다. 언제 어느 세상에서 다시 만날 수 있을지 모르니 안타까울 따름입니다. 더구나 염불까지 해주셨으니 뭐라 감사의 마음을 전해야 할지 모르겠습니다."라며 얼굴에 소매를 대고 울자 어린 동생도 누이에게 매달려 몸부림치며 우는 것이었습니다. 차마 눈을 뜨고 볼 수가 없어 그만 마음을 접고 걸음을 옮기기 시작했는데 언제까지나 이쪽을 바라보고 있는 모습에 저도 자꾸 뒤를 돌아보았습니다. 그런데 아이들이 어머니의 유골을 넣은 손궤를 든 채 집으로 돌아갈 생각은 하지 않고 다른 방향으로 가는 걸 보고 갑자기 걱정이 되어 돌아가 어디로 가는지 물어보니 호닌지라는 절에 가는데 그 절에 교토의 고승이 와서 칠일 동안 설법을 하고 있으며 오늘이 오일 째이고 모두들 가니 자기들도 가서 설법을 듣고 유골을 안치하려 한다는 것이었습니다. 어린데도 기특하여 저승의 어머님이 무척 기뻐하실 거라며 그 절은 어디에 있는지, 얼마나 걸리는지 묻자 아직 가본 적은 없으나 사람들을 따라가면 된다고 하길래 그렇다면 왜 노복을 데리고 가지 않는지, 위험하니 내일 노복을 데리고 가는 게 좋지 않겠느냐고 하자 누이가 대답하길 "얼마 전 할아범에게 데려가 달라고 했더니 철없이 그런 말을 한다고 혼을 내서 오늘까지 참배를 못했습니다."라고 하더군요. 그렇다면 내가 함께 가서 고승에게 부탁을 드리겠다고 했습니다. 그렇게 함께 가는 도중에도 딸아이는 많은 이야기를 해주었는데, 아버지가 살아계셨다면 저와 같은 나이일 텐데 대체 무슨 업보 때문인지 아버지와 생이별을 하고 어머니는 먼저 세상을 뜨셨습니다만, 하다못해 조금만 더 성인이 된 후였다면 얼굴도 기억나 외로울 때 마음을 달랠 수도 있을 것을, 참으로 원망스러운 분이라며 다시금 울기 시작했습니다. 그 말을 들은 동생이 "아버님은 부처가 되신 거라고 어머님이 말씀하셨잖아요. 그렇게 울 일이 아니에요."라고 기특한 말을 하더군요. 그 말을 들은 제 마음은 천길만길 까마득해져 앞길이 눈에 보이지 않았습니다. 그러는 사이 점점 절이 가까워지자 정말 많은 참배객들이 꼬리를 물고 오고 있었습니다. 그도 그럴 것이 그 절은 성덕태자(聖德太子)께서 세우셨는데 겐고 (元弘)와 겐무(建武) 시대의 난(亂) 때 영지를 비롯해 모두 소실되었던 것을 구스노키가 영지를 본래대로 되돌리고 무너진 본당도 재건한 뒤 교토에서 고승을 초빙하여 공양을 한다기에 소문을 듣고 전국 각지에서 귀천을 불문하고 모여든 사람들로 장사진을 이루고 있던 것입니다. 절의 경내는 말할 것도 없고 근처 나무들 아래까지 사람들로 넘쳐나고 수레와 가마, 안장을 얹은 말 등 수를 헤아릴 수 없었으니 아마 그날 군중들로만 치면 근처 세 지방 사람들이 다 모여들었다고 할 수 있을 것입니다. 그런 혼잡한 상황이었으니 아이들은 쉽사리 안으로 들어갈 수 없었는데 어떻게 하는지 지켜보니 고승께 드릴 물건을 가지고 온 자라고 외치며 사람들 속을 헤치고 나가는데 신불께서도 불쌍히 여기셨는지 신기하게도 아이들이 지나면 저절로 인파가 좌우로 비켜 길을 열어주었습니다. 그 후로도 지켜보니 누나가 두세 명쯤 떨어진 곳까지 가서 손궤의 덮개를 고승 앞에 놓아두고 세 번 절한 뒤 합장하고 엎드리자 그 모습을 본 고승이 찬찬히 살피더니 누구인가 물었습니다.

"예, 저는 구스노키 일문의 시노자키 로쿠로자에몬의 자식이온데 아버님은 제가 세 살 때 구스노키 님과 사이가 틀어져 속세를 등져 지금은 행방을 모르옵니다. 그간 홀어머니와 함께 지내왔으나 어머님마저 돌아가시고 오늘이 삼 일째 되는 날입니다. 유골을 수습할 사람도 없는 탓에 동생과 둘이서 수습하여 이 손궤 속에 넣어드렸습니다만 어디에 안치하면 좋을지 몰라 스님께 부탁을 드리고자 여기까지 들고 왔습니다. 어디라도 좋으니 부디 받아주시어 어머님께서 어서 빨리 극락정토에 가실 수 있도록 염불을 해주시길 부탁드리옵니다."

고승은 그 말을 듣고 한동안 아무 말도 없이 하염없이 눈물을 흘렸으며 주변에 있는 사람들도 모두 소매를 적셨습니다. 그리고 누나가 옷소매에서 두루마리 하나를 꺼내 놓자 고승이 그것을 들고 큰소리로 읽었습니다.

"듣기로 염부(閻浮)[17]의 중생은 생사 여부를 알 수 없으나 성인이 되기까지 많은 아이들이 부모와 함께함에도 무슨 업보인지 저희들은 세 살 때 부친과 생이별하고 모친과는 사별을 하여 이젠 의지할 분도 없어 마음이 맑은 날도 없고 상념에 가슴이 타고 슬픈 눈물이 마를 때가 없습니다. 저와 같은 신세도 근심을 털어놓고 마음을 달래줄 사람이 있을 터인데 꿈에서도

---

17) 불교의 사대주(四大洲) 중 하나. 수미산 남쪽 바다에 있다는 섬으로 인간이 사는 세계를 말한다.

아직 만나지 못하고 돌봐줄 이도 없어 불과 삼 일밖에 지나지 않았음에도 마음은 천년만년 지난 듯합니다. 하물며 앞으로의 슬픔은 어찌 할 것이며 이슬 같은 목숨은 몇 번의 가을을 더 보낼 수 있을까 생각하면 이렇듯 고아의 신세를 면하지 못할 듯하니 부디 바라건대 저희 둘을 가련히 여겨 거두어주시길 바라옵니다."

이렇게 쓰여 있는데 마지막에는 연호와 날짜, 그 아래에는 노래가 덧붙여져 있었습니다.

'볼 때마다 눈물겨운 유골함 두 부모 없으니 유골함과 검은머리 어머님을 어찌 하리오'

고승은 두루마리를 다 읽지 못한 채 옷소매를 얼굴에 대고 눈물을 흘렸습니다. 경내를 가득 채운 사람들 역시 남녀노소와 귀천을 불문하고 눈물을 흘리지 않는 이가 없었습니다. 또한 그 자리에서 상투를 잘라 칼과 함께 고승 앞에 바치며 불제자가 되는 이도 있는가 하면 한 여인은 머리채를 잘라 고승에게 바치기도 했습니다. 그밖에도 앞을 다퉈 출가하는 이가 얼마인지 모를 정도였습니다. 그때의 제 심정이 어떠했는지 말씀드리지 않아도 헤아릴 수 있겠지요. 애써 그곳까지 갔으니 설법을 듣고 싶은 마음은 굴뚝같았으나 문득 이렇듯 혈육의 정에 얽매이는 건 위험하다는 생각이 들었습니다. 전쟁터에서 죽을 각오로 적진에 뛰어드는 마음이 이와 같을 것이라며 눈을 질끈 감고 마음을 독하게 먹고 서둘러 그곳에서 벗어난 그때의 각오로 말하자면 육 년 전 처음 시노자키를 떠날 때보다 더 간절했습니다.

그렇게 하염없이 멀리 도망쳐 나와 나무 아래에서 쉬면서 '좌선을 해도 깨달음을 얻는 일은 너무도 어려우며 어차피 고야산은 홍법대사(弘法大師)[18]가 입적한 성지이니 세상에 그보다 좋은 곳도 없을 터, 고야산에 들어가 수행하기로 마음을 정하고 이곳에 들어왔습니다. 그 후로 오로지 모든 걸 잊고 염불삼매 세월을 보내던 터라 이렇듯 여러분들 뵙는 것도 오늘이 처음입니다. 그러고 보니 올 봄, 가와치에서 고야산으로 들어온 사람의 말을 듣기로 아이들의 가련한 신세를 알게 된 구스노키가 당시 여섯 살이던 사내아이를 거두어 시노자키의 후사를 잇게 하였고 딸아이는 비구니가 되었다 하니 그 역시 마음이 놓입니다.

두 승려는 그 이야기를 듣고 모두 부처님의 가호라며 함께 눈물을 흘렸는데 서로의 법명을 이야기한 것을 보니 방금 이야기를 한 승려는 겐바이(玄梅), 한카이(樊噲)는 겐마쓰(玄松), 고고로는 겐치쿠(玄竹)라고 했다. 세 명은 서로 손을 잡고 "이건 기묘한 인연입니다. 세 명 모두 이름에 겐(玄) 자가 있는 수행자입니다. 게다가 송죽매(松竹梅)입니다. 그러고 보면 저희들은 금생의 인연만이 아닐 것입니다. 설사 같은 스승께 법명을 받았다고 해도 이런 일은 좀처럼 드문 일입니다. 참으로 진귀한 인연이 아닙니까. 오랜 세월 이 산에 머물면서 그런 줄도 모르고 지냈다니 안타까운 일입니다. 앞으로는 한마음으로 보내고 싶습니다. 한카이 님도 그 여인을 만나지 못했다면 어찌 불심을 얻을 수 있었겠습니까. 무릇 사연은 다를지언정 뜻하지

---

18) 일본 진언종의 개조.

않은 일로 불심이 생기기도 합니다. 그러니 악을 미워해서는 안 됩니다. 악은 선의 이면입니다. 사랑을 멀리하면 안 됩니다. 사랑은 섬세한 마음에서 생기는 것입니다. 그와 같은 중대한 일은 마음이 섬세한 사람이 아니라면 생각조차 할 수 없습니다."라고 서로 이야기를 했다.